龍鳳呈祥

3

風文創 374

慕童 著

謝家人物關係表

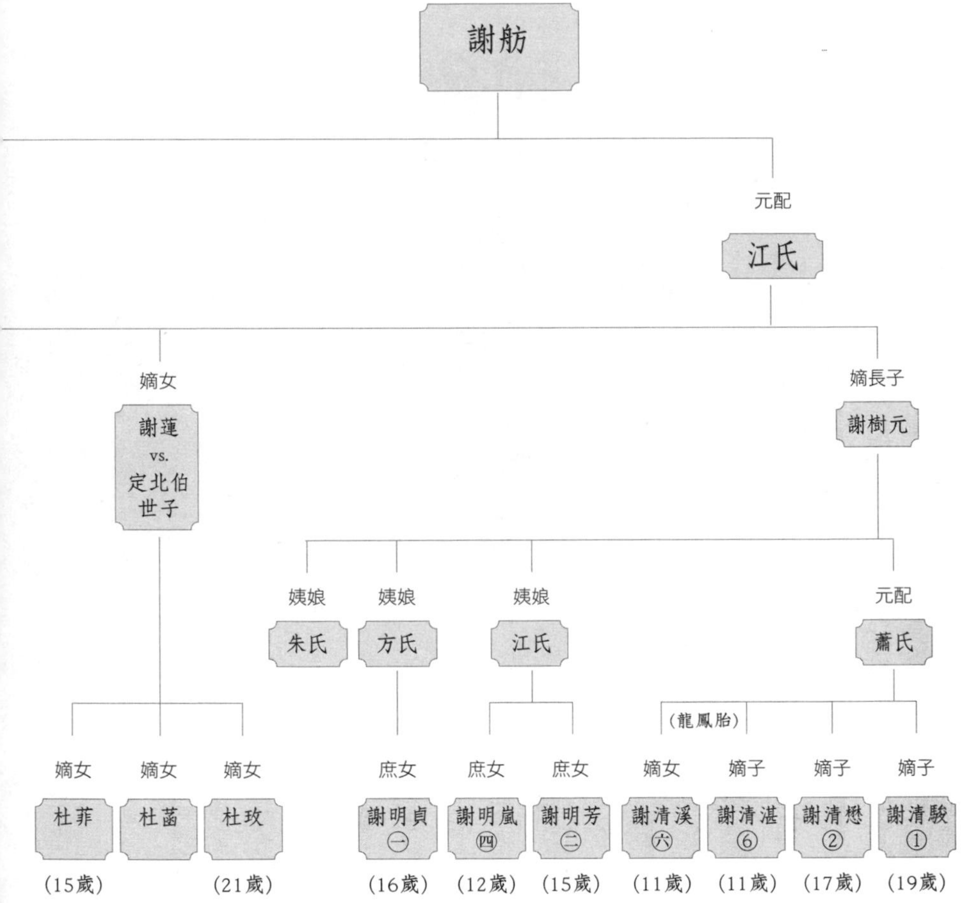

註1：年紀以女主角謝清溪11歲那年來計算。
註2：①～⑧為謝家男子在同輩間的族中排行。
註3：㊀～㊈為謝家女子在同輩間的族中排行。

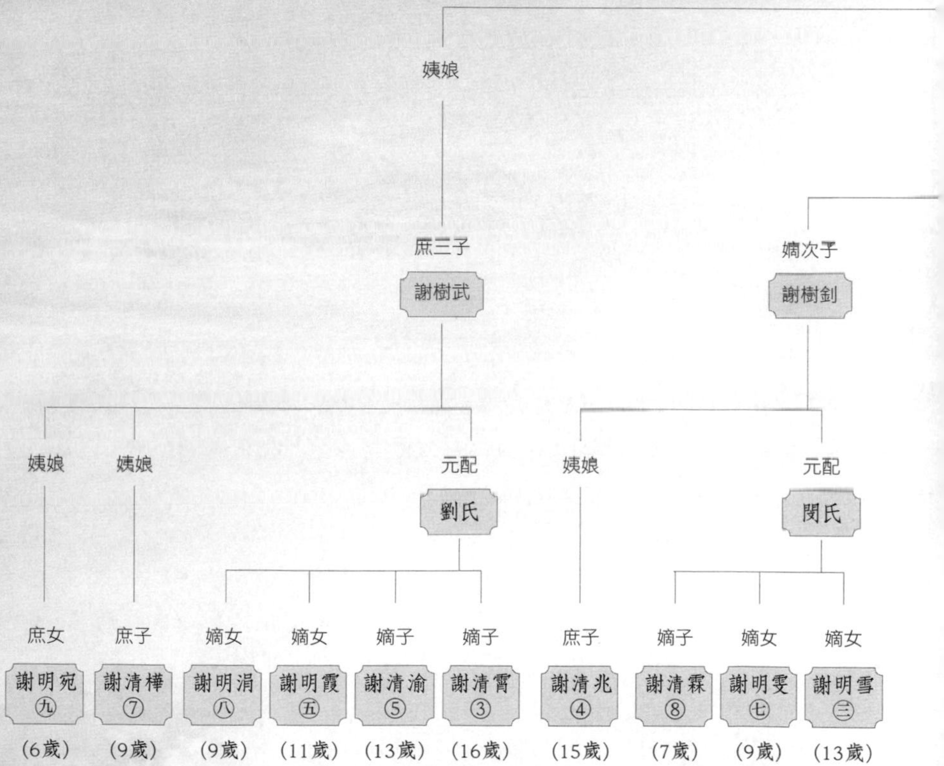
姨娘
庶三子
謝樹武
嫡次子
謝樹釗
姨娘
姨娘
元配
劉氏
姨娘
元配
閔氏
庶女
謝明宛 ㊈
(6歲)
庶子
謝清樺 ⑦
(9歲)
嫡女
謝明涓 ㊇
(9歲)
嫡女
謝明霞 ㊄
(11歲)
嫡子
謝清渝 ⑤
(13歲)
嫡子
謝清霄 ③
(16歲)
庶子
謝清兆 ④
(15歲)
嫡子
謝清霖 ⑧
(7歲)
嫡女
謝明雯 ㊆
(9歲)
嫡女
謝明雪 ㊂
(13歲)

蕭家 人物關係表

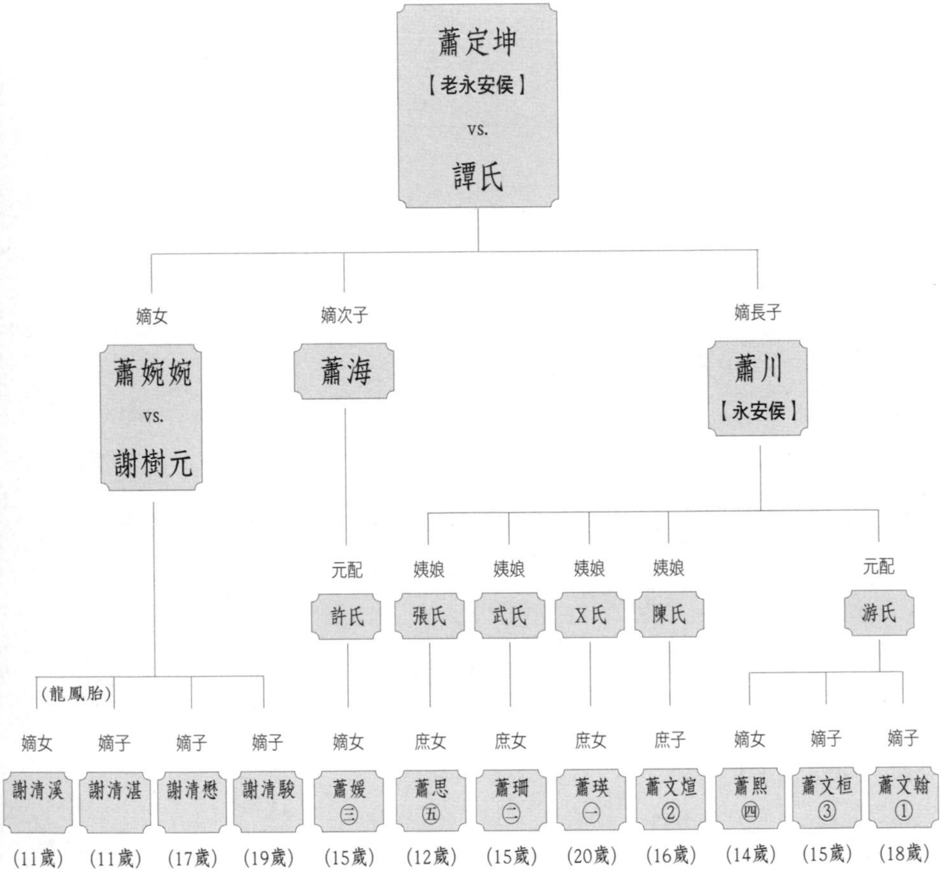

註1：年紀以女主角謝清溪11歲那年來計算。
註2：①~③為蕭家男子在同輩間的族中排行。
註3：㊀~㊄為蕭家女子在同輩間的族中排行。

大齊朝皇室人物關係表

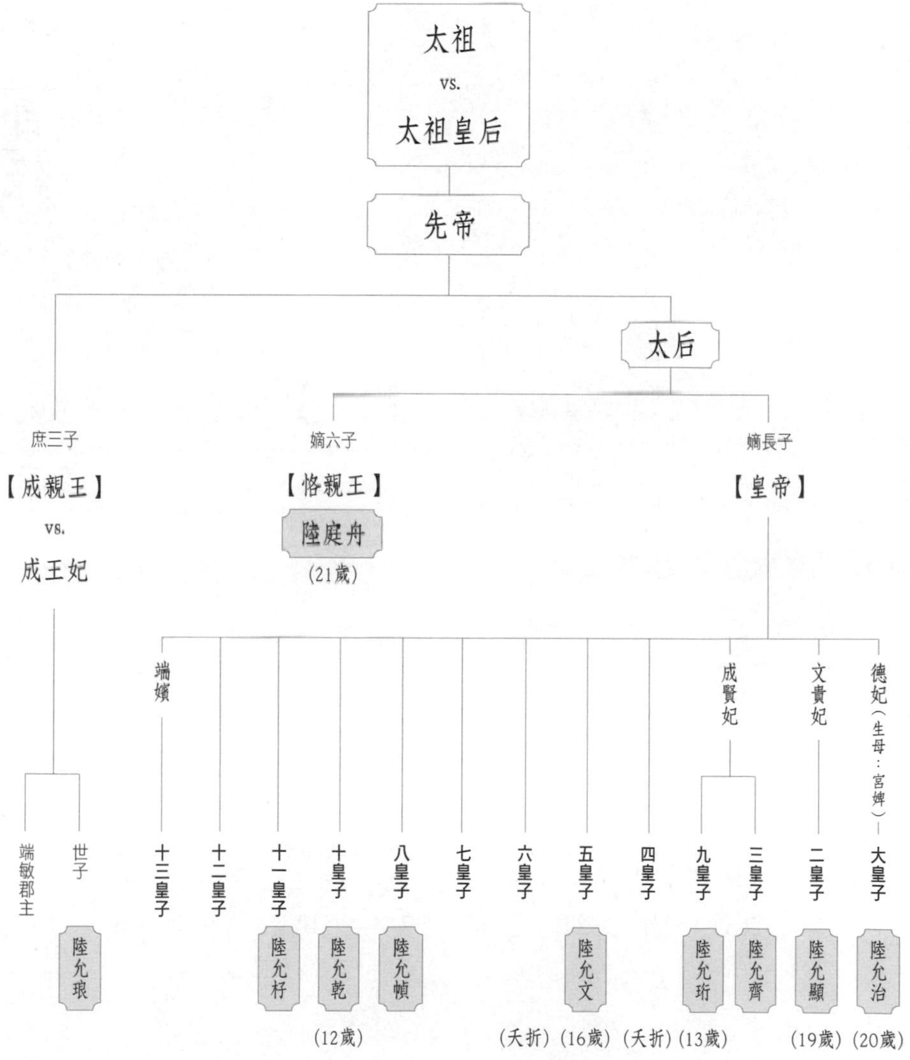

註1：年紀以女主角謝清溪11歲那年來計算。

目錄

第二十一章

「這些孩子頭一回見面，便讓她們自個兒到一處玩去，免得有咱們在，受拘束。」待吃完飯之後，蕭老太太便發話了。

此時蕭家大房的嫡女蕭熙立即高興地說道：「祖母，如今花園裡頭景致正是好的時候，讓清溪妹妹同我們一起逛園子去吧？」

蕭老太太見她主動開口，便笑著說道：「妳清溪妹妹是頭一回到家裡做客，面皮薄，妳可不許欺負她。」

「瞧祖母說的，清溪妹妹長得這樣好看，我疼她都來不及了，哪還會欺負她啊？」蕭熙立即撒嬌地說道。

蕭老太太指著她笑道：「我方才不過誇了句清溪比她這些表姊妹都好看，瞧瞧，這孩子便記在心裡頭了！」

此時蕭氏也笑著道：「熙姊兒性子活潑，帶著我家這個魔星，可是別將這園子給拆了！」

說笑間，一眾女孩便去逛園子了。

蕭家大房統共三個少爺、四個姑娘。十八歲的長子蕭文翰及十五歲的三子蕭文桓是太太游氏所生，十六歲的蕭文煊則為陳姨娘所生。姑娘方面，二十歲的大姑娘蕭瑛已經出嫁，剩下的三位姑娘，只有四姑娘蕭熙是嫡女，十五歲的二姑娘蕭珊和十二歲的五姑娘蕭思都是庶女，只是蕭珊的姨娘武氏是府裡的婢女出身，而蕭思的姨娘張氏則是外頭的平頭百姓。

至於二房，就一個十五歲的姑娘蕭媛。她身條纖細，還穿著掐腰的衣裳，那腰肢看著更是不盈一握，彷彿風一吹就能颳跑了。這位姑娘長相只能算清秀，但這弱柳扶風的姿態，倒是讓人忍不住多看兩眼。

「咱們家這園子原本沒這麼大的，不過祖父得了皇上好幾回誇獎，有一回又立了功勞，皇上便將隔壁那處也一併劃給咱們家了，所以如今才會這麼大呢！」蕭熙有些得意地說道。

她如今十四歲，早已經在京城貴女圈中交際了，這什麼賞花宴、詩會等各種宴會，也參加過了不少回，自然也去過不少府裡瞧過，不是她自吹，他們永安侯府便是在京中那也是能排得上名的。

「這園子倒是不錯。」一旁邊的謝明芳也點了點頭，不過她用的口吻太過平常，似乎是不以為然。

蕭家規矩大，這嫡女和庶女之間界限分明，二姑娘蕭珊雖說年紀比蕭熙大，可從也不敢掠其鋒芒。再加上二房的蕭媛是個軟弱的性子，所以這蕭熙在府裡，那簡直是說一不二的。

如今，這個謝府的庶女居然用一種不屑的口吻指點自家？她蕭熙可不是被刺了一下就縮回去的人！

「看來二姑娘倒是好見識，不如說出來，也給咱們長長眼！」蕭熙似笑非笑地睨了她一眼。

謝清溪有些無奈，這姑娘們在一處，總會有些小口角，再遇上那麼一、兩個較真的，這火藥味一瞬間就起來了。

說實話，京城地方雖然大，可是權臣勛貴就更加多了，不說那些百年大族，光是京裡頭二品以上的大員，只怕就有幾十人之多吧？這些勛貴加這些權臣，可都是要在京城裡頭置辦宅子的，離皇宮遠了的不好，靠近外城的不行，所以這地方就算再大，被這麼一分，也小了。

也因此，蕭熙覺得這種四進的大院子在京城便已經是頂頂好的了，可是要真去江南看看，那些鹽商家的宅子，五進的都比比皆是。謝家在江南待了這樣多年，有什麼好東西沒瞧過？說實話，就算謝家這幾個庶女拎出去，身上穿的、戴的，真不比那些三品文官家的嫡女差。

蕭熙要是在她們跟前炫耀，那還真是錯了。

可是謝清溪願意聽啊！她這個二姊姊啊，在江南那會兒，出門在外都是讓別人捧著，她被捧慣了倒不覺得，可也不想想，如今這是在哪裡？這可是京城啊！這天上要是掉下一塊磚，砸中三個，估計有一個就得是當官的。

誰知蕭熙讓謝明芳講，她還真不客氣了！

就在謝明芳要說話時，旁邊一直沒說話的謝明嵐突然指著不遠處的一株花木，問道：「那花是繡球嗎？這會兒竟開花了？」

眾人被她這麼一打岔，紛紛看向那株花，只見那花呈球狀，花朵顏色是白色，中間的花蕊則是深紅色。

如今正值春日，這花園中早已經姹紫嫣紅地開了一片，這些姑娘就算過來逛園子，也不過是看看這鮮豔的花。當然，遇上那些實在出名的花，自然是認得的，只是那一株實在是普通，若不是花朵呈球狀有些特殊，還真是不引人注目。

蕭熙沒說話，只嘟著嘴。

倒是旁邊的蕭媛瞧了一會兒後，輕笑著說道：「這並非繡球，乃是球蘭。這種花原本是長於雲南一帶，因我父親先前去雲南遊歷時見過，便花了些精力特地將它移植過來。」

「雲南那邊四季如春，又多雨，同京城的環境極不相同。都說橘生淮南則為橘，生於淮北則為枳，環境的變化對其生長可是有極大影響的。」謝清溪也趕緊假裝對這株花產生了極大的興趣。

蕭媛有些意外地看了眼謝清溪，解釋道：「確實是這般，要讓這種植物在乾燥少雨的北方生長極難，不過我父親對於這些花草有些研究，對他來說並非難事。」

「原來二舅舅竟是養花的高手，那以後可是少不得要來請教了！」謝清溪高興地說道，絲毫不覺得她二舅這般是不學無術，反而覺得術業有專攻，要真讓她大舅來，說不定他連這株花叫什麼名字都不知呢！

旁邊的謝明貞也忍不住打趣。「確實是應該，也好讓二舅舅教教妳，怎麼不把花草養死。」

說著，謝明貞便開始將關於謝清溪養死這些花草的趣事一一道出。在江南的時候，謝明貞也喜歡侍弄花草，她不僅自己養，還送給家中眾人，別人都好說，就謝清溪接連養死了好幾盆。剛開始的時候，謝明貞還以為是自己給她的花太過嬌弱了，便給了些生命力頑強的花草，誰知給什麼死什麼，最後謝明貞乾脆給了她幾盆仙人掌，誰知養到最後，仙人掌的根都爛了。

「溪妹妹，妳可真是笑死我了！」蕭熙看著她說道，不過她又接著說：「我叫妳溪妹妹，怎麼感覺跟叫我自個兒一般？都怪咱們倆這名字是同音的，日後要是咱們同在一處，有人叫溪兒的話，都不知道是叫誰呢！」

「那說明我和表姊有緣分嘛！」謝清溪挽著蕭熙的手臂說道。

謝家四個姊妹裡，就謝清溪是嫡女，換句話說，就只有謝清溪一人同蕭家這些姊妹是有血緣關係的。蕭熙素來得意自己嫡女的身分，如今更是不會瞧上謝府這些庶女，只拉著謝清溪往前頭走。

蕭熙這性子是誰也勸不住的，蕭家二姑娘蕭珊也只敢在身後小聲道：「四妹，妳走得慢些，等等咱們。」

「誰要等她們啊！」蕭熙拉著謝清溪一路往前走，待將身後的人遠遠甩開後，這才吐著舌頭說道。

謝清溪有些不放心地往後看了眼，問道：「咱們不等諸位姊妹們，是不是不大好？」

「有什麼不好的？咱們只管在一處看花，誰要同她們一處啊！」蕭熙活潑地說道，拉著她的手便往前走。

沒一會兒，一處極大的湖泊便出現了，湖邊還停著一艘船，船頭琳琅滿目地掛著些東西，遠遠看著漂亮極了。

「這湖可真大！」謝清溪忍不住感慨，難怪剛才蕭熙說起永安侯府的時候，語氣中都是得意，光花園中這麼大一片湖泊，可不是誰家都能有的。

「走，咱們上船去玩，讓船娘划船！」蕭熙拉著她的手說。

謝清溪看著這清澈碧綠的湖水，微風輕輕吹拂過水面，蕩起一圈又一圈的漣漪，她忍不住心情愉快地提著裙襬，跟著蕭熙上船去了。

兩人的丫鬟都不敢耽誤，趕緊跟上前。不過蕭熙是個活潑的，一上了船便輕輕跺腳，那船體微晃動了一下，幾個丫鬟正要上船，便被嚇了一跳。

其中一個丫鬟趕緊討饒道：「小姐，妳行行好，可別捉弄奴婢了吧！」

「好吧，妳們也一塊兒上來吧，不過可不能說這說那的，要不然我就把妳們推下去！」蕭熙做了個推倒的動作。

幾個奴婢聽了這話皆面面相覷，不過還是跟了上來。

朱砂是個旱鴨子，先前坐船回京的時候，一上船就開始暈還吐，根本別說伺候謝清溪了。這會兒見又是船，臉當即就垮了下來。

謝清溪見狀便安慰她。「朱砂，要不妳就在岸上等著我吧，反正表姊身邊這樣多人呢，多照顧我一個也是不礙事的。」

蕭熙上下打量了朱砂一眼，最後輕嗤了一聲。「這丫鬟倒是比小姐還精貴了！」

聽到這話，朱砂哪還敢在岸上留著？趕緊就上了船。只是她一上船，這船便輕輕晃了下，嚇得她立即抓住謝清溪的手喊道：「小姐！」

「好了，妳只管在船艙裡就是。」謝清溪笑道。

船娘過來划船，謝清溪站在甲板上，看著這艘船慢慢地離了岸，直往湖泊的深處而去，湖面上開始慢慢地出現蓮葉，等小船越往裡面划，這蓮葉就越發密集。

待蕭熙讓船娘停船後，便看見這周圍的蓮葉猶如無邊無際般。

謝清溪忍不住想到那句「接天蓮葉無窮碧，映日荷花別樣紅」。

可惜她來的還不是時候，若是荷花盛開的時候來，倒真是一番盛景了。

她正這麼想著的時候，就聽蕭熙指著這無窮的蓮葉問道——

「溪妹妹，若是等荷花盛開的時候，我開個賞荷宴，妳說可好？」

「這處的荷花便是同江南比也是不遜色的，若不是時節不對，我都忍不住想跳進去了呢！」謝清溪逗趣道。

蕭熙立即露出高興的神情。「妳是不知道，這京城的閨秀間，一年到頭別提有多少宴會了！別人給了帖子吧，妳又不好不去，可是去了吧，只對著一株梅花，也好意思叫賞梅宴？待咱們家的荷花開了，我請了她們過來，也讓她們好生見識一下，什麼叫賞花宴！」

雖然這姑娘說的話實在是不謙虛，可謝清溪看多了說話時候笑裡藏刀的模樣，反而喜歡蕭熙這等性子。況且人家連這樣的話都願意同妳說，那證明是將妳看成自己人了。

謝清溪還是頭一回同別的姑娘這般親密，她這才慢慢地感覺到，自己是真的回了京城。這裡有謝家的親戚，也有蕭家的親戚，自己家再也不是孤家了，逢年過節也可以到外祖父家拜年，同表姊妹一同玩耍！

「小姐，咱們還是趕緊回去吧，要是讓夫人知道您私自上船，只怕又要責怪了。」有一個丫鬟在蕭熙耳邊低低勸著。

蕭熙正意氣風發呢，好不容易來了個她能看得上眼的表妹，還不興她帶表妹好好玩玩啊？「就妳話多！就算是母親怪責下來，不還有我嗎？表妹頭一回來，我自然要帶她好好逛逛！」

不是妳自己想玩嗎？謝清溪無語。

這船上的人玩得正開心，岸邊的人卻看得有些鬱悶。

謝明芳見遠遠的小船，忍不住跺腳問道：「怎麼也不等等咱們？」

蕭珊見她十分想玩的模樣，又想著人家是第一次來蕭家做客，也不好怠慢，便讓身邊的丫鬟去問這裡的船娘，可還有船？

待那丫鬟回來的時候，就說道：「船娘說還有一艘船，只是那艘船有些簡陋，比不得四小姐她們坐的那條船。」

待那船被划過來的時候，眾人才發現，這船何止是簡陋，簡直就是破舊！

原來這船本來就是給下人準備的，待結了蓮花和蓮子，謝府的下人便划著這船過去採藕。

「二表妹，妳看還要坐嗎？」蕭珊和謝明芳年紀一般大，只是蕭珊的月分要比謝明芳大兩個月，所以這會兒她也客氣地叫一聲表妹。

謝明芳見那船破舊的樣子，生怕髒了自己的新裙子，連連搖頭。

蕭珊見狀便笑著看向眾人，說道：「前頭有一處涼亭，我看咱們姊妹也走了許久，不如到前頭歇息吧？再讓丫鬟們沏壺茶，端些瓜果來，倒也不負這一片好春光。」

涼亭是建在湖面上方的，涼亭和岸邊連著一座白色長橋，這橋面是平的，下方每隔數米便有一根粗壯的柱子插到水中支撐著橋面。

涼亭四周都蒙著薄荷綠輕紗，此時清風拂過，輕紗微微飄動。幾位姑娘坐進涼亭之中，不僅有瓜果點心，還有這樣的好景致，一時倒也相談甚歡。

蕭家的姑娘沒去過江南，自然會問些關於江南的風俗生活。謝明貞雖性子淡泊，不過她讀書也不少，又跟著蕭氏出去交際過，這會兒說起江南也是頭頭是道。

特別是說到江南各處端午都會舉行的龍舟賽時，幾個姑娘都不停地提問。都說到這端午，自然就更有話題了。

江南姑娘端午佩戴的是些什麼？她們的手藝是不是真跟傳說中的那樣精緻秀麗？而這京城如今流行什麼樣的衣裳？又興哪種樣式的首飾？這些自然也都是話題。

蕭家這邊除了二房的蕭媛是嫡女外，其他兩位姑娘都是庶出的，而謝家三位姑娘也都是庶出，這庶出同庶出在一處說話，自然沒那麼多心思，說起話來也是自在的，就連謝明芳這會兒說話都顯得逗趣多了。

她們笑得正開懷時，就見蕭熙她們乘坐的小船朝著這邊來了。

蕭熙讓船娘將船往這邊開，靠近涼亭時才停下。

她站在外頭，笑著問道：「大家都說什麼呢，竟是這般開心？要不也說給我聽聽？」

「在說上回去許姑娘家的事情呢！」五姑娘蕭思笑著回她。

蕭熙撇嘴，這個許姑娘就是兵部尚書家的嫡女，同她們一般大的年紀，在京裡頭有些才女的名聲，時不時會辦些詩會邀了姑娘們一同去。

貴女在一起也是要比較的，至於比的無非就是才學、女紅，蕭熙是兩樣都會，可兩樣又都不精通，每回都不出彩。

「端敏郡主下月生辰，到時定是要請咱們這些姊妹去府上的，不如到時候妳同我一塊兒去吧？」蕭熙轉頭對謝清溪說道。

端敏郡主？這是誰啊？

謝清溪對於這些京城貴女實在是不瞭解，便笑著道：「郡主又不識得我，我若是貿貿然過去，只怕是不妥吧？」

蕭熙說話聲音雖不大，可是卻讓涼亭裡面的姑娘都聽見了。

謝明貞正端著茶盞喝茶，臉上倒是沒有一絲情緒，喝完茶便放下茶盞；旁邊的蕭珊則依舊笑著用叉子戳了一個草莓，小口小口地吃了起來；倒是謝明芳微微吃了一驚，表情多少露了出來；而五姑娘蕭思年紀更小些，更藏不住心思，因此回頭瞧了一眼涼亭外的蕭熙；至於謝明嵐，她握著叉子的手掌微微緊了下，可是臉上卻跟謝明貞一般，波瀾無驚。

端敏郡主，成親王的女兒。這位成親王乃是先皇的第三子，按著大齊朝的祖訓，這些成年的王爺都是要到各自的藩地上去的，只是這些王爺去了各自的屬地，雖也有各種限制，但到底不如在皇上的眼皮子底下盯著安全。

皇上雖然不願管朝務，可有內閣的人在辦公，這皇朝依舊按部就班地運轉著。

於是，在皇上的默許下、在大家都不作聲的情況下，這位王爺還留在京中呢。

這位端敏郡主，乃是成親王唯一的嫡女，不僅同宮裡的公主能玩在一處，在京城裡頭結交也頗多。

「妳放心吧，郡主那人最愛結交朋友了，況且妳可是我嫡親的表妹，同我一道去，我看誰敢亂說話！」蕭熙不在意地說道。

謝清溪忍不住笑了，她以為自己的性子便已經夠霸道了，可是跟這位姑娘比起來，她才知道簡直是小巫見大巫。

不過等她見識到這大齊最頂尖的貴女們才知道，原來這些貴女並不像她想像的那般，活得那般小心翼翼。

謝清溪見蕭熙堅持，只得將她娘親拖出來。「只怕我娘親會不同意呢。」

「沒關係，這事包在表姊身上！」蕭熙拍了拍她的肩膀，用一種「妳放心」的表情說道。

*其實，我真沒那麼想去啊！*謝清溪在心底默默唸道。

蕭熙朝亭子裡頭看了一眼後，便得意地讓船娘划船離開。

一直安靜地坐著沒說話的蕭媛突然轉頭，只是眼睛已經霧氣濛濛的了。

亭子裡的謝家姑娘們被這突如其來的狀況嚇著，若是這位姑娘哭了，到時候只怕長輩們也要怪罪的。

謝明貞正要出聲安慰，可是又不知道這位三姑娘為什麼這般激動，有些無從開口的感覺。

倒是蕭家的兩位姑娘，已經習慣了這位三姑娘的作態。

蕭珊笑著遞了帕子過去，說道：「三妹妹可是被風吹迷了眼？這春天便是這般不好，風這麼一吹，不僅容易迷眼，頭髮也容易散呢！」

旁邊的蕭思也立即附和道：「三姊姊，我看妳頭髮還真有些亂呢，不如讓丫鬟幫妳再梳一下吧？」

「那我便告辭了，諸位姊妹可別怪罪。」蕭媛低著頭，帶著丫鬟走了。

謝家的明貞和明芳頭一回見到這樣的場面，只能面面相覷。

倒是謝明嵐卻一點也不奇怪。這位蕭家的三姑娘還是這樣風一吹就倒的樣子，旁人說了一句重話就能惹出她一堆的眼淚，也不知蕭二太太怎麼養的女兒？

謝清溪也不明白蕭熙為何突然讓船娘將船划到涼亭那邊去，又突然說了那麼一堆話，她只知道，表姊說完這些話後，顯得格外高興。

好吧，女人的心思她別猜。

幾位姑娘一塊兒回去後，蕭熙一看見蕭氏便跟她撒嬌，說想帶著謝清溪一併去端敏郡主的生辰宴。

蕭氏原先也擔心貿貿然帶著謝清溪去不好，不過她也高興自家姪女願意帶著謝清溪出門去交際。雖說她們這些做長輩的也會帶晚輩出去，但是姑娘之間還是要姊妹帶著，才能更快地融入圈子中。

最後是蕭老太太拍板說讓清溪去，也算是謝清溪在京城交際圈的頭一回露面。謝家的長房嫡女、謝閣老的孫女、永安侯的外孫女，這樣的身分，可是走到哪兒都是夠分量的。

回家的時候，謝清溪還撒嬌，問能不能在外祖父家住上幾日？

蕭氏雖然也想答應她，不過她們剛回京，又沒和家中老太太說，她也不敢貿然答應，只得先哄謝清溪回去，說日後有的是機會來。

坐在謝家的馬車上，謝清溪一直悶悶不樂的，就連街邊小販傳來的聲音都聽不見一般。

就在她走神時，突然，馬車停住了。

秋水趕緊出去瞧了，待過了一會兒，她才笑著回來，說道：「是恪親王的馬車回城了，正巧同咱們碰個對面，老爺讓給王爺讓路呢！」

緊接著，馬車便又開始動了起來，可謝清溪卻一直望著窗外。

她伸出一隻手，想要掀起簾子的一角，可是卻沒敢動。

她一直記得那句話，他說——我會在京城等妳。

現在我回來了，他就在我身邊。謝清溪突然將簾子掀開一條縫，只看見一輛華麗的馬車從旁邊走過，馬車的四角都懸掛著鏤空的銀薰球，微風一吹，空氣中迴盪著陣陣清脆的鈴聲。

就在謝清溪失望地要放開簾子時，突然，對面馬車的窗簾伸出一隻手，那手指修長晶瑩，猶如玉雕般，只見那指間微動，簾子被挑起一角，一張玉雕般的側臉露了出來。

謝清溪屏住呼吸，就看見那張側臉緩緩轉了過來。

她看見他了。

他也看見她了。

因為當街在馬車掀開簾子的一角，謝清溪這樣的舉動著實是氣壞了蕭氏。一直以來，蕭氏對她的管教都不算嚴格，就算她的規矩偶爾行差踏錯，也都是以口頭批評為主。

可這次，一回來蕭氏便讓謝清溪跪在地上。

「妳說，為何突然掀起簾子？」蕭氏怒問道。

京城可不比江南，這裡名流勛貴太多，說不定方才在街上，謝清溪的臉就被人瞧了去！

就算這次沒有，要是再有下一回，她作為姑娘的名聲還要不要了？

先前蕭氏一直覺得謝清溪的年紀還小，好生調教便是了，可是如今看來，必須從現在開始嚴格教導起來，要不然這孩子將來真能給她捅破天！

「娘，女兒知錯了。」謝清溪見蕭氏氣成這般模樣，趕緊認錯。

不過蕭氏已被她之前的大膽行為嚇壞，恨不能立即將她腦子裡那些不規矩的想法扳直了，哪會因為她輕飄飄的一句認錯，就立即消氣？

蕭氏認真道：「我先前一直覺得妳年紀還小，慢慢調教便可，可是如今看來，我若是不懲處妳，妳定是不知這件事的嚴重性。」

「娘！」謝清溪忍不住抬頭衝著蕭氏喊了一聲。

說實話，謝清溪雖然已在這裡生活了十一年，可大多數時間，她都生活在謝家，生活在蕭氏和謝樹元的羽翼之下，根本不知道外頭世道的艱險。

如今的世道對未出閣的姑娘規矩嚴，這大門不出、二門不邁那是基本的。可是就算是這般，每年都還會有姑娘突然「急病」去世，或者是得了重病被送到鄉下去療養。有些姑娘是自己行為不規矩，可有些姑娘就真的是被旁人害了的。

蕭氏是在京城長大的，這些事情當年她的母親都有細細地教過她，她自然也是要教導謝清溪的。可是自己總覺得清溪還小，還想將她藏在懷中保護，卻不知這竟是在害她！

「妳將《女則》、《女誡》各抄十遍，待什麼時候抄完了，就什麼時候再同府中其他姊妹一道去上學！」蕭氏狠下心說道。

「娘?!」謝清溪這會兒真的是驚呼了一聲。她真沒想到這事居然這麼嚴重，她娘竟要讓她抄《女則》、《女誡》，要是讓府裡的其他姑娘知道，自己一回來就被罰抄書，她臉面往哪裡擱啊？

謝清溪這麼想著，就更加淚眼汪汪地看著蕭氏，企圖想逃過這次處罰。

「若是妳一直抄不完，便待在院子中一直不要出來。等妳抄完了，娘再問妳究竟錯在哪裡。」蕭氏冷聲說道。

謝清溪低頭應了聲「是」，就領著朱砂回了院子。

沒一會兒，秋水就送了筆墨紙硯過來，說是太太吩咐的，怕姑娘這裡的筆墨紙硯不夠用。

謝清溪簡直是含淚看著朱砂將墨汁研磨好、紙張鋪好。

「小姐，要不妳趕緊抄吧，我看太太這回是真生氣了。」因謝清溪是跟蕭氏坐一輛馬車裡的，秋水跟在馬車裡伺候著，所以朱砂是坐在別的車中，根本不知道謝清溪究竟是怎麼惹到蕭氏的？

謝清溪斜了她一眼，不過真的開始執筆抄寫起來了。她寫的是簪花小字，雖然字小了，可是寫起來卻很麻煩。

蕭氏正坐在榻上，顯得有些疲倦，此時謝樹元帶著一陣輕風進來了，蕭氏抬頭看了他一眼，卻沒像從前那樣起身。

謝樹元輕笑了一下，便自顧自地坐了下來。沒一會兒，丫鬟端了茶水送上來，謝樹元端起茶杯抿了一口。

「我聽說妳教訓了溪兒？」謝樹元掃了她一眼，斟酌了會兒才開口問道。

「老爺這是來質問我的？」也不知怎麼的，蕭氏看見謝樹元這樣平靜的臉色，她反而沈不住氣了，有些嘲諷地問道。

謝樹元沒想到蕭氏火氣竟這般大，便輕笑了一聲。「妳身為她的母親，教她是應該的，我哪會置喙？」

「那老爺問這話是何意？」蕭氏不僅沒有因為謝樹元的話而鬆氣，反而逼問著。

她自己也明白，因為謝明嵐，她和謝樹元之間是存了芥蒂。可是謝明嵐這等心術不正的女孩，便是將她生生世世地關在廟中，那都是不冤枉的。難道就因為這個庶女在地動中受傷了，她就得歉疚一輩子不成？蕭氏不是這樣的人。

她雖然表面八面玲瓏，可是心中也有方正的一面。其實孩子都是父母的鏡子，謝清懋有那等內斂方正的性子並非無緣無故的，蕭氏知道，這個二兒子是像極了自己。

只是她會用八面玲瓏來偽裝自己，清懋卻不願，在他的處事中對就是對，錯就是錯，不分人物，也不分場景。

「我只是說妳教清溪教得好罷了，妳又何必生這樣大的氣？」謝樹元還是好聲好氣的模樣。

這就跟打在棉花團中一樣，一拳打進去，連個反彈的勁兒都沒有，蕭氏忍不住氣悶。

好吧，她更惱了，可是她現在連一句話都不想跟謝樹元說了！

於是，房間裡只餘下一片寂靜。

誰知，謝樹元在這樣的寂靜下，不但沒覺得難受，反而頗為自得。

等過了一會兒，謝樹元再開口的時候，蕭氏反而也不好意思再像方才那般對他說話了。

於是，厚臉皮贏了。

謝清溪昨晚熬了一夜，也只抄寫了一半不到。不過她去給蕭氏請安的時候，看見她母親看自己的臉色已不像昨日那般嚴肅了。

「娘……」謝清溪低低地叫了一聲，卻也不敢說別的。

旁邊三個姑娘都先於她過來，這會兒見謝清溪的模樣正覺得奇怪呢。

蕭氏招手讓她過來，低聲問道：「昨夜可是未睡好？」

謝清溪點頭，但也不敢再說旁的。

倒是蕭氏低低嘆了一口氣，先前見旁人家裡出了敗家子，她還想著父母怎麼不好生約束？如今自己家這個雖不至敗家子的地步，可是真讓她多說一分，她都覺得心疼呢！

「今日是妳頭一回去上課，可不能精神不濟，要不然不說先生責罰，就算是娘親也是不能饒過妳的。」蕭氏輕輕說道。

咦？謝清溪驚詫了下，怎麼這會兒又能去上學了？難道不用抄書了？

「不過昨日娘讓妳做的事情，卻還是一定要完成的。」蕭氏鄭重地說道。

「謝謝娘親！」謝清溪立即甜甜地回答，然後又小聲道：「我以後再也不惹娘親生氣了。」

以二姑娘為首的三位姑娘在用了早膳之後，便去學堂裡上課了。謝家也同樣給姑娘們請了先生，每日上兩個時辰的課，上午一個時辰，下午一個時辰。上午是先生教琴棋書畫的，而下午則是專門請了繡娘教針黹。

大姑娘如今到了年紀，又因為定了婚事，便不再跟這些妹妹們一道去學堂了。

「妳既是無事，便同我一塊兒陪妳祖母說說話。」蕭氏對大姑娘說道。

大姑娘自是滿口答應。

待去了老太太房中，就看見二房的閔氏已經在了，老太太臉上露著笑容，看著心情倒是不壞。

蕭氏坐下之後，老太太便說道：「前兩日，杜家老太太去寺廟上香祈福，所以妳大妹妹才沒回來。今兒個妳大妹妹送了信回來，說是明日有空，要回來見見妳同那些姪女呢！」

「我也是許久未見大姑奶奶了，菡姊兒和菲姊兒可會一起回來？」蕭氏也高興地問道。

「說來菲姊兒如今正在議親，也不知大姊可相看好了？」因著謝大姑奶奶比二老爺謝樹釗年紀要略大，所以閔氏稱她為大姊。

說起兩個外孫女的親事，謝老太太也是微微嘆了一口氣。大姑奶奶生了三個孩子，全都是姑娘，如今大姑娘已經嫁人了，孩子都生了兩個；二姑娘杜菡已說定了人家，不過那戶人家別說大姑奶奶瞧不上，就連謝老太太也是覺得普通罷了。

可是這親事是杜家老太太做主定下來的，世子爺素來是個孝敬的，對於親娘的話那是從來不敢駁斥的，因此就算大姑奶奶心中有所不願，可是照舊擋不住這親事定下。

待到了杜菲訂親的時候，大姑奶奶算是打定了心思，這回一定得她自己相看成功了。杜菲是定北伯府世子爺的嫡女，這身分在京城倒是不上不下的，偏大姑奶奶的眼光還不低，所以這會兒也還沒定下呢。

「還在相看著呢，菲姊兒的品性、樣貌都是頂好的。」謝老太太一提起自家外孫女也是得意的。杜菲的樣貌確實是好，就算是在京城貴女裡也是能排得上名次的。

閔氏突然抿嘴笑道：「母親何必擔心？咱們菲姊兒這樣的，誰家要是真討回去做媳婦，那可是福氣！」笑完之後，她眼睛看了眼蕭氏，衝著老太太說道：「再說了，大嫂如今不也回來了？都說大嫂以前在京城的時候，那人緣是頂頂好的，若是大嫂看著有合適的，也好給菲姊兒說合說合！」

謝老太太原本沒想到蕭氏，不過這會兒閔氏一提，她倒是想起一件事。「我記得妳娘家的姪子裡頭好像有個同菲姊兒差不多年紀吧？」

誰知蕭氏還沒回呢，閔氏又搶著說道：「母親，您說的是蕭家那位三少爺吧？我記得如今也有十五歲了吧？這麼一提，還真和咱們家菲姊兒一般大呢……」

蕭氏一聽到這，乾脆抿嘴坐在一旁，也不說話，讓閔氏自個兒說個夠。

倒是旁邊的謝明貞，有些不好意思地垂頭。按理說，她是未出嫁的姑娘，這些親事她是不該聽的，不過如今誰都沒說，果真這訂親的姑娘和未訂親的就是不一樣。

謝老太太心中一合算，這永安侯府可是京中的頂級豪門，再說了，永安侯府家教也好，蕭氏這代不說，統共就三個孩子，還全是嫡子，而如今這輩年紀小的，好像是有個庶子來著，不過這庶子到後面也不過是分點家產罷了。

至於這位蕭家三少爺，是永安侯世子的小兒子。都說百姓愛么兒，做小兒媳婦可不像大兒媳婦那樣，要事事兼顧、時時操心，這小兒媳婦只要嘴甜，能哄得長輩開心便行了。

謝老太太也知道，自己外孫女的家世有些搆不上，不過配這不需要繼承爵位的小兒子，倒也還能講究。她如今越想就越是覺得合適，這先前怎麼就沒想到蕭家呢？

她見閔氏還在說，便狠狠地瞪了她一眼，嚇得閔氏不敢再說話。

老太太和顏悅色地對蕭氏說道：「妳可知妳家三姪子如今訂了婚事沒？」

蕭氏沒想到這老太太還真問了！先不說她剛回京城，回娘家見母親話都說不完呢，哪有時間關心自家姪子有沒有訂婚事啊？再說了……妳就算真有這打算，能不能問得稍微委婉一點？不知道的人，還以為妳家外孫女怎麼嫁不出去呢！

不過蕭氏卻含笑道：「大姑娘還在這裡呢，讓她一個未出閣的姑娘聽這些，總是不好的。」

見蕭氏沒接這話，老太太原本和煦的臉突然僵了一下，緊接著臉色就沈了下來，再也不像之前那樣好看了。

旁邊的閔氏倒是跟沒看見一般，反而呵呵笑了下，說道：「都怪我先提了這茬！」

老太太雖沒說別的，不過接下去卻是興致大減，說了幾句話便覺得累了。
蕭氏見狀，便帶著大姑娘要告退，閔氏也跟著要回去。
三人一塊兒走出去，閔氏同蕭氏走在前面，大姑娘跟在身後。
閔氏轉頭看著蕭氏笑道：「大嫂，有件事倒是要跟妳商議一下。」
「二弟妹有什麼事只管說就是了。」蕭氏寬厚地笑道。
「其實就是明雪吧，見清溪剛回京城，這不，正巧下個月端敏郡主生辰，到時候定是要請京城裡的貴女去府上的，明雪便想著帶清溪去，到時候也能多認識些人不是？」閔氏原本是好意，不過她說的態度太過高高在上。
蕭氏忍不住朝她看了一眼，輕笑了一聲。「倒是謝謝二弟妹了，不過昨兒個我回永安侯府的時候，我那四姪女正巧說了這事，她也說要帶著清溪去同她那些小姊妹見見面，我想著都是女孩子家，倒也無妨，當時就答應了下來。」
閔氏愣了下，臉上的笑有些掛不住了。
她說這個無非就是想在蕭氏面前討個好，說是明雪主動要帶清溪去見見京城那些貴女的。
結果蕭氏倒也不客氣，直接便打了回去。妳覺得那些小姑娘是貴女，但在我眼裡不過都是些小女孩罷了！
所以兩人所處的地位不同，這眼界就不同。

閔氏的父親如今不過才是四品官，想當初她出嫁的時候，官職就更低微了。她能嫁到謝家來，完全是因為她父親雖然當官不行，不過學識和品性倒是都不錯，謝舫賞識她父親的品性，又想著反正是給次子娶媳婦，女方便是家世稍微低些也是無妨的。

正所謂高門嫁女，低門娶媳。

「不過還是要謝謝明雪了，雖說清溪是跟著我娘家姪女一起去，不過到底是在一個宴會上，到時候還是要麻煩明雪多看顧點清溪了。」蕭氏微微笑著。

閔氏尷尬道：「瞧大嫂說的，這不是應該的嘛！」

隨後，兩人便分開來走。

蕭氏帶著大姑娘，往大房的院子去。

而閔氏等蕭氏的身影消失不見後，突然調了個頭，又回了謝老太太的院子。

「妳怎麼又回來了？」老太太一副意興闌珊地看著閔氏。

閔氏看著她還是不大高興的模樣，乾笑道：「媳婦先前見您臉色不大好，便想回來看看。」

老太太哼了一聲，了無生氣地說道：「這年紀大了，不都是這樣？」

雖然閔氏是打著關心她的旗號，可是老太太能看不出她那些心思嗎？無非是覺得剛才蕭氏得罪了自己，她如今過來做好人罷了！

老太太對於蕭氏這個高門出身的媳婦，怎麼都喜歡不上來。怎麼說呢，這蕭氏簡直是處處都好，先前在京城的時候侍奉公婆也是極恭敬的，又替謝家生了三子一女，這兒子、女兒也各個都養得出息。可是，就是因為這媳婦太好了，她這做婆婆的竟是抓不住她一絲弱點，連拿捏她都不行！

反倒是這個閔氏，因家世不如意，生怕惹了自己這個婆婆不高興，處處都奉承巴結著，說話更是小心翼翼，這才讓自己有種為人婆婆的成就感。

「娘正值春秋鼎盛的時候，哪裡便年紀大了？」閔氏恭維道。

「好了、好了！」老太太被她這麼恭維，也笑了下。

閔氏看著老太太這般模樣，才突然嘆了口氣道：「母親，有句話我不知該說不該說？」

「有什麼話妳只管說便是了，這般吞吞吐吐作甚？」老太太斜了她一眼。

閔氏便立即恭敬道：「其實吧，也只是件小事，只是這事關兩位姑娘，我少不得要跟母親分說分說。明雪您也知道，最是孝順和體貼姊妹的，她見清溪剛回京城，便想著要帶自家妹妹出門交際，這樣也好結交些朋友。誰知我剛剛同大嫂說這事吧，她竟同我說，蕭家的四姑娘昨日也說了這事，也說要帶清溪去呢，她就答應了。」

老太太越聽越皺著眉頭，待聽到最後時，突然罵道：「不知好歹！」

閔氏沒敢接話，只乾笑說：「我只是覺得這事吧，太過湊巧了。不過按理說，明雪和清溪是自家姊妹，怎麼反倒和表姊妹更親近些了？」

「明雪是個好的，她一貫就孝順長輩，對這些姊妹也是好的。」老太太誇讚道，然後又對旁邊的大丫鬟說：「魏紫，妳去將首飾匣子裡頭那套六支玉梳拿過來，明雪也是個大姑娘了，這首飾匣子裡頭可不能缺了。」隨後她又轉頭對閔氏說：「明雪如今是個大姑娘，姑娘愛俏，她們這樣年紀的姑娘，就沒有不愛首飾的。」

閔氏低頭，不過臉上帶著微微的委屈道：「這公中的分例就那麼點，媳婦又是個沒什麼嫁妝的，到底是委屈了雪姊兒。」

「胡說！雪姊兒可是咱們家的嫡女，豈能委屈了？左右妳大嫂一房也回來了，這公中的分例也是要調的，到時候具體是個什麼章程，妳先擬出來，我和妳大嫂看著再說。」老太太拍板道。

閔氏自己可是有兩個女兒，若是光靠公中的分例雖說也夠，可是走出去到底沒那份貴氣，如今老太太說讓自己定，這嫡女的分例可得再往上頭提一提！

她正歡天喜地地要謝謝老太太的時候，就聽老太太不鹹不淡地說道——

「既然清溪有了人帶，那就讓明雪同菲姊兒一同去吧。」

閔氏一聽要讓明雪帶著大姑奶奶的女兒去，只得滿口說好。

這日，蕭氏讓四位姑娘都到了院子中來，幾人一過來便看見擺在桌子上頭的布疋。

謝明芳立即高興地拉著謝明嵐，對著這些布疋指指點點。

倒是旁邊的謝明貞有些不定的模樣，顯然是有煩心事。

其實謝家姊妹當中，謝清溪同大姊姊的關係最好了，只是自從大姊姊和杜家議親開始，她娘就拘束著她，不讓她再去煩擾大姊姊。

「咱們回來有些時日了，按理說早該到了換季準備新衣裳的時候，只是先前咱們在船上，不好準備，今日妳們二嬸將府裡的分例送來了。先前在金陵的時候，清溪是一季八套衣裳，而妳們三人則各是六套。不過如今到了府裡，就該守著府裡的規矩來。」蕭氏環視了四個姑娘，說道。

連謝清溪都忍不住看著她娘。其實吧，這管家有些累，她可不願意讓她娘親管家，可是她娘是謝家的大太太，按理就該是她娘管家。當然，他們是剛回來的，也不好立即就奪了人家二嬸的管家之權，但謝清溪就是有一種他們都寄人籬下的感覺。

「府裡的規矩是，嫡女每季六套衣裳，每月六兩例銀，而庶女則是每季四套，每月五兩例銀。」

蕭氏剛說完，幾位姑娘或多或少臉色都不大好看。

特別是謝明芳，她立即撇嘴道：「才四套衣裳，哪裡夠穿嘛！真是小氣！」

旁邊的謝明嵐也沒像往常那般拉她的手阻止她，反而也是嘀咕了一聲。「就是！」

「好了、好了，既是府上的規矩，咱們大房倒也不好不守。不過我也同妳們父親說過，姑娘家都是嬌客，不好委屈了，所以呢，大房出私房，再額外給妳們每人做兩身衣裳。至於例銀的話，就不補了，咱們剛回來，也不好同別的房太不一樣。」蕭氏緩緩說道。

這大家族生活便是這般不易，要說這大房吧，就算是給每個姑娘做上十八套衣裳那都是夠的，可是若單單給自己房裡的姑娘做了，那別房的姑娘怎麼辦？如今可是還沒分家呢，除了媳婦的嫁妝外，家中子弟是不允置辦私產的。

蕭氏能出私房給這些姑娘們做衣裳已是不易了，所以幾個姑娘便歡天喜地地挑選起布料來了。

蕭氏還說了，要是有自己想要做的款式，只管同繡娘吩咐便是。

待幾個姑娘都挑選好之後，蕭氏看了看大姑娘，才又說道：「還有這首飾的事情，妳們大姊姊如今到了出閣的年紀，所以我也同妳們爹爹說過，這回打首飾先緊著妳們大姊姊來。」

謝明貞立即起身道：「女兒身為長姊，理應謙讓妹妹才是。」

「妳素來就體貼妹妹，回回都是妳謙讓，倒也不好。左右其他姑娘也有這種時候，倒也不妨礙這一回，妳們說是吧？」蕭氏雖然說這話，不過眼睛卻是看著謝明芳姊妹倆的。

四位姑娘都低頭稱是。

先前大姑奶奶回門後，很是誇讚了自家姪子一頓，當然也說了，要是明貞嫁到杜家三房去，先不說有自己這個姑姑在撐腰，那三房的大爺已經娶親了，這伺候婆婆的事有大兒媳婦來，明貞這個小兒媳婦日後只管享福便是了。

謝大姑奶奶將杜家三少爺說得天上地下只此一個，總體就是——貞姊兒嫁過去，那就是享一輩子的清福！

不過謝大姑奶奶也說了，三房大少爺娶的是名門嫡女，身分自是不用說了，這嫁妝當初可是有九十八抬之多的，每抬還都是實抬，沒有虛的。當初杜家上門去清點嫁妝時，可都足足清點了一整日呢！

大姑奶奶的意思就是——明貞這庶女的身分本身就矮了一頭，所以這嫁妝上頭可不能給得少了，要不然以後在婆家是抬不起頭的。按著謝家的公中分例，庶女出嫁的嫁妝就只有五千兩，這若是嫁到一般人家倒也夠了，可如今要嫁的是伯府的嫡子，這嫁妝若是只有五千兩，可就不好看了。

只是這話大姑奶奶說得有些過了，好像蕭氏不貼錢進去，就是虐待庶女一般。

蕭氏只淡淡回了句——明貞是長女，出嫁時他們自然會補貼的，不過這下面還有兩位姑娘，要是補貼了明貞，不補貼她們豈不是不公平？

大姑奶奶聽了她的話，自然是悻悻的，而謝老太太看蕭氏這個大兒媳婦就更加不順眼了。

因著方姨娘是府中的家生子，也不知是透過什麼途徑知道此事的，當即便歡喜極了。要是老太太也出面，讓太太多拿些嫁妝給大姑娘傍身，那她這輩子便是死了也瞑目了，所以她當即將此事告訴了大姑娘。

可謝明貞是個聰慧又明理的姑娘，在金陵的時候，蕭氏曾經教過她理家的事情，也曾經教導過她這大家族之間的交際和避諱。說實話，嫡母對於自己的教導，可比這些銀子來得重要多了。

為什麼別人一提庶女，就覺得比嫡女差一頭？這並不單單是因為身分上差了，還有就是兩者受到的教導是不一樣的。主母願意手把手地教自己的女兒，這大家族裡頭的陰私也不避諱，可是到了庶女，別說是這些隱私的東西了，就連最尋常的理家之事大多都教得不經心。

待明芳兩人走了之後，蕭氏看著留下的明貞，笑著問道：「這是怎麼了？」

「女兒有事想同母親說。」謝明貞垂眸道。

蕭氏看著她欲言又止的模樣，便讓謝清溪出去玩，只留下謝明貞在身邊。

謝清溪知道她娘不想讓自己聽，只得帶著朱砂出去了。

謝明貞只得將方姨娘告訴自己的事情說了一遍。「女兒沒有這樣的想法，還請母親明鑑。」她不敢提這是方姨娘從老太太那頭聽過來的，畢竟一個姨娘打聽老太太房裡的事，擱在哪家都是大罪。

蕭氏輕笑。「我以為什麼大事呢！妳是姑娘家，按理說這些事我原不該同妳說的，可咱們娘倆之間倒是沒有不好說的。其實就是妳大姑姑不提這事，我同妳爹也是要給妳補貼的……」

裡面正說話呢，謝清溪就看見謝清湛鬼鬼祟祟地過來。她笑著問道：「你幹麼呢，六哥哥？」

「六妹妹，我跟妳說件事啊……」謝清湛看了一眼周圍，欲言又止地說道。
「你幹麼呀？有事就說唄！」謝清溪不在意地說道。
「我剛才看見杜同霽了！」謝清湛壓低聲音說道。
謝清溪看他搞得跟特務接頭一般，覺得特別的怪異。「杜同霽誰啊？」她問。
謝清湛恨不能敲開這個親妹妹的腦子看看，怎麼就那麼抓不住重點啊！他只得又壓低聲音說道：「就是大姊姊的那個……」
謝清溪想了半天，才想起他說的是誰，她有些無語，不過見他這般鬼祟，她突然也興奮地說道：「你不會是在青樓看見他了吧？」
「妳想什麼呢？」謝清湛實在忍不住，「啪」地往她後腦勺拍了一下。「我是在戲園看見他了！」
謝清溪正想說「切，不就是戲園？」，不過她隨後意識到，這年頭，這戲園子可不是一般人去的地方，像謝清湛這種年紀的人去，那是要被家中長輩打斷腿的！
「喲～～你居然去戲園子？我要告訴爹爹！」
「好了，先不說我的事情。我告訴妳，那個杜同霽他、他、他……」
謝清溪有些奇怪地看著他，就見謝清湛唰地一下子臉紅了，謝清溪被他這突如其來的臉紅，也搞得漸漸脹紅了臉頰。
六哥哥不會真看見了什麼不該看見的事情吧?!

第二十二章

「嚇死我了，我還真以為你看見什麼不該看見的呢！」聽謝清湛說完後，謝清溪輕吁了一口氣，對著他怒道。

謝清湛噘著嘴巴看她，那小模樣很是不屑。「他們最後進了一個房間！一個房間！」

謝清溪狐疑地看了謝清湛一眼，按理說，謝清湛現在也才十一歲，應該沒人敢和他說什麼斷袖分桃之事，更沒人敢拿這樣的書給他看，他怎麼就能覺得兩個男人進了一個房間是不對勁的呢？按正常人的想法，應該是覺得沒什麼吧？

「六哥哥，你去逛戲園子的事情，我就不和爹爹說了，要不然爹爹知道了肯定會打斷你的腿。」謝清溪恨不得能仰天長嘆一句，現在怎麼那麼多要被打斷腿的熊孩子啊！她壓低聲音，繼續說道：「不過，你為什麼知道他們倆去一個房間就是不對勁啊？」

說實話，謝樹元和蕭氏前頭養的兩個孩子那是個頂個的聰慧，謝清駿自是不用再說，而謝清懋也是內秀之人。偏偏到謝清溪和謝清湛這邊，兩人都自帶傻白甜光環，特別是謝清湛，讀書是好的，可是心思卻太簡單，壓根兒就不知道什麼是社會險惡。謝清溪倒是知道，可是吧，她骨子裡那種見義勇為的思想都還在呢。

「是吳放同我說的，他說那個杜同霽是在包戲子！」謝清湛壓低聲音說道。

吳放？謝清溪想了半晌才記起來，這是謝清湛在書院裡新認識的同窗，兩人關係還不錯。而且這個吳放是國子監祭酒吳卓的小兒子，謝樹元就是見他家世清白，所以也沒多阻止謝清湛同他一處玩，沒想到，嘿，居然在陰溝裡翻船了！真沒想到這個吳放，表面上老實穩重，實際上竟是一肚子的男盜女娼。謝清溪恨恨想著，這次謝清湛去戲園子，肯定也是這個吳放出的主意！

謝清湛還在這邊臉紅呢，一開始是他先發現杜同霽的，這個杜同霽因為要和大姊姊訂親，先前來過家中兩趟，都是打著討教學問的名義來的，所以謝清湛也在場，這才會一眼就認出他來了。

接著吳放知道這是他未來的大姊夫後，便提議跟蹤他，看看他來這戲園子究竟是幹麼呢？結果就看見杜同霽同一個身材纖細柔弱的男子進了一個房間。

謝清湛是頭一回來戲園子，壓根兒不知道這些「包戲子」的名堂，因此這也是吳放解釋給他聽的，當時他一聽到，還睜大眼睛，詫異地問，兩個男人要如何在一處？誰知這個吳放年紀雖只比他大一歲，卻是個見多識廣的，十歲開始就偷看家中哥哥的小黃書。

吳放剛開始解釋的時候，謝清湛還聽著，待越往後面解釋，他就恨不得立即捂住耳朵。這實在有違君子之道，他是不該聽的。

如今謝清湛雖聽了，不過他也知道這等事情絕對不是女孩子能聽的，便閉口再不言。

謝清溪瞧著他誓死不說的樣子，被逗樂了。嘿，還挺有契約精神的啊！

「這個吳放怎麼這般討厭，帶著六哥哥你逛戲園子不說，還說這些污糟事給你聽！」謝清溪有些生氣，這就跟知道自家孩子結交了不好的朋友，被帶上歪路了一般。「況且去戲園子同戲子在一處就是包養嗎？也太過信口雌黃，這等行徑豈是君子所為？」

謝清湛用力地點頭，他也是這麼覺得，可是吧，吳放卻信誓旦旦地說，他們肯定是這樣的關係，還說在京城，「包戲子」可是格外尋常的，有很多貴族子弟都喜歡呢！

當時謝清湛還傻乎乎地說，江南便沒有這樣的事情，結果卻遭到吳放一陣嘲笑，只說是他沒見過世面。

「我也覺得！本來我不願意去的，只是吳放非拉著我去，我也沒去過……」說到最後一句的時候，謝清湛的聲音又輕又小，顯然也是知道去這種地方實在是不好。

謝清溪見他低著頭，一副「我知道錯了」的模樣，恨不得對準他後腦勺給他來兩下，不過她還是叮囑道：「杜同霽的事情，先不要同爹爹和娘說，如今你只是看見他去戲園子而已，並不能說明這人品性不好，若是貿貿然說了，到時候爹爹教訓的只會是你。」

「其實我也並不是因為此事才說的，我先前聽二哥哥說過，杜同霽與他乃是同窗，可是他對二哥哥卻愛搭不理的！」謝清湛忿忿地說道。

謝清溪怒了。尼瑪，居然敢這麼對我二哥?!

按理說，遇到謝家這種親家，就算不上杆子貼過來，也應該熱絡啊！特別是杜同霽，聽聞他明年也是要參加會試的，要知道，謝樹元可是探花郎出身，而且家中還出了一個解元，得了謝樹元的指點可是比請教什麼先生都要強啊！

結果，這個杜同霽除了先前來了兩回，還是因為謝樹元要見見他，才以討教學問的名義來的，之後便再沒來過，至於底下這三位未來大舅子，他更是不熱絡。

當然，也可能說人家只是沒看上這門親事罷了。

「大姊姊那麼好，嫁給這個姓杜的真是可惜了！」謝清湛是個少爺，對於婚事倒不像女孩家提起來那般羞澀，他只是憤憤不平罷了。

謝明貞平日在家中頗有長姊的風範，又加上繡工出眾，家中兄弟姊妹都有收過她的針線品。特別是謝清湛，他從入蒙學到現在，用的筆袋都是謝明貞繡的。

不過，大姊姊的親事還輪不到他們這兩個小輩管，況且她爹爹無論如何都不至於將自己的女兒嫁進一個坑裡去吧？

但事實證明，再老練的獵手，都有走眼的時候……

紫禁城的紅牆黃瓦在陽光下折射出莊嚴和不可輕視的巍峨感。

陸庭舟端坐在馬車上，湯圓依舊坐在他旁邊的墊子上，渾身的皮毛光澤亮麗。

待到了下車的時候，陸庭舟正要起身去抱牠，誰知湯圓卻一下子起身，霍地往外竄了出去，待牠輕輕躍下馬車後，便往四周環視。

此時陸庭舟也跟著下車，輕輕喊道：「湯圓，回來。」

渾身雪白猶如天山那一抹皚皚白雪的狐狸，便邁著腳底的肉墊，不緊不慢地開始往回走。

齊心趕緊上前將牠抱起來，有些為難地說道：「王爺，總不好把牠也帶到太后娘娘宮中吧？」

誰都知道湯圓先前抓傷了八皇子，如今再這麼正大光明地帶進宮，是不是不大好啊？

陸庭舟卻笑著搖頭。「牠在車裡待著憋悶，還不如讓牠跟著我四處走走。」

於是，一人一狐便閒庭信步地往太后宮中走去，而跟在後頭的齊心，那頭垂得低低的。往來的宮女、太監們要是遇見主子，那都是要垂頭等著主子走過才能起身的，不過今日遇見這位恪親王的宮女、太監們，都能看見一隻渾身雪白、沒有一絲雜色的白狐狸，揚著驕傲的小頭顱，在他們眼皮子底下走過。

自從陸庭舟成年之後，便搬出皇宮，獨自居住在恪親王府，如今也只有太后娘娘宣召，才會入宮來看望太后。

他到了壽康宮的時候，便被告知裡面有幾位娘娘正在陪太后說話呢，陸庭舟便等在旁邊，待內監進去通報後，他帶著湯圓獨站在迴廊的一角。

院子中栽種的一株桃花正值盛放的時候，粉紅的花朵開得滿枝滿椏都是，輕風吹拂而過，便有花瓣隨風飄落。

他上次入宮時，還未曾見到壽康宮中有桃花在，大概是不知從何處移植而來的桃花樹吧。

湯圓對這株桃花顯得格外有興趣的模樣，一個飛竄越過迴廊的欄杆，便往桃花樹底下飛奔。

齊心在身後想喚牠回來，卻被陸庭舟伸手攔住。

雪白的狐狸抬頭仰望著面前的桃花樹，待又有一瓣桃花隨風輕輕飄落時，就見牠一個起身跳躍捕捉，動作行雲流水，一氣呵成，嘴中銜著一瓣桃花。

牠剛銜住這片桃花，便飛快地往陸庭舟身邊跑，待牠跳上迴廊的欄杆上後，便將嘴裡的花瓣放在欄杆上，接著又跑到樹下去接花瓣了。

這麼反覆幾次，直到裡面的妃嬪離開時，有人看見這白狐嘴邊銜著一片花瓣往前方跑，待抬頭一看，便看見穿著墨色繡金螭龍長袍的男子站在不遠處的迴廊，那樣俊朗出塵的男子，正背手遙遙望著樹下的那隻白色狐狸。

有些年輕些的妃嬪當即羞得不敢抬頭，扶著宮女的手臂匆匆離開。而即便如賢妃、德妃這等在宮中經年，見過這位恪親王多次的人，都忍不住嘆道，這陸家祖輩的風骨，只怕只有這位王爺繼承得最徹底。

這時內監匆匆而過，請陸庭舟進去。

太后臉上有些疲倦，如今年紀大了，略說會兒話都勞累不已。不過看見陸庭舟進來，卻還是忍不住笑。

「坐得離母后近些。你這一出去便是三個月，若不是你皇兄召你回來，只怕你便是再想不起母后的。」太后到底是疼愛他，即便先前諸多埋怨，可這會兒看見他，也頂多是說成這般。

陸庭舟也細細打量了太后，這才笑著說道：「母后這般說，倒是存心讓兒子心裡頭愧疚了。我去別院，也是不想在母后身前，讓母后心煩而已。」

「妳聽聽、妳聽聽，說來說去倒是成了為我好了！」太后對著旁邊的嬤嬤笑道。

那嬤嬤年輕時就跟在太后身邊，一輩子沒出宮也沒成親，也是看著皇上和陸庭舟長大的。如今皇上都快有孫子了，可這位王爺卻連婚事都沒定下來，嬤嬤自然也知道，太后這心裡頭著急啊！

古來娶妻嫁女都是極重要的事情，這尋常人家過禮都得小半年，更別提這些富貴持禮的人家了，可是要過足六禮的。

謝家是書香世家，謝明貞身為長房長女，這親事自然是不好隨意的。先頭兩家已經有了結親的意願，只是那會兒長房還在江南未歸。如今長房不僅回來了，就連謝樹元都見過杜同霽本人了，所以訂婚的事情也算是拿到檯面上了。

杜家為了表示對謝明貞的重視，特別請了京中有頭有臉的貴夫人過來說親。這門婚事是老太太起頭，大姑奶奶說合的，如今又有南安侯夫人上門提親，便是嫡女的婚事也只能這般了。

不過為了這事，謝明芳在院子裡生了好幾日的氣。如今她年紀也到了十五歲，自然不好再跟底下的妹妹一同上學，她成日在院子中待著，無非就是繡繡花。

大姊姊那頭的婚事，幾乎是全家都在忙著。姑母為了這事，隔三差五地便要回娘家來，每回她們都去見姑母，可姑母問的最多的卻是大姊姊，就連六妹妹那個嫡女都得往後靠呢！

「姑娘，這外頭花開得正好呢，要不然咱們出去逛逛吧？」明芳身邊的墨竹見自家姑娘百般無聊的模樣，便開口問道。

明芳看著手上正繡著的繡框，都舉在手裡半刻鐘了，可卻連一針都沒走。她嘆了一口氣，便放下手上的繡框，說道：「那便出去走走吧，左右也是無事。」

謝家的園子景致也是極好的，不過卻比不上永安侯府。如今已是四月底了，花園裡頭越發的花團錦簇了。謝明芳走了一會兒，便不知不覺地走到了謝明貞的院子裡頭。

大姊姊雖然只是互換了庚帖，這後頭的禮數還沒走，不過她也算是訂了親的姑娘。這姑娘一旦定了親事，尋常便不好再出府去交際，只能在家中繡些嫁妝，等著成婚。

謝明芳看了眼遠處的院門口，也不知怎的，竟是鬼使神差地走了過去。她和大姊姊的關係其實一直不大融洽，只因大姊姊素來愛護著六妹妹，姊妹之間出現口舌之爭時，謝明貞歷來便是站在謝清溪那一頭的，所以謝明芳沒少在背後罵她「馬屁精」、「一心只想著討好太太」。可如今看來，人家討好了太太也不是全沒好處的。

謝明芳也是十五歲的姑娘了，要說對親事不上心，那自然是不可能的。可光她自己著急有什麼用？她的親事是由太太做主的，她也只能在心裡頭乾著急。

「二姑娘可是來找咱們姑娘說話的？姑娘方才還說一個人在屋子裡待著憋悶了，可巧二姑娘便過來了！」

謝明芳一進了院子，就看見謝明貞的丫鬟慧心迎了出來，謝明芳笑了下，便隨著慧心進了裡頭。

謝明貞也正在做繡活，她繡的是荷包，不過卻是已有好些荷包，全鋪在榻上。

謝明芳一進來，看見這樣多的荷包，略驚奇地問道：「大姊姊，怎麼繡了這樣多的荷包？」

明貞招手讓她坐過去，待明芳坐在旁邊時，她才微微笑道：「日後都要用到的，便多繡了些備用著。」

「哪裡需要這樣多啊？不是有丫鬟們在嗎？這樣小件的東西最是熬眼睛了，還是讓她們去繡吧！」謝明芳隨手拿了一個荷包，只見上頭的針腳細密，花樣也是新奇的，可見繡的人是花了一番心思的。

「這丫鬟繡的同我自己繡的，哪裡能一樣？」明貞微垂了下頭，臉頰上浮起一抹粉色的紅暈。

謝明芳霍地明白過來，只怕這是大姊姊為了未來夫家準備的吧！她是閨閣姑娘，自然不好過多詢問姊姊的親事，兩人略說了幾句話後，她便匆匆離開了。

謝明芳剛回了院子，江姨娘便派人過來叫她過去。她見來人叫得著急，便匆匆趕了過去。

江姨娘一見她便問道：「我先前讓妳給老太太做的鞋子可有做好？」

「鞋子這東西最是費力，我正在做呢！」明芳有些沒好氣地回道，她還以為是什麼要緊的事情呢！

江姨娘見她一點都沒放在心上，便有些怒其不爭地說道：「我先前同妳怎麼說的？老太太才是咱們最大的靠山，妳要好生侍奉老太太，這將來必是有好處的！」

「將來、將來，我怎麼沒看見將來有什麼好處？誰不知道老太太最偏心的就是大哥哥了，有大哥哥在，她怎麼可能喜歡我和四妹妹？」謝明芳一聽這話，便更加不耐煩了。

江姨娘見這孩子怎麼都說不通，不由得又好生規勸道：「老太太到底是姨娘的親姑母，妳和明嵐比起別的姑娘來，兩頭都和老太太沾著親呢！妳別看妳大姊姊現在這般風光，可是她這門婚事還不是老太太給相看的？如今妳也不去學堂上學了，不如有空便去老太太跟前伺候著，陪她說說話，多哄哄她開心，這時間一久，她還不記著妳的好？」江姨娘細細教導道。「這府裡哪位姑娘不是老太太的親孫女？可是，就是這孫女之間，也是有親疏遠近的。」

謝明芳此時靜下心來，倒也覺得江姨娘說的有道理。左右嫡母這裡，她們已經不可能巴結得上了，倒不如走走老太太這邊的路子，保不準日後老太太還能替她說上一門比大姊姊還好的親事呢！

謝明芳近來時時去老太太的院子裡頭，給老太太請安，同二房的閔氏陪著一塊兒說說話，她的舉動自然沒逃過蕭氏的眼，很快就有人將此事稟告給了蕭氏。不過蕭氏也並沒有在意，左右謝明芳是老太太的親孫女，難不成自己還能阻止親孫女給祖母盡孝不成？

如今她擔憂的，是另外一件事。

原先她便同杜家說過，捨不得大姑娘這般早出嫁，因此想著將婚期定在明年春闈之後，若是杜同霽能中了進士，那便是喜上添喜；如果杜同霽沒能中，那小登科也是人生一大快事，倒也能彌補落榜的遺憾。

這樣的說法誰家都會同意的，更何況，杜同霽今年也不過才十八歲，便是到了明年成親也不過才十九。可偏偏，杜家卻讓大姑奶奶隔三差五地回來催婚。

剛開始說三房太太身子不好，想讓杜同霽早些成婚，也好沖沖喜。可後來蕭氏打聽過了，這位三太太身子好著呢，前些日子去參加別人壽辰的時候還活蹦亂跳的。

後來大姑奶奶又說了，三太太說實在是喜歡明貞，想讓她早些嫁過去，也好在家中幫手。這等說法，蕭氏就更加嗤笑了。這杜家如今管家的是大房太太，也就是謝家的大姑奶奶，這三太太能有什麼忙的？

更何況，按著杜家的意思，最好是秋天便娶親，可這樣匆忙，蕭氏卻是不願意的。明貞的親事雖不是她定下來的，可這禮數卻不能隨便地走。她自己的四個孩子還都未訂親呢，若是她隨隨便便地將謝明貞嫁了出去，這名聲也不好聽啊！

就在蕭氏還想著，這杜家如今這般著急要娶親，會不會是有什麼難言之隱時，謝清溪卻先她娘親一步得到了消息。

其實謝清湛先前同她說時，她也有些好奇，畢竟這個杜同霽可是大姊姊未來的夫婿，是未來一輩子的依靠。於是她就讓謝清懋將她三表哥蕭文桓約到家中來，先時她二哥哥還不願意，以為她這是要私會表哥呢！

不過謝清溪也沒瞞著這事，於是謝清懋很爽快地把蕭文桓約了過來。

這長輩有長輩的途徑，小輩也有小輩的路子。她這位三表哥號稱是京城包打聽，就沒他打聽不出來的事情。於是謝清溪讓他去打聽打聽這個杜同霽，究竟有沒有什麼不良癖好，比如什麼包戲子啊、逛青樓啊、賭博啊。

蕭文桓原本還以為謝清溪要幹麼，很是忐忑了一陣子，後來聽見是這麼一件小事之後，便拍著胸脯保證，五天之內必定帶回消息。

於是今日，蕭文桓又借著向表哥討教學問的名義來了謝府。

他喝了一口茶後，便立即說道：「這個杜同霽真真是斯文敗類啊，表面上道貌岸然，實際上是一肚子的男盜女娼——」

「咳咳！」謝清懋輕咳了兩聲。

蕭文桓看了旁邊睜著大眼睛正仔細聽他說話的小表妹，立即心中悔悟，嗯，可不能在表妹面前說這等污糟事。

「我也是經過多方打探才知道，這個杜同霽房裡頭有個丫鬟，聽說是極受杜同霽的喜歡，杜同霽還親自教她琴棋書畫呢！不過一個通房丫頭而已，倒也翻不出什麼風浪，只不過我這回聽說，杜家之所以這麼著急要給杜同霽訂婚事，是因為那丫鬟懷孕了，如今已經有六、七個月大的肚子，那杜同霽又死活要生下孩子，眼看著這事就要捂不住了，結果剛好你們家大姑娘正在尋親事，你們家又不在京城，這才掩了過去。」蕭文桓細細說道。

雖然謝清溪覺得這背後可能會有隱情，可是她沒想到，居然會有這麼大的事情！

先不說這杜同霽這般喜歡這個丫鬟，如今連孩子都有了，要是真的生了下來，那她大姊姊一嫁進去不就立刻有個庶出的孩子了？

尼瑪，這也太他媽噁心人了！

難怪這個杜家京城的姑娘不找，偏偏要往外頭尋！不過他們家也貪心得很，找的是謝家長房這種外放的家庭，馬上要回京的。若是真找了外頭的大家族，等這婚事成了，估計人家都不會發現的。

謝清懋原本並不願管這等事情，畢竟兒女的婚事自有父母操心，可是沒想到這後面還有這等隱情。雖說謝明貞只是個庶女，可杜家這等行事，那也是在打謝家的臉面。

謝清懋當即說道：「必須將此事立即告訴父親。」

「那爹爹會怎麼處置？」謝清溪好奇地問道。

蕭文桓倒是比他們都瞭解些，他說：「其實這事以前也不是沒發生過的，只不過人家娶了門第低的媳婦，那媳婦一家能高嫁，自然也就不在意這等事情了。不過這杜家……」他也不禁搖了搖頭，這杜家又想替兒子娶個門第高的姑娘，又想保住兒子的寵妾和庶子，合著這天底下的好事全讓他們一家占去了不成？「我估計姑丈會讓杜家打掉這孩子，再讓大表姊嫁過去吧。」蕭文桓想了想，又說道。

「這種欺瞞成性的一家子，就算大姊姊嫁過去了，又哪裡能落得好！」謝清溪立即著急地說道。

謝清懋倒是點了點頭。「杜家此等作為，實在不足為親。」

謝清溪聽著，怎麼覺得這話這麼熟悉啊……

「不是說大表姊同那杜同霽連庚帖都換了，只等著走後頭的禮數嗎？要是此時悔婚的話，對大表姊的名聲可是有礙呢！」蕭文桓摸著下巴說道。

謝清溪很氣憤，手中的茶盞險些都氣得要摔了，怒道：「明明是那姓杜的賤人欺瞞在先，為何偏偏名聲受損的反而是大姊姊？此等賤人，若是不收了他，簡直是天理難容！」

「清溪。」謝清懋不贊同地看了她一眼，顯然是在指責她作為一個淑女，不該將「賤人」這種話掛在嘴上。

倒是蕭文桓聽了反而拍手稱道：「表妹果真是俠肝義膽！姓杜的這家子行事實在是太過荒唐，這是將旁人都當作傻子不成？要是表妹有用得著我的地方，只管同我說一聲便是！」

傻子一家的謝清溪和謝清懋對視了一眼……是的，他們是有些傻。

不過想到這裡，謝清溪又忍不住埋怨道：「姑母是如何說的親事？這杜同霽可是同她住一個府裡頭的，這丫鬟懷孕了，姑母總不會不知道吧？」

「若是沒你們家姑母在其中瞞天過海，只怕這婚事還不會訂得這般順利呢！」蕭文桓說道。

確實也是，若不是姑母保媒，謝樹元定是會好生考察這後生的人品家世。可如今就是因為這婚事是謝老太太看的，是大姑奶奶說的媒，所以謝樹元才會這般相信她們，只看了杜同霽兩回，覺得這少年不錯，便將婚事定了下來。

誰能想到，自家姑母竟會這般坑害自己的親姪女呢！

「那老太太呢？當初爹爹可是請的她替大姊姊說親事的，是不是一開始她們就都知道此事？」謝清溪越想越覺得，這簡直就是老太太和姑母兩母女合起夥來欺瞞他們大房一家！

別說謝清懋皺著眉頭不說話，就連蕭文桓聞言都嚇了一跳，他尷尬地笑道：「估計謝老太太也是被蒙在鼓中的吧……」

謝清懋依舊是緊鎖眉頭，按理說，謝清溪這樣一個未出閣的姑娘，竟這般插手長姊的婚事，實在是不合規矩。如今又當著旁人的面非議自家祖母，也著實有些過了，可還沒等他教訓謝清溪呢，就見她突然湊近蕭文桓身邊，面帶微笑，語氣極為溫柔地問人家話了。

「三表哥，你知道了我們家這麼多的秘密，按理說呢，我是不能放了你的。」

這是什麼意思？難不成還要殺人滅口不成，蕭文桓有些害怕地看著謝清溪。這位表妹古靈精怪得很，他生怕她會想出什麼手段來折磨自己……蕭文桓忍不住往後坐了一下，他是真的怕啊！

「不過呢，你要是幫我辦件事情，你就跟我們是一條船上的人了！」謝清溪笑呵呵地說道。

「表妹，妳只管說是什麼事，對於這種奸佞小人，我們都有義務和責任將他們的醜惡嘴臉暴露在眾人面前！妳只要一個吩咐，我上刀山、下火海，在所不辭！」蕭文桓講得跟說書的一樣，簡直就差掏心挖肺了。

謝清懋都沒來得及阻止，就聽謝清溪已經說了一連串的話，而蕭文桓聽得直點頭。待蕭文桓走了之後，謝清懋總算是有了機會教育她。「此事乃是明貞的親事，咱們都不好插手太過，還是直接稟告父親，聽憑父親處置才妥當。」

「二哥哥，你我都知道，若是將此事告訴爹爹，那祖父勢必便會知道，到時候萬一祖父為了所謂謝家的臉面，同杜家妥協，那大姊姊怎麼辦？都說女子出嫁從夫，若是這夫婿心裡頭已有了旁人，就算大姊姊貴為嫡妻，沒有了丈夫的寵愛，也是極為艱難的。單說這杜家，如今家中子弟尚未娶親，便能允許通房有孕，可見也不是什麼規矩嚴整的家庭，日後寵妾滅妻之事，難保他們便做不出來。」

謝清懋沈默了。明貞也是他的妹妹，他自然希望她能嫁得好人家，將來丈夫愛重、兒孫滿堂。可現在看來，這杜同霽顯然不是良配。

杜同霽身為大家子弟，只享受了家族給自己帶來的榮耀，卻一點都沒為家族思考。杜家可並不只有他這個少爺未娶親，若是此事爆了出來，只怕整個杜家的聲譽都會受到影響，到時候誰家敢把自家的姑娘嫁給這樣不知禮數的人家？

「況且，我也只是讓表哥在這個姓杜的耳邊旁敲側擊一番罷了，到時候咱們再看他的行動，便能知道這人究竟值不值得原諒。」謝清溪輕輕說道。

謝清懋方才也聽見了謝清溪讓蕭文桓做的事情，只不過是請杜同霽吃酒而已。

於是，這事便被掩蓋住了。

謝清懋之所以未說，並不是因為謝清溪將他勸服住了，而是他需要知道，這個杜同霽的通房若真的早就懷有身孕了，那姑母和老太太究竟知不知情？若是此時貿貿然地將此事爆出來，只怕姑母就算是知情也會抵賴到底。

謝清懋從來不是惹事的人，不過如今事已找上自家了，他也不是怕事的人。

若是自家的姑母真是將自己的妹妹往坑裡扔……謝清懋不由得冷笑了一聲。

蕭文桓身為永安侯世子的嫡子，因頗有些交際手腕，所以在京中也算是交友廣泛。再說了，這些京中的勛貴子弟，就算相互不認識，要真想認識起來，也是件容易的事情，畢竟這圈子與圈子之間，總有重疊的那麼幾個人嘛！於是，蕭文桓透過圈子與圈子之間那些個重疊的人，終於成功打入了杜同霽的圈子。

這日他作東，在京城有名的浮仙樓預定了個包間，以詩會的名義請了幾個好友。這浮仙樓可是京城最好的酒樓，裡頭自是不用說，必是高端大氣上檔次。最緊要的是這浮仙樓的廚子，手藝是號稱能同御廚比較的。

而且浮仙樓的老闆別出心裁，請了八位廚子，號稱江南地北只要是想得到的菜餚，沒有浮仙樓做不出的。

謝清溪覺得這吹的實在是有些大了，要是她上門點一道披薩，別人會不會覺得她是來砸場子的？她有些好笑地想著。

她旁邊的謝清懋坐得筆直，不過耳朵卻是豎起來聽著隔壁包廂的動靜——浮仙樓的包間訂下來可是不便宜，所以蕭文桓一說在此處請客，但凡受邀的人就沒有不來的，而杜同霽則是與另外一人一同過來的。

「今日大家只管吃好喝好，可不能同小弟我客氣！」蕭文桓年紀雖不大，可為人豪爽。今日來的五、六人中，自然有像他這樣的勛貴子弟，不過可不是誰都有錢在這裡請客的。

「文桓，你在此處請客可真是大手筆啊，咱們也算是沾了你的光啊！」說話之人接著便提議舉杯。

此間倒是很快便熱絡了起來。

蕭文桓是個善於把控話題的高手，先是天南地北地吹了一通，接著話題便漸漸往謝家上轉。

突地，有一人輕笑道：「我聽聞同霽兄正與謝家姑娘議親呢，那文桓日後豈不就是你的小舅子了？」

這人簡直就跟神助攻一般，這話頭一開，旁邊的人便也哄笑著。

接著又一人說道：「要說到這謝家，那可真是咱們學子仰望的，不說兩代皆是進士，我看謝恒雅明年必中狀元啊！」

「唉唉，石川兄，咱們明年可都是要下場的，你這是長他人志氣，滅自己的威風啊！這一日未考試，狀元之說為時過早！」一旁有人當即不服氣了。

此時有人輕笑說道：「要我說，這狀元那是需得天時地利人和的。我聽聞杜兄未來的岳丈謝大人，當年也是有狀元之才的，後來卻被點了探花。咱們與其想這等沒用的，倒不如先求求咱們杜兄吧！」

「喔？不知張兄有何事求我？」坐在一旁的杜同霽輕笑問道。

旁邊的蕭文桓則是舉著酒杯，眼底帶笑地看著眾人，只不過他的餘光卻是時時瞄著杜同霽。

那姓張的人接著說道：「杜兄馬上就要做了謝大人的乘龍快婿，小弟素來仰慕謝大人才學，還望杜兄能引薦一二啊！」

聽這人如此說道，在座之人莫不都動了這樣的心思。要知道，謝家可不單單只有謝大人才學了得，就算只是見見那位傳說中的謝恒雅，也是值得了呀！

眾人這般交口稱讚自己的未來岳家，按理說，杜同霽應該與有榮焉的，可偏偏他的臉色一下子便變了，好像滿腹心事，可又怕被旁人瞧出來，到最後只得強撐著笑臉。

就算蕭文桓同謝明貞沒什麼交情，可如今見杜同霽這般做作的模樣，也忍不住要替她鳴不平了。

「同謝家的婚事還未定呢，還請諸位不要再議論，免得敗壞了謝家姑娘的清譽。」杜同霽這般說道。

蕭文桓立即附和道：「我姑丈一家最是重規矩的，姑丈對於我那些表兄弟、表姊妹們管教得也甚為嚴格，咱們倒也不好多說。」

說者有心，聽者就更加有心了。

杜同霽聽到「重規矩」這句話，便更是心事重重了……

一直到酒席結束，眾人紛紛離開，最後只剩下蕭文桓和杜同霽兩人。

只聽蕭文桓笑著問道：「杜兄怎麼還不走？可是家中馬車不在？需要小弟送杜兄一程嗎？」

杜同霽只尷尬地笑著，待過了好一會兒才問道：「我只是想問問……」

「什麼？杜兄想問什麼？」蕭文桓見他這麼吞吞吐吐，實在鄙夷得很。一個男人如此優柔寡斷，可見日後也不會有什麼大出息。

「謝家大姑娘……人品如何？」杜同霽最終還是問了出來。

隔壁包間裡原本已經昏昏欲睡的謝清溪，在聽到這句話後，都忍不住冷哼出聲。一個賤人還好意思問別人人品怎麼樣？

「杜兄問的這是哪裡話，難不成杜兄是在懷疑謝家不好？」蕭文桓微微冷笑，畢竟這等話問出來可實在是無禮。

「蕭賢弟先別生氣，婚姻大事實非兒戲，我只是想對大姑娘多瞭解一些罷了。」杜同霽連忙解釋道。

蕭文桓在心中冷笑。婚姻之事乃是父母之命、媒妁之言，哪有你過問的道理？如今杜同霽過來問他，不過就是覺得他看起來沒有心機，好忽悠罷了。

既然你將別人當成傻子，那也就別怪別人有心算計你了！

只見蕭文桓有些遲疑了，而他這遲疑落在杜同霽心中便猶如晴天霹靂一般。

過了會兒，蕭文桓才緩緩道：「其實我表姊這人的品性自然是頂好的，不過，就是她與我姑丈頗為相似，太看重禮法規矩了，眼中又揉不得沙子。」他隨後又笑著說道：「但我看杜兄你也是個知規矩、有分寸的人，想來日後同我表姊相處，定能琴瑟和鳴的。」

杜同霽此時嘴裡跟吃了黃連一般，真真是有苦說不出。聽蕭文桓這般說，想來這個謝家大姑娘定是十分有主意又守規矩的人，那到時候柔兒母子到了她的手中，豈不是沒了活路?!於是他只淡淡笑過，便匆匆告辭離去了。

謝清溪站在窗口，看著杜同霽上了自家的馬車，匆忙離去。

蕭文桓過來後，也是鄙夷地看了眼正遠去的馬車，怒道：「這種人，說他是衣冠禽獸，只怕都是侮辱了禽獸！」

謝清溪轉頭看著謝清懋。

謝清懋只淡淡說道：「此人絕非良配。」

「表妹，咱們接下來要怎麼辦？」蕭文桓覺得，要是只簡單地稟告長輩，那簡直是太便宜這姓杜的小子了。他也是世家子弟，自然知道，若是此事讓長輩知道了，到時候還不是大被一掩，全遮了過去。可他這樣的年紀，最是嫉惡如仇的時候。

「杜家打的是好主意，想讓我們謝家吃了這啞巴虧，我要讓他們後悔惹到咱們謝家！」謝清溪冷笑了一聲，盯著窗外道：「這只不過是第一步罷了，好戲才剛剛要開始呢！」

這幾日謝清溪在家都特別的乖，乖到連蕭氏都忍不住問她，是不是做了什麼壞事，怕被爹娘發現，所以才這麼表現的？可謝清溪死活說沒有，而蕭氏也確實沒發現她有幹什麼壞事。蕭氏還特地另外觀察了謝清湛好幾日，發現他也是依舊如尋常一般，一點亂子都沒惹到。因此蕭氏很欣慰，看來她的清溪兒真的長大了、懂事了，她好生安慰啊！

於是，真正幹壞事的謝清懋就被人忽略了。

蕭文桓號稱京城包打聽，交友範圍之廣，簡直是上自王孫公子、下至三教九流。這次謝清溪是下定決心要讓杜同霽去死，而且她還要保全謝明貞的名聲，最起碼要讓京城的這些貴夫人都知道，是這個姓杜的道貌岸然、禽獸不如。

於是蕭文桓特地派人跟蹤了杜同霽好幾日，這才發現，杜同霽每隔幾日便會去一家叫雲祥的戲班子。要說這家戲班子在京城的名氣也不是挺大的，根本犯不著日日都去。

再打聽之後，才發現杜同霽每回都是去找一個叫李雲峰的人，這人在雲祥戲班子裡唱的是花旦，如今也算是戲班子的臺柱子，很是受一些人追捧。

後來連謝清溪都不得不佩服她這個三表哥了，居然連這個李雲峰和杜同霽的那個通房乃是兄妹的事情都能打探出來！此等人才，要是不進入情報系統工作，實在是國家和人民的損失啊！

原來杜同霽那個叫柔兒的通房，是他從前在路上救回來的，後來杜家見她可憐，便讓她賣身入了杜府，就在杜同霽的房中伺候著。

這個柔兒說是婢女，倒不如說是陪杜同霽一起長大的玩伴，所以兩人感情深厚實在也是不難理解。

要是這個杜同霽沒和她大姊姊訂婚，反而能不顧家族反對，一心一意和這個柔兒在一起，謝清溪倒也佩服他是條漢子，可這賤人不僅想著要透過娶大姊姊來得到謝家這個有力的岳家，又想著要保全自己的愛妾和庶子！

原本謝清溪還沒想好該如何料理這人呢，不過最近她正在看《大齊律例》，倒是從中得到了一些啟發……

這日，李雲峰依舊照著往常的習慣，去了城西的一家胭脂鋪子。他唱的是花旦，不僅身段要好，這扮相更是重要，所以這化妝用的水粉，他都是要自己親自買了才放心的。

他是這家胭脂鋪子的老主顧了，自從雲祥戲班一年前來了京城之後，他便時常光顧這家胭脂鋪子。今日他依舊買了好些胭脂水粉，估計也夠用上一段時間了。

不過他又四處看了看女子化妝用的各種水粉口脂，店裡的老闆娘還笑著問他，是不是給心上人買的？李雲峰只淡淡搖頭，那斯文有禮的模樣，旁人第一眼瞧見，定不會覺得他是從戲班子那等三教九流之地出來的。

等他出了胭脂鋪子時，一輛馬車突然呼嘯馳過，李雲峰當即愣在那裡，若不是身旁有人及時拉了他一把，他險些要被撞倒了。

李雲峰趕緊行禮謝道：「多謝壯士出手相救！」

「不過是順手罷了，不用謝！」這壯漢面相憨厚老實，隨口笑了下，更是顯得無害。

李雲峰左謝右謝過後，正要離開的時候，就聽那壯漢突然喊道——

「等等！」

於是李雲峰立即停住，以為這壯漢有何吩咐。

壯漢摸著後腦勺，有些不好意思地說道：「我瞧你有些像我兒時的玩伴呢……」

「不知大哥老家是何處的？」李雲峰客氣地問道。

那壯漢憨厚地笑道：「我老家是河南，在安陽府李集鎮下頭的一個小村莊，估計兄弟你沒聽說過。」

「可是……白草莊？」李雲峰顫抖著雙唇，有些難以置信地問道。

「哎喲，就是白草莊！兄弟，你咋知道的呢？」壯漢笑得格外開心，末了，還仔細地盯著李雲峰的臉左看右看，然後突然問道：「你可是我大峰兄弟？」

李雲峰一見這人將自己的本名都叫了出來，心中再不疑他。況且如今他這等模樣，誰還會費勁心思地同他攀關係呢？於是他點了點頭。

「唉唷，你還真是我大峰兄弟啊！我是村頭的鐵蛋啊，王鐵蛋！」壯漢一見居然真的是老鄉，格外的親熱。

李雲峰怎麼都想不起村頭的王鐵蛋，可看著面前這人親熱的面孔和欣喜的表情，他竟是說不出這樣的話來。不過他離家也有十年了，便是不記得老鄉，也是正常的。

「不過如今俺也不叫王鐵蛋了，之前找了個先生給我重新取了個名字，叫王川！」王川依舊笑得憨厚老實。

李雲峰突然低低嘆了一口氣，他也不叫大峰好多年了。「如今我也不叫大峰了，我現在的名字叫李雲峰。」

都說老鄉見老鄉，兩眼淚汪汪，王川怎麼著都要請李雲峰一塊兒去吃飯。

李雲峰推託不得，只得答應，誰知這王川竟帶他到城中最好的浮仙樓去。李雲峰也陪別人來過幾回，自然知道這裡的菜價，一頓飯只怕是尋常百姓家一整月的伙食費呢！

於是他趕緊拉住王川，剛想勸阻的時候，就聽這王川不在意地說——

「兄弟，你只管聽哥哥的便是！」

待一頓飯之後，李雲峰便對這個外表憨厚的王川有了新的瞭解，原來人不可貌相說的便是人家。別看王川樣貌老實，可是做的卻是如今最時新的二道販子生意，即將一處低價的東西運到另外一處高價賣出，依次做著生意。

李雲峰也知道，王川先前娶過一房妻子，只是好景不長，不久後便得了重病離世了。如今王川是個鰥夫，膝下也沒有子嗣，又因忙於生意，遲遲都未再娶妻。

後頭王川還將李雲峰送回戲班子，然後不時地到戲班子找他。有時候帶些水果、糕點，有時候只是過來坐坐喝杯茶。

不過十來日，兩人倒是很快地熟絡起來了。

而謝、杜兩家，還在因為婚期的事情相互說服呢！

杜家態度堅定，非要在秋天的時候成婚，還給了各種理由。

至於謝家這邊，老太太倒是因為大姑奶奶的關係，已經鬆了口，可蕭氏卻一直沒點頭。他們大房是四月分剛回京城的，到了九月分就要將女兒嫁出去，這滿打滿算，也才五個月的時間，別說是過禮了，便是準備嫁妝都是不夠的。況且了，他們謝家將閨女這麼草草嫁出去，外頭不知道的人，還以為謝家姑娘是多愁嫁呢！

所以蕭氏在此事上一點都沒有鬆口，她心中最早的時間，那也得是明年二月。到時候謝明貞也不過才十七歲，這樣的年紀出嫁倒也不嫌晚。

蕭氏這般幫大姑娘起架子，可方姨娘卻是著急得很。照著禮法，大姑娘的婚事她是沒權過問的，不過她可是親娘，便是沒人問過她的意見，她依舊是著急啊！

這會兒謝明貞還不緊不慢地繡花呢，方姨娘簡直跟火燒房子一般地上火，問道：「我的好姑娘唉，太太那頭究竟是怎麼說的？這婚期到底定在幾月啊？」

「婚姻大事，哪有姑娘家親自過問的？姨娘這話也就在我這處說說，要是被旁人聽見了，還不知要如何說我輕浮呢。」謝明貞依舊是不緊不慢的。

其實對於這門婚事，她說不上期待，也說不上失望。伯府的嫡子，按照這身分，確實是她高攀了。可是呢，謝明貞不同於方姨娘，一輩子在內宅之中，沒見過什麼世面，她也是蕭氏帶在身邊理過家的。

這伯府的三房如今聽著不錯，可要是日後分家了，估計也只有一份薄薄的家產而已，更別提自己嫁的這個還是三房的次子，到時候過起日子來，只怕還得媳婦往裡頭貼嫁妝呢！

方姨娘一手捏著帕子輕嘆著，若不是她素來懼怕蕭氏，這會兒簡直恨不能衝到蕭氏跟前去問個清楚了。她看著謝明貞一副不在意的模樣，不由得又嘆了一口氣。到底是姑娘家，不知道這其中的險惡啊！

「姑娘，不是姨娘要替妳瞎操心，妳如今年紀還小，沒經過事，只怕是不瞭解這其中的利害關係啊！」方姨娘一副過來人的模樣。

謝明貞這會兒放下手中的活計了，輕笑著說道：「姨娘還是坐下慢慢同我說吧，我老抬著頭也怪累的。」

方姨娘趕緊坐下來，拉著謝明貞的手便說道：「太太如今說是不捨得妳草草嫁了，到時候她是做足了姿態，留足了面子，可妳呢？還沒嫁過去，便同夫家鬧了這樣一場，只怕妳未來的婆母少不得要將此事怪罪在妳身上啊！」

「好了，姨娘，我的婚事都是太太做主的，太太如今既然這麼做，那定是為了我好，咱們只管聽著便是。」謝明貞立即正色道。

方姨娘還想說話，卻被謝明貞制止了。

謝清溪一掀開簾子進來，就看見方姨娘正陪著謝明貞坐著呢！

兩人見謝清溪進來，都站了起來。

謝清溪看著方姨娘，笑著說道：「我來得倒是不湊巧，可有打擾姨娘和姊姊說話了？」

「哪裡、哪裡，我正要走呢！既然六姑娘來了，便好好同大姑娘說會兒話吧！」方姨娘面帶尷尬的笑意。明知謝清溪不可能聽見她先前的話，可驟然看見這個六姑娘，她還是忍不住尷尬。

方姨娘頭也不回地走了之後，謝清溪倒還笑了一聲。「不知道的，還以為我欺負了方姨娘呢！」

「六妹妹，妳真是。」謝明貞搖了搖頭，卻也不去糾正她。

謝清溪看了一眼謝明貞手中還在做著的繡活，笑著問：「大姊姊繡的可是嫁妝？」

「什麼嫁妝不嫁妝的，這也是妳一個小姑娘家能問的？」謝明貞有些無奈了，這個六妹妹可不像府裡的其他姑娘，她可是主意最大的那個。

謝清溪笑道：「咱們是親姊妹，還有什麼不好意思說的呢？」說著，謝清溪便去翻炕上的繡品，這一針一線莫不包含著新嫁娘對於未來的期待和憧憬。

謝清溪忍不住轉頭看了她大姊姊一眼，只見淡雅如謝明貞，此時都羞得微微垂著頭。這樣如花一般的女子，心思純正善良，只怕是在一心期待著她的良人吧？

可如果她知道，她將來要嫁的那個男子，身邊早已經有了別的女人，甚至兩人還有了孩子，只怕她會失望至極吧？

有時候謝清溪真的很怨恨這所謂的「父母之命，媒妁之言」，就因為這簡簡單單的八個字，多少女子一生的不幸都毀於此。

「大姊姊，若是妳未來的夫婿心中已有了旁人，妳會後悔嗎？」謝清溪還是忍不住想要問問。

謝明貞輕輕地笑道：「清溪，妳還小，並不懂。」

謝清溪靜靜地看著她，實在不忍心打破她心中美好的期待。

第二十三章

謝樹元如今已經領了都察院右都御史的缺，這可是正二品的官職，比之他之前要升了半級。他如今不到四十歲，便已是朝中的二品大員，實是有些春風得意。

不過他自從上任以來，公務便頗為繁忙，就算是回家之後，也甚少有時間教導幾個孩子的功課。清駿他倒是不擔心，如今在書院裡頭一心讀書，便是連家都極少回；至於清懋和清湛，也都是自覺自律的孩子。

謝樹元一想到這些嫡子，就忍不住驕傲。別人家能有一個出息的孩子，便已是祖上燒了高香的，而他謝樹元養的三個嫡子，那都是個頂個有出息的孩子！

於是這日結束公務要回家的謝樹元，特地往京城的糕點鋪稻花香繞了一趟，買了這家新鮮出爐的栗子糕。蕭氏最愛的就是這栗子糕，當初在江南的時候，她還提了兩回稻花香的栗子糕呢！

有一回，謝樹元見她實在想吃得很，還特地讓人從京城買了去，待送到蘇州的時候，他連看都沒看就拿給了蕭氏，結果兩人打開一看，發現那糕點上頭都長霉了。

謝樹元拿著栗子糕，想著從前的那些往事，忍不住笑了。

蕭氏正在屋子裡同謝清溪說話，如今她不用理家，突然空閒下來，反倒不知做些什麼。好在這幾日清溪都有過來陪自己說話，她指點指點女兒的女紅，丫鬟們在旁邊湊湊趣，時間倒也好打發。

謝樹元進來的時候，謝清溪正垂頭繡花。

這個書袋她可是做了許久，是特別為謝清駿準備的。不過娘說了，會試的時候，考生帶入考場的東西可是不許有任何字樣花紋的，所以她還做了一個素色的。這樣繡了花的可以平時用，素色的可以帶進考場去。

「清溪的繡工倒是越發出眾了！」謝樹元看了會兒後，點頭稱道。

謝清溪沒想到謝樹元站在旁邊看，「哎喲」了一聲，手指就被針尖扎破了。她趕緊將手指含在嘴中吮吸，又低頭查看書袋，生怕手指上的血滴落在上頭。

「讓娘看看。」蕭氏見謝樹元嚇著孩子，便立刻瞪了他一眼，趕緊握住謝清溪的手臂。

「沒事，只是扎破了手指而已。」謝清溪笑著說道。

突然，旁邊的謝樹元摸著她的腦袋，不由得感慨道：「我的清溪兒真的長大了。」

「爹爹為何突然這麼說？」謝清溪有些好奇謝樹元這突如其來的感慨。

蕭氏抿嘴一笑，解釋道：「妳爹爹只是見妳被扎破了手指，居然沒哭鼻子，反而說沒事，這才會有此一說吧？」

「知我者，夫人也。」謝樹元眼角帶笑地看著蕭氏。雖然如今他們都不是年輕的時候，可是歲月沈澱下來的不僅僅是皺紋，還有夫妻之間的相濡以沫。

然而，不知從何時開始，他們之間多了一層隔閡。謝樹元並非草木，焉能無心？蕭氏是他的嫡妻，就算在他年少最得意之時，他都能記得掀起那紅色蓋頭時，心中的驚豔和愛慕。

是的，在她還是蕭婉婉的時候，那個還並非探花郎的謝樹元，便無法忘記那一片桃花林之下，她人比花嬌的模樣。

可是後來呢？謝樹元有些記不清楚了。他只記得，每一次都是他低頭，每一次都是他先靠近一步，每一次無論他們如何冷戰，她永遠都那般淡然冷靜。

所以，既然都已經低頭過那麼多次，既然都已經服軟過那麼多回了，又何必為了一時的意氣之爭，將她推開呢？

於是，謝樹元拿出一直拎在手中的油紙包。

謝清溪歡呼地扔下手中的繡架子便要去接，還笑呵呵地說道：「是稻花香的糕點！爹爹怎麼知道我愛吃？果然爹爹對我最好了！」誰知她伸出去接的雙手卻撲了個空。

謝樹元將油紙包往旁邊一提，放在蕭氏的面前說道：「這是妳娘最愛吃的，可沒妳的分。」

謝清溪轉頭看了看她娘，又抬頭看了看她爹。在她這個親女兒面前這麼秀恩愛，真的好嗎？真的好嗎？於是謝清溪乾脆嘟著嘴巴，盯著她娘。

蕭氏這般坦然的人，都被她看得面紅耳赤，一時是伸手去接也不好，不接也不好。

可謝樹元卻將油紙包又往前遞了下，笑著說：「還記得在蘇州的時候，妳說想吃稻花香的栗子糕。」

謝樹元的一句話猶如打開了蕭氏記憶的大門，她怎麼能不記得呢？其實，她不過是隨口說說而已，可他卻真的放在了心中，還特地讓人從京城買回來。結果剛拿到的時候，他便歡天喜地地拿過來給自己，誰知她一打開，就看見糕點上頭的霉斑。

「我只是說了一句，蘇州的糕點都比不上京城的稻花香，誰知你竟當真了。」蕭氏的臉頰染上兩朵紅暈，小姑娘般的嬌羞出現在她的臉上，卻絲毫不覺得彆扭。

謝清溪覺得她真的聽不下去了。可她還是忍不住垂死掙扎一下，撒嬌道：「爹爹，那你明日也給我買稻花香的糕點吧？」

「不行。」謝樹元想都沒想就斷然拒絕，又接著說：「爹爹答應過，這輩子只給一個人買的。」

謝清溪歪著頭，用一種「不敢相信」的眼神看著她爹。不是說好的，我是你的小心肝嗎？怎麼連這點小小要求都不滿足我啊？

誰知，緊接著蕭氏又滿臉笑容地看著她說道：「那個人就是我。」

爹、娘，能確定我是親生的嗎？

不過怨念完了之後，謝清溪托著紅豔豔的小腮幫子，看著她娘嬌羞的模樣。

其實，夫妻間就應該是這樣的吧？

「妳真要這麼做？」蕭文桓有些遲疑地問道。

謝清溪將手中的銀票遞給蕭文桓，笑呵呵地說道：「花五百兩銀子送他去死，挺對得起他伯府嫡子的身分了。」謝清溪又撇頭問了問給銀子的正主。「你說是吧，二哥哥？」

要不是這個杜同霽有個伯府嫡子的身分，何至於會這般著急地要大姊姊嫁過去？無非就是覺得他娶了謝家的庶女，那是低娶了。也不看看杜家如今是個什麼光景，居然敢這麼對他們謝家？

不過謝清溪大概也能猜到杜家的心思——

如果這事沒被發現，那就是大被一掩，到時候大姊姊嫁過去了，也只得認了。要是這事被發現了，謝家真要鬧起來，也無非就是讓姓杜的上門賠禮罷了。再加上又有謝家的大姑奶奶在，估計最後大姊姊還是得嫁過去。要是他們謝家非鬧到退婚的話，在外人看來，雖然是這姓杜的理虧，可是退婚的女子又豈能和退婚的男子相比？最後吃虧的還是他們謝家大姑娘啊！

如此看來，不管最後這事是成或不成，受影響最大的還是謝家的大姑娘而已。

謝清溪每每一想到這家人的險惡用心，就恨不得立即撕了他們家的臉皮。

「那我先走了啊！我這幾天來謝家的次數太過頻繁，連我爹都問我，是不是打算洗心革面，重新做人了？」蕭文桓嘿嘿一笑。

他爹還以為他見了謝家的這些表兄弟各個讀書都這般認真，被他們激勵得也要一心向學了。誰不知道他最不耐煩的就是讀書了，左右他可以走蔭生的路子，何苦要跟那些寒門學子搶名額呢？

蕭文桓有時候覺得，自己還挺有奉獻精神的。

謝清溪剛回了院子，就有丫鬟過來，說是大姑奶奶回來了，請姑娘去老太太院子裡坐坐呢！謝清溪一聽便冷笑一聲，姑母為了這事，可真是煞費苦心啊！

待謝清溪去的時候，裡面已是一派歡天喜地的景象了。

前兩回，大姑奶奶回來的時候，都沒將兩個女兒帶回來，這回倒是將十五歲的杜菲帶了回來。這個杜菲是大姑奶奶生的第三個女兒，也是三個女兒當中長得最漂亮的。

如今她已經開始在京城這些貴女圈子中交際，這才女的名聲已是漸漸顯露出來。由於大姑奶奶一心想讓小女兒高嫁，因此雖有人上門提親，不過她總是看不上眼。

這不是有消息說，皇上今年要替年長的幾位皇子賜婚嗎？定北伯府在京城裡頭雖不是什麼顯貴世家，可杜菲的外祖可是謝閣老啊！

關於此事，謝大姑奶奶也是細細盤算過的，謝家雖也有正值年紀的女孩，不過都是庶女，至於嫡女，長房的溪姊兒如今才十一，二房的雪姊兒也只有十三歲，要說這最有可能的，還真的就是她的菲姊兒了。

所以大姑奶奶這些日子不停地回來，倒也不全是為了杜同霽的事情，這不還有杜菲的婚事嘛！

「溪姊兒，這是妳頭一回見妳菲姊姊吧？妳們可是嫡親的表姊妹，往後可要好生相處著。」大姑奶奶拉著謝清溪的手腕，笑呵呵地說道。

杜菲細細打量了這個表妹，來之前，娘親就叮囑過她，說這是大舅舅家唯一的嫡女，精貴著呢，讓她好生同這個表妹玩。

不過杜菲一看見謝清溪頭上戴著那碩大的紅寶石，眼睛不由得有些直了。她首飾匣子裡也有不少好東西，可是她敢保證，沒有一顆珠寶能比得上謝清溪頭上戴的這顆！

「溪妹妹頭上的首飾好生漂亮，瞧著這做工也不像是咱們京城的，倒是有些野趣呢！」杜菲瞇著眼睛誇讚道。

謝清溪一聽她這口氣，便呵呵地笑了，抬起頭，一派天真地說道：「菲姊姊也覺得好看嗎？爹爹當初給了我一匣子這樣的寶石，我還以為是什麼沒用的石頭呢！」

「一匣子?!」杜菲倒吸了一口氣。雖然她也聽娘親說過，大舅舅在江南待了這些年，只怕攢下了百萬家產之多，可是她沒想到，居然能隨手給出這麼一匣子的寶石！

一想到自己那些最好的首飾上頭鑲著的寶石，只怕都比不上她頭上的一顆，更別提人家還有一匣子呢，杜菲就忍不住氣悶，根本不想再同謝清溪說話了。

旁邊喝茶的蕭氏，只淡淡地說道：「溪兒，過來，別站在妳姑姑身前胡鬧。」

「是，娘。」謝清溪笑呵呵地去了她娘親旁邊。

謝大姑奶奶也不去看杜菲板著的臉，照舊同蕭氏說道：「我聽說駿哥兒現在一直在書院裡讀書，連府裡頭都不回了。」

「駿哥兒讀書素來都是這麼用功的，他中了解元的前一年，也是這般呢！」蕭氏還沒說話，謝老太太倒是先誇上了。她這個大孫子喔，勤奮自勵，簡直就不要旁人費一點心思。

「我們家明年也就霽哥兒一人去考試，不過我聽菲兒她三嬸說，霽哥兒文章做得那是極好的，估計來年中進士也是穩當的。」大姑奶奶沒邊地誇杜同霽，不知道的還以為她是杜同霽的親娘呢！

謝清溪聽她誇讚杜同霽如何懂事，又如何一心讀書、不聞窗外事，忍不住在心底冷笑。要真是認真讀書的人，還能把丫鬟的肚子弄大了？

要知道，如今謝清駿在書院裡讀書，就帶了兩個小廝而已。

蕭氏只淡淡說道：「這科舉乃是大事，如今說得天花亂墜，也不如來年考場上見真章。」

大姑奶奶笑得跟花兒一樣的臉，頓時微微僵了一下。「也是、也是，如今倒也不好說得太定！」

待蕭氏領著謝清溪離開之後，謝老太太的臉就沈了下來，轉頭對大姑奶奶說：「我早就同妳說過，她這人性子最是古板，但凡認定的事情，那是誰說都沒用的。妳也真是的，明知道她這性子，還非要過來湊她的冷臉子！」

大姑奶奶乾笑，解釋道：「還不是我們家那三嬸娘，覺得兒子年紀大了，著急想給兒子娶媳婦，我婆婆又是個疼小兒子的，便時不時在我跟前敲打。」

老太太雖然心疼女兒，卻也說道：「不過今年秋天確實是太趕了些，貞姊兒好歹是咱們謝家這一輩頭一個出嫁的姑娘，這麼著急，會讓旁人覺得謝家的姑娘不精貴。」

「我的娘啊，貞姊兒是嫁到我們府上，有我這個親姑母在，妳覺得誰還能給她罪受不成？」大姑奶奶笑著說道。

母女倆又說了一會兒話，大姑奶奶這才領著杜菲離開，回家去。

這幾日李雲峰一直有些心神不定，杜家少爺已經好幾日沒來了，雖然他有讓小廝過來，可是李雲峰一直很擔心，如今妹妹懷孕有六個月，只怕早已經顯懷了……

「李老闆，前頭有位客人請您過去呢！」正在卸妝的李雲峰被戲班子的一個小孩的喊聲嚇了一跳。

他放下手上的東西，回頭看著孩子，溫和地說道：「你先讓他等一會兒，我這就過去。」

雲祥戲班子不算是京城頂好的，所以這往來有些權勢的人，班主根本不敢得罪，但凡有人請李雲峰過去喝杯酒，他定是要過去的。

李雲峰卸了妝，換上一身青色長袍，整個人纖細而儒雅，倒是像個教書先生更多些。待他進了樓上的雅間之後，便瞧見這幾日時常過來捧自己場的人，聽說都是從江南過來的大富商，出手豪爽得很。

不過他一上來便被灌了好幾杯酒，因為他年幼練戲的時候，只要練不好就沒有飯吃，久而久之，這胃也熬壞了，如今喝幾杯酒便胃疼得很呢！

他正在推託的時候，旁邊一人突然一個巴掌便甩了過來，直打得他眼冒金星。

另一旁的人趕緊過來勸說：「劉老闆，何必生這樣大的氣？」

「不過就是個戲子罷了，讓他喝杯酒還敢推三阻四的！」這個姓劉的老闆罵罵咧咧地說道。

這幾人都是戲班子的豪客，李雲峰根本不敢得罪，可是他今日胃實在是不舒服，旁邊的人還在勸說時，他便立即衝出了雅間，趴在外面的欄杆旁邊就嘔吐了起來。

有幾人跟了出來一看，其中那姓劉的見狀，氣焰更是囂張了，當即怒道：「你們看看，你們看看！這種下九流的貨色，就是給臉不要臉！」

說著，他便上前抬腳就要踹人，只是他腳還沒蹬出去呢，整個人就被撞得飛了出去。

李雲峰一轉身，便看見王川憤怒地看著倒在地上的劉老闆。

這邊的幾人一見自己的朋友被打，紛紛要上前助陣，不過原本在王川身後站著的人走了出來之後，領頭的人突然頓住了。

「幾位朋友，是你們的這位朋友出手在先，我這位朋友才不得不出手的，所以還請給在下一個面子。」這人瞧著氣度不凡，說起話來也是文文謅謅的。

「你是誰啊？憑什麼給你面子啊？」當即有個人叫囂道。

不過之前認出此人的人，立即在這人耳邊悄聲說了幾句話，緊接著他們便拉起劉老闆，匆匆地離開了。

李雲峰還以為今日少不得一頓打，沒想到竟這般輕易地就被化解了，他不由得看著這男子。

還是王川趕緊拉他起身，將他帶入自己包的雅間裡頭。

「剛才多謝兄臺仗義出手。」李雲峰立即客氣地行禮。

誰知那人卻不在意地揮手。「你既是王兄弟的朋友，那便也是我的朋友。」

「來，雲峰，我還沒同你介紹這位謝兄弟呢，這可是位大人物！」王川立即說道。

這姓謝的男子只擺手道：「王兄實在是誇張了，謝某不過是個管事而已，何來大人物一說？」

「都說宰相門前七品官，謝兄弟，你可是謝閣老身邊得力的管事，就是在這京城裡頭行走，那也是極有臉面的！」王川說。

李雲峰一聽這個謝管事竟是謝閣老家中的管事，當即驚得有些說不出話來。按理說，他這樣戲班子出身的人，應該和謝家這等書香世家牽扯不上關係，可他偏偏卻有一層牽扯不清的關係，聯繫著李雲峰和謝家。

李雲峰回想起剛才那幾人看見這男子時，那驚慌的眼神，便明白謝家根本不是他能仰望的。謝家的姑娘同杜家少爺才是門當戶對的一對，可自己的妹妹如今連身孕都有了，到底要如何了結？

待酒過三巡之後，李雲峰見這個謝管事不勝酒力的模樣，便開始有意無意地打探起謝家的事情。

這謝管事想來也是喝得極開心，話匣子一打開根本就停不住，只聽他說道：「這高門大戶的，裡頭的彎彎道道可是多著呢！就拿咱們家那位出嫁的大姑奶奶來說吧，簡直是蛇蠍心腸啊！」

「此話怎講？」李雲峰替他斟了一杯酒。因著妹妹的關係，他也知道這位謝家大姑奶奶，就是替杜同霽與謝家姑娘保媒的人。

「那個杜家少爺身邊其實已經有了一個通房，而且還懷了身孕。」謝管家隨口一說。

李雲峰聽在心裡，猶如掀起了驚濤駭浪一般。不是說謝家那邊根本不知妹妹懷孕的嗎？不是說，等謝家姑娘進了門後再將此事告訴她，到時候讓她認了這孩子，吃了這啞巴虧的？杜同霽不是同自己保證得好好的，說將來絕對不會虧待妹妹和他們的孩兒嗎？怎麼如今謝家的管事都知曉此事了？

他端著酒壺的手掌都在顫抖，可是面上卻竭力掩飾著，假裝不在意地問道：「那這事謝家既然知道，是打算認了？」

「哼！」謝管事冷笑一聲。「他杜家也不過就是個伯府罷了，當我們謝家是什麼？若是如此就算了，咱們老太爺和老爺的臉面要往何處放？」

「就是！我也聽說了，如今謝家可是烈火烹油的人家，這位杜家公子既是高攀要娶人家的姑娘，竟還敢讓小妾懷孕！」王川也喝了一口酒，只當這是酒桌上頭的閒話。

李雲峰越聽越是心驚，杜同霽說得好聽，如今看來，那些話不過都是哄自己的吧？

「那你們家打算怎麼處置那通房啊？」李雲峰好奇地問道。

謝管事此時已經喝得面紅耳赤，他呵呵一笑，只冷道：「讓他們杜府自己去處置便是了，關咱們家什麼事？估計最後也就是個去母留子罷了！」

去、母、留、子！這四個字猶如重錘一般，落在李雲峰的心頭。他好不容易才找到妹妹的，難不成最後竟是落得這樣的結果？

不行、不行，他一定要救妹妹！

李雲峰怕問多了讓人懷疑，便再不說話了。

這幾日柔兒的懷相不好，時不時便要吐，杜同霽根本不敢離了她，所以這才沒過來找李雲峰。不過，這日李雲峰卻讓人帶話進來，說有十萬火急之事。

「什麼？你說謝家已經知道這事了?!」杜同霽猶如晴天霹靂一般，身子一晃，險些沒站住。

李雲峰冷冷地看著他。「謝家的人說得千真萬確，說日後定是會去母留子的。你雖和我保證過，定會護得柔兒安全，可若是你父母執意要讓柔兒去死，以保全你同謝家的婚事，那你要如何做？」

「不會的、不會的，父親母親答應過我的，他們說不會要了柔兒的命……」杜同霽往後退了一步。可是，那都是在謝家不知情的情況下。

若是謝家如今真的知道了，父母為了保住自己同謝家大姑娘的婚事，只怕是真的會要了柔兒的命啊！

「可謝家是怎麼知道的？柔兒如今在院子中，尋常根本不會出去，知道此事的只有我父母與我房中的幾人而已。」杜同霽還是不願相信此事已被謝家發現了。

「你大伯母乃是謝家的出嫁女，難不成她還真能坑了自己的姪女不成？」李雲峰見這個杜同霽竟是如此幼稚無知，就連保護柔兒的手段也只是靠父母的口頭保證而已，他便覺得自己再不能將柔兒交給他了。

杜同霽被他這麼一提醒，便也覺得，只怕問題真的出在大伯母這處。

李雲峰看著他那失魂落魄的模樣，已是越發地瞧不上，立即怒道：「我要帶柔兒走！」

「不行！柔兒是我的女人，她腹中還懷有我的骨肉，你要帶她去哪兒？我不允許！」杜同霽失魂地喊道。

「那難不成要我眼睜睜地看著柔兒被你家人害死？」李雲峰恨不得立即帶著自己的妹妹離開。

「不行、不行……」杜同霽只說不行，卻怎麼都沒想出解決的方法。

後來，還是李雲峰鬆口說道：「你若是真不願讓柔兒離開你，那你需得答應我一件事。」

杜同霽一見他態度沒那麼堅決，便立即欣喜道：「你只管說，我定會答應的！」

「柔兒如今已經有六個月身孕，不能讓她在你府中生產，你必須將柔兒帶出府，由我來照顧。」李雲峰說道。

這個提議已是極大的讓步，可杜同霽卻猶豫道：「如今柔兒在我府上，我爹娘定是不許她隨意外出的。再說，若是這孩子出生在府外，到時候可就是外室子了。」

要知道，這嫡子是最尊貴的，庶子其次，而這外室子則是最最低賤的。杜同霽同這個李柔是真的有感情，不願讓自己同她的孩子成為卑賤的外室子。

「是名聲重要，還是性命重要？你若是連這點小事都做不到，還如何能照顧柔兒？」李雲峰性子溫和軟弱，可是在自己這個妹妹的事上，卻是難得的強硬。

最後杜同霽不得不艱難地說道：「讓我好生考慮一下。」

「你若是將柔兒接出來，只管放心，這住的地方我已經找好了，是我一個朋友借給我的，到時候將柔兒安置在那裡是最安全的。」李雲峰說道。

其實見了謝管家之後，李雲峰便心神不寧，後來王川多次追問，他只得將此事告訴王川。不過王川卻只說道，這事好解決，只要將他妹妹接出來，在外頭待產便是，待謝家同杜家的婚事定下後再回去，還怕杜家不認這孩子？

到時候那謝家姑娘知道了，要再鬧也鬧不起來。

杜同齊在聽完李雲峰的說法之後，也只得點頭。

待回了杜家之後，杜同齊便讓人去打聽，這才知道他這個大伯母這些日子可是頻頻回娘家去。

於是他便稟告父母，說要將李柔送到杜家的莊子上頭，以免讓謝家人發現此事。他娘一聽自己竟願意讓步將人送走，立即歡天喜地，還賭咒發誓，說日後定會接李柔回來的。

不過他娘親也叮囑他，到時候謝家大姑娘進門後，他要好生待人家，這樣接李柔回來，才能名正言順。杜同齊本就是敷衍他父母親的，此時自然滿口稱是。

沒過兩日，便有一輛馬車從杜府離開，只不過馬車並未按照原定的計劃，前往杜家郊外的莊子上頭，反而是往外城而去，直至城北一座一進的院子門前才停下。

而另一輛早就準備好的馬車，則是前往杜家的莊子去了。

杜同齊將李柔安排在此處後，便同父母說，要去書院安心讀書，以備來年的春闈。

杜家父母一見這狐狸精一走，兒子便勤奮向學，自然是滿口答應。

於是杜同霽打著在書院讀書的名頭，卻在這處院子同李柔過起了尋常夫妻的生活，好不甜蜜逍遙。

「一對狗男女！」謝清溪在聽說了杜同霽的近況之後，咬牙罵道。

蕭文桓也點頭，這個姓杜的膽子也忒大了些，還真敢把人養在外頭啊！

謝清懋端坐在椅子上，表情也是百般嫌棄。

「我讓你給他簽的文書可簽了？」謝清溪問道。

蕭文桓有些不能理解，問道：「雖說這外城的院子也不過才幾百兩銀子，不過表妹妳何必替這個姓杜的買院子，讓他安置這個通房啊？」

「要是這院子不在姓杜的名下，這齣戲可就唱不下去了。」謝清溪輕笑一聲。

謝清懋抬頭看著蕭文桓，教育道：「表弟有空還是好生熟讀一下《大齊律例》吧，免得一問三不知。」

「我又不當狀師，讀什麼《大齊律例》嘛！」蕭文桓無奈地搖頭。

既然事情都已經到了這等地步，謝清溪便知道，這個姓杜的是再無可原諒的地方了。原本她還想著，透過那李雲峰之口讓他知道謝家已經知曉此事後，他若是能上門如實稟告，到時候也還有商議的餘地。

可現在他卻將那個李柔安置在府外，兩人過起了正經夫妻的生活，謝清溪便知道，這個男人再無可原諒之處了。

好在因為蕭氏的堅決，杜家那頭如今也鬆口將婚事往後挪，只是挪到何時還沒個成算，因此大姊姊如今同杜同霽，也還只是交換了庚帖而已。

謝清溪來到謝明貞的院子門口，卻怎麼都踏不進去。她若是將此事告訴大姊姊，她肯定會很失望吧？

她進去的時候，謝明貞立即拉著她的手，說剛得了時興的花樣子，準備給她做條腰帶的，讓謝清溪過去一起挑些絲線。

謝清溪屏退了兩人的丫鬟，這才慢慢將此事說了出來。她原以為大姊姊這樣通透的性子，除了失望，定是不會在意的，可誰知她一抬頭便看見謝明貞通紅的眼眶。

她立即驚慌地說道：「大姊姊，妳別生氣，我是看不過他們杜家這麼欺騙妳，這麼欺騙咱們家，才會這麼做的。」

「沒，我沒事……」謝明貞將頭偏到一旁，手掌隨意抹了一下眼睛，可上面晶瑩的水光卻沒被掩住。

「大姊姊，妳若是生氣的話，只管罵兩聲好了。這等小人，不值得我們為他生氣。」謝清溪也不知道該怎麼安慰她。

若是在現代的話，這杜同霽頂多是一個渣男，女方只要甩他兩巴掌，就讓他圓潤地滾了。可如今呢，就算錯誤在於男方，一旦真的退親了，受影響的卻還是女子。

謝明貞過了好久才緩和過來，她看著謝清溪睜著大大的眼睛，眼底全是擔心，便笑著摸了一下她的臉頰。「我沒事，只是沒想到這樣的事情竟會讓我遇上。」

「大姊姊，妳也別難過，妳要是覺得這個姓杜的還能改正，就讓爹爹去找他們算帳，讓他們杜家把那個通房趕走，反正咱們家現在比他們家勢大，咱們就仗勢欺人！」謝清溪真沒想到謝明貞居然會為了那個賤人落淚，她以為這樁婚事不過是父母之命、媒妁之言，大姊姊壓根兒都沒見過他呢，怎麼可能會對他有感情呢？

可現在看來，大姊姊好像對這人還是有幾分感情的。

不過想想也是，謝明貞如今日日在繡著嫁妝，每下一針，心頭只怕就會想著那個未來要嫁之人一分。可現在，對於未來的無限美好期待卻突然被打破了。

謝明貞見她慌張的模樣，不禁說道：「咱們清溪兒為了姊姊做了這麼多，我若是此時下不定決心，豈不是白費了清溪兒待我的一片心？」

「大姊姊……」謝清溪也難過地看著她，大姊姊真的是一個好姑娘，性情通透，又溫柔體貼，這等女子理應配上更好的男兒！

這日，杜同霽剛從書院過來看李柔。她挺著個大肚子，還給自己擰了條熱帕子敷面。杜同霽正扶著她坐下時，突然，門口的木門被人一腳踹開了。

幾個京兆尹的衙役立即闖了進來，嚇得李柔只往後面躲。

「你們是誰，可知這裡是何處嗎？」杜同霽立即大怒問道。

「你是杜同霽？」領頭的衙役見他錦袍玉帶，一副貴族公子哥兒的打扮，便問道。

杜同霽可是伯府的公子哥兒，在外頭行走從來沒吃過虧，他瞧著這些小小的衙役，立即仰首傲道：「正是在下！」

「找的就是你！」說著，幾個衙役便上來要將他拿住。

此時謝清溪正在謝家的書房之中，捧著一本《大齊律例》，只聽她朗朗讀道：「諸祖父母、父母在，而子孫別籍、異財者，徒三年。」

蕭文桓一臉無知地看著她，謝清溪直搖頭，捏著書本便搖頭晃腦地解釋道：「意思就是，有祖父母和父母在的時候，子孫若是另立門戶，要坐三年牢的。」

「這關咱們什麼事？」蕭文桓剛說完話，突然醒悟地看著謝清溪說道：「所以，這就是妳將那院子落在杜同霽名下的原因？他現在就是另立門戶，要坐三年牢！」

其實像杜同霽這般勛貴子弟在外私自置產的也有，只不過家中長輩並不追究罷了。

不過一日，定北伯府三房的嫡次子杜同霽因在外私自置產業、另立門戶，被抓進了京兆尹去了。這消息猶如四月裡的春風一般，吹進了京城勛貴的家中。

而謝樹元得知此事時，已是在書房摔了一個杯子。這個杜同霽居然將家中的通房放在外頭養著，這杜家可實在是沒規矩得很！

「父親。」謝清駿坐在對面輕笑一聲，道：「杜家這可是將咱們謝家的臉面踩在了地上。」

謝樹元聞言，氣得恨不得再摔一個杯子。虧得他還覺得杜同霽是勛貴子弟中少有的上進後生，甚至要將自己的長女許配給他，沒想到他竟是這般回報自己的！

「其實倒也不怪父親看走眼，若不是咱們家中出了胳膊肘往外拐的人，只怕杜家這事也不會瞞得這般順當。」謝清駿將手中的東西遞給謝樹元看。

待謝樹元看完之後，臉色早已氣得鐵青。

就在謝樹元找不到發火的途徑時，就聽外頭有人通傳。

「老爺，老太太請您過去一趟呢！」

謝樹元怒道：「何事？」

「好像是大姑奶奶回來了，請您過去說話。」那小廝又說。

謝樹元冷笑一聲，立即怒道：「來得正好，我正愁不好找她算帳呢！」說完，他便甩著袖子出去。

他身後的謝清駿也從椅子上站了起來，拍拍袍子，跟著他爹一起去了。

大姑奶奶這會兒正跟老太太哭呢，還指天發誓，說絕對不知道這個杜同霽的通房居然懷孕了。

老太太倒也想怪她呢，可見她哭成這般，也不好說什麼了。

只聽大姑奶奶一邊哭、一邊嚎道：「我可是貞姊兒的親姑姑，何至於這般坑害自己的姪女啊！」

「我也想知道，妳何至於這般坑害自己的親姪女呢！」謝樹元沒讓人通報就進來了，見大姑奶奶這會兒還在這裡貓哭耗子，心裡頭的怒火更是久聚不散。

「大哥，你說的這是什麼話呢？我何至於這般喪心病狂？」大姑奶奶眼淚還掛在眼眶裡頭呢！

謝樹元冷笑著，突然，手中拿著的東西一下子摔在了她的臉上，怒問道：「我也想知道，不過是五千兩銀子，妳何至於這麼喪心病狂地坑害自己的親姪女？是我這個做大哥的虧待了妳，還是我們謝家虧待了妳？」

「老大，有話好好說、有話好好說……」老太太一見謝樹元這樣，被嚇了一跳，也不敢幫女兒說話，只能小聲地勸他。

「大哥，你為什麼要這麼說我？我可是你的親妹妹啊！你竟是信那些殺千刀的胡言亂語，也不願意相信我這個做妹妹的說的話嗎？」大姑奶奶一邊哭一邊捶胸，恨不得立即一頭撞死以明志。

謝清駿輕咳了一聲，提醒道：「姑母，其實這些證物是我讓人收集了交給父親的。按理說，妳是我的姑母，我也不該這般懷疑妳，可是妳把我妹妹往火炕裡推的時候，卻是一點都沒顧慮到妳同祖母的母女之情，同父親的兄妹之情。既然杜家先做出這等不要臉面的事情，也就別怪我們家不顧及姻親的關係了。」

「駿哥兒，你一個小孩子家家，休得胡言。」老太太一聽長孫這番話，早已經嚇得心驚肉跳，立即出聲說道。

可誰知謝樹元卻不在意地冷笑。「清駿是我的長子，他的話便代表我的意思！」

大姑奶奶見自家兄長下了這樣的決心，一下子便昏厥了過去。

謝老太太一見女兒昏倒了過去，也險些被嚇得厥過去，不過卻還是強撐著，對著丫鬟喊道：「還不趕緊去請大夫！」

謝樹元見她昏迷，不僅沒說話，反而掀起袍子的一角，在旁邊的椅子上坐下。他冷冷地看著閉著眼睛的大姑奶奶，冷哼一聲說道：「待大夫來了，妹妹醒了之後，咱們再好生算算這事。」

謝老太太沒想到女兒都昏過去了，謝樹元竟是還不掀過去，氣得指著他便怒問：「你這是要逼死你妹妹不成？」

「母親這話說的，倒是讓兒子寒心了。」謝樹元淡淡地回道。

謝清駿站在他身後，也並不說話。

謝樹元又說道：「當初我寫信回來給母親，說不想讓貞兒遠嫁到外地去，故託您在京城裡相看個好人家，後頭妹妹說了這樣的親事，我也是極滿意的。誰承想，妹妹竟是不顧兄妹之情、姑姪之情，把自己的親姪女推進火坑裡頭。」

老太太顫抖了幾下唇，半晌才說道：「你妹妹先前也說了，她是不知情的。」

謝樹元又是一聲冷笑，直聽得老太太膽戰。

他看著地上飄落的幾張紙，說道：「進府給那通房診脈保胎的大夫，便是當年母親替大妹妹找的婦科聖手。那大夫已經說了，去了三回，都是定北伯府的大太太派人去請的，不過每回去都是給一個十七、八歲的姑娘問診，他還以為是定北伯世子的妾室呢！不過據我所知，妹夫房中應該沒人懷孕吧？」謝樹元譏諷地看了老太太一眼。

老太太見這個兒子是一點情面也不留，頓時也怒火中燒了。自從她當了這府裡的老祖宗之後，誰見了她不是捧著、哄著？偏生這大房回來之後，惹出了這樣多的是非，如今連自己的親妹妹都要逼死了！

「就算是這通房懷了孕，可到底不過是個丫鬟罷了，貞姊兒可是明媒正娶的正房，難不成杜家還敢怠慢她不成？」老太太這是講不過理，就開始耍橫了。

橫豎她說什麼，都沒人敢反駁。

謝樹元險些被氣笑了，他素來知道老太太偏心，只是沒想到這心竟是偏得沒邊了。如今妹妹做出這等事情，她不僅不訓斥，反倒是怪自己惹事了？

不過謝樹元這次是打定主意要追究到底的，要不然別人還真以為姓謝的是軟腳蝦，一捏就癟了。

「那照著母親的意思，您是一早便已經知道此事了？」謝樹元是真不願相信這種猜測，不過看著老太太這模樣，要說真不知道也未必。

謝老太太聽大兒子這般質問，氣得險些想去抽他。她摸著胸口，旁邊的丫鬟見了，趕緊上前替她拍背，她一邊喘著粗氣，一邊怒道：「反了、反了！你如今竟是連自己的母親都開始懷疑，這孝道禮法都被你吃進狗肚裡面了嗎？還有王法嗎？趕緊去請老太爺，讓老太爺來看看，他們一家這是要逼死我啊！」

老太太雖然這麼喊著，可旁邊的丫鬟都不敢動彈。雖說老太太這會兒同大老爺置氣，但誰不知道謝家三房裡頭，就數大房是頂頂有出息的，就算是老太爺來了，只怕也不會站在姑奶奶這頭的。

這什麼禮法孝道的大帽子，壓壓那些沒見過世面的人倒也算了，謝樹元可不怕這套。他倒要看看今日之事，這在座的人裡頭誰敢說出去！

謝樹元不緊不慢地說道：「母親也別生氣，當心身子。如今這是他們杜家欺瞞我們謝家在前，母親可是貞姊兒的親祖母，在這種當口，母親也該同兒子一道去跟杜家算帳才是。」

謝老太太被他這彈棉花的手法氣得不輕，哆嗦了半天，這會兒連話都不願意同他說了。

沒一會兒，大夫便過來了，一進來就跟著丫鬟進了內室。

老太太不放心，也趕緊跟著進去了，只留下謝家兩父子在一處。

「父親，此事必定要查清楚，畢竟這可是關係到貞妹妹的一輩子。」謝清駿立即說道。

他雖一直在書院讀書，可是對家中也不是全不關心的，這不，清溪、清懋和蕭文桓三人的小團夥作案，還是沒逃過他的眼睛。

這三人兜了一大圈，他剛開始也沒瞧明白是何意呢，不過在杜同霽將那通房帶出府中的時候，他便忍不住笑了。

若是那通房一直在杜家，就算此事爆出來，眾人也不過會說杜同霽是少年風流。若謝家堅持要退婚，最後這遭非議更多的反而會是謝明貞。

可如今杜同霽將那通房帶出府中，安排在外頭住著，那可就是外室了。

「他杜家算個什麼東西？竟膽敢在此等大事上戲耍咱們謝家！」謝樹元忍不住冷笑一聲。

之前也說過，如今杜家就剩下一個定北伯的爵位，就連謝大姑奶奶的夫君身為定北伯的世子爺，也不過領了個五品的差事罷了。

大齊朝可不比別的，這些空有爵位的人家，比起謝家這等握著實權的家族，實在是差得太遠。更何況，皇上如今對於朝廷每年要花費這樣多的銀子去養這些勛爵之家，也是頗為不喜，尤其這些勛爵家中的子弟，大多都是沒多大出息的。

這幫人就猶如蛀蟲一般，每年要從國庫中拿走不菲的銀子，卻又不替國家做出任何實際的貢獻，別說皇上不喜，就連謝樹元這等朝中大員都不喜歡。

沒一會兒，那大夫便提著藥箱出來了，只是他走到外頭時，才囑咐大姑奶奶身邊的丫鬟說：「夫人這是積勞成疾，又加上一時動了氣，這才會昏厥過去的。如今要好生將養著，萬不能再刺激她了。」

大夫說這話的時候，連謝清駿的嘴角都勾起一抹嘲諷的笑意。

這丫鬟連聲稱是，便送大夫往外頭去了。

內室裡頭，大姑奶奶謝蓮的眼淚止不住地往下流，她是真被謝樹元的態度給嚇著了。她在杜家連生了三個女兒，連個兒子都沒有，如今也只是抱了丫鬟生的一個兒子養在膝下，可她卻能在杜家不受一點氣，依仗的不就是謝家的權勢？可如今大哥這般生氣，萬一讓父親知道了……謝蓮是越想越害怕，越想眼淚就越止不住。

她髮髻全散，拉著老太太的手，哀哀地求道：「娘、娘，妳可要救我，妳一定要救我！」

老太太見她這副模樣，是既心疼又忍不住生氣。她是真的不知道這杜同齋身邊居然有個懷孕的通房，若是讓她知道了，她定不會給自家孫女保這樣的媒的。

老太太雖被女兒拉著手，卻還是忍不住怒道：「早知今日，何必當初？別說妳哥哥生妳的氣，便是我也恨不能打妳一頓！這五千兩銀子的事情，到底是怎麼回事？」

謝蓮一聽這話，又忍不住哭了。杜家只有一個爵位，可卻有三房在一處生活，每個月這些主子們的月銀就是一筆不菲的開銷，更別提這吃啊、用啊、穿的，偏偏一個個不當家就不知柴米油鹽貴。

特別是家中的老太太，今日這個哄她開心了，她便隨口答應了一筆銀子；明日那個來求了，又是一筆錢出去了。她管家這麼多年，別說是摟銀子，不貼銀子進去已是不錯的了！

如今二女兒杜菡就要成親了，可定北伯府給嫡女的嫁妝銀子就五千兩。她也是當了人家兒媳婦的，自然知道這姑娘家若是沒厚厚的一份嫁妝，日後在婆家腰桿是挺不直的。

於是她便聽信了別人的話，拿了錢做生意，誰知竟是虧得血本無歸。

這可是她自己的私房錢，她心疼不已，又剛好聽了別人的蠱惑，說這回是出去放印子錢，定是不會虧的。剛開始她也不敢放多，幾十兩、幾十兩地放，結果嚐到了甜頭，她後頭就放了幾百兩，直到最後這次的五千兩銀子，說是十天二十分的利息，她心裡頭一盤算，覺得這實在太划算了，就一時貪心給放了出去。

謝蓮說這事的時候，老太太險些都要氣死了，真真是個蠢貨！

「……誰知這人借了錢就跑了！我一時沒了五千兩銀子，心裡頭慌亂得很。原想著賣了自己的鋪子，將這筆錢填上去的，可誰知竟讓我家三嬸娘知道了。」謝蓮哭得沒法。

當初杜家三太太就說了，她可以借了這筆錢給謝蓮，讓謝蓮先填補了這缺口。謝蓮一向同這三太太不是很合，誰知她竟是願意幫自己瞞著這事，於是恨不得將她當成恩人，畢竟管家的太太貪墨了家中的銀子，這可是犯了七出，都可以被休離的。

後來三太太就說，杜同霽正好到了娶親的年紀，她在外頭沒有謝蓮有臉面，便想請謝蓮說合說合。謝蓮原本是想著給說別人家的，誰知三太太又有意無意地說「妳家大哥的女兒不是正要說親嗎？不如便來個親上加親唄」。

謝蓮當時還意外呢，這個三太太平日裡最是眼高的，按理說貞姊兒不過是個庶女，她該是瞧不上的才是。可三太太只略哄了她一下，她便歡天喜地地回來說了此事。

待到了後頭，她發現杜同霽那通房竟懷有身孕，便立即騎虎難下了。

畢竟她身為大伯母，哪裡會去關心自家姪子房中的事情啊？又加上三太太先前的刻意隱瞞，她才一時未察，等她知道時，謝樹元都已經見過杜同霽，兩家都要互換庚帖了，她也只得將錯就錯。所以她一心想要謝明貞早些嫁過去，到時候就算這事掀了出去，生米也已經煮成了熟飯，只要在家中她幫襯著貞姊兒些，還怕那賤婢能翻出天不成？

「妳這個蠢貨！不過是五千兩銀子，妳就把自家的姪女賣了，難怪妳大哥會這般生妳的氣！我是管不了妳了，妳自己看著辦吧！」老太太聽到這裡，恨不能一巴掌拍醒這個女兒。

謝蓮這會兒也知道害怕了，她拉著老太太的手道：「娘，妳若是不管女兒，這就是逼著女兒去死啊！妳看看大哥那副模樣，定是不會善了的。若是大哥同杜家說了這等事情，到時候老爺當真休了我，那我也不活了，一頭便撞死在他們杜家的大門口前……」

老太太倒是沒想過女兒會被休了，可是經女兒這麼一說，她也冷不丁地顫了一下。若這事真的掀出來，只怕蓮兒是真沒好果子吃了。

老太太低頭看著女兒哭得跟個孩子一樣，一想到她若是這麼大年紀被休了，那可真是沒活路了。

於是母女兩人想像了一通後，恨不能抱頭痛哭。

好在老太太這人也是個人物啊，當年江家犯了事，一家子都被流放了，按理說，她這樣的出嫁女，夫家可以直接將她送去莊子上或者廟裡頭，待過了幾年，就是悄無聲息地沒了，旁人也定是不知道的。可她不僅能好好地當著這個謝家夫人，還能一步步熬到如今這個老夫人的位置。

她拍著女兒的背說：「妳只管放心，有娘在呢，誰都不敢拿妳怎麼樣的。再說了，妳是為了他杜家才會惹出這等事情，若是杜家真敢休了妳，我便是拚了這條命，也定不會放過他們的！」

於是，待老太太整理了儀容重新出來時，臉上已是一片冷靜。

她看著謝樹元的臉，一派平靜地說道：「此事你大妹妹已同我說了，都是杜家那三太太在背後作祟，才會弄出這等事情。咱們謝家在京城裡頭也算是有頭有臉的人物了，他一個杜家三房就敢如此對咱們家，這筆帳倒是必須找他們算。」

謝樹元聽著都要笑了，合著全都是人家的錯了？

「大姑奶奶如今如何了？」謝樹元問道，他都懶得叫一聲妹妹了。

謝老太太也知道此時最緊要的不是和兒子置氣，而是如何將女兒從這件事裡頭摘了出去。「你也知道你妹妹這個人，素來沒什麼心機，所以一時被人哄騙了，你作為大哥的，也該原諒她這一回。」

「一句『一時被人哄騙了』，大姑奶奶就是這般敷衍我的？若是這個杜同霽在外頭置了外室一事沒被人舉報出來，那大姑奶奶是不是依舊當作無事？她這些日子隔三差五地回來，一心想讓明貞早些嫁過去，有誰家姑母是這般坑害自己姪女的？」謝樹元原本已經平息的怒氣，這會兒又上來了。

「那你要如何？這可是你親妹妹！」老太太見他還是不鬆口，立即怒道。

「就因為她是我親妹妹，兒子才這般心寒！若非她一力保媒，杜家又豈會這般順利地就欺瞞了我？母親這會兒只想著大姑奶奶，可曾為明貞想過、為兒子想過？此事一出，別說明貞的名聲被拖累，就連兒子的臉面也被人踩在了地上！」謝樹元冷冷地盯著老太太說。

「那你現在要如何？」這會兒老太太被他這麼一質問，也說不出話來了，畢竟這裡頭她也是有分的。大姑奶奶在她跟前一味地誇杜同霽出息，她先前還怨怪過蕭氏，在婚期上頭不肯退讓呢！

「退婚！」謝樹元冷冷地說道。他見老太太鬆了一口氣，又冷笑道：「杜家教子不嚴，姑息養奸，這次我定是不會這般輕易甘休的！」謝樹元說完後，領著兒子就走了。

老太太在身後想叫他，又沒敢開口。

第二十四章

謝樹元回了院子之中，此時蕭氏正在安慰謝明貞。

謝清溪在旁邊唉聲嘆氣地說道：「大姊姊這樣好的人，怎麼能遇見這麼倒楣的事情呢！」

謝明貞正在旁邊抹眼淚呢，聽著她這唉聲嘆氣的樣子，險些沒繃住臉色笑出聲來。

蕭氏轉頭瞪了謝清溪一眼，教訓她。「這等事情豈是妳一個小孩子可以說的？還不趕緊回自己的院子裡去！」

謝清溪不想回啊！她之前就聽說大姑奶奶又回來了，不過她爹已經領著她大哥哥，氣勢洶洶地找碴去了，所以她就想等著她爹回來啊！別他們忙死忙活地弄了這麼大一個陷阱讓人家跳，而這人也很順利地跳進了陷阱後，她爹再不退婚的，那她就真的要鄙視她爹了。

於是，等謝樹元進來的時候，謝清溪蹭蹭蹭地跑到他跟前，抬頭便看著他問道：「爹爹，你可有給大姊姊出氣？」

「清溪！」蕭氏又忍不住叫她，這次回來的是謝家大姑奶奶，她問這話實在是有些不妥。

倒是謝樹元一點都不在意，摸了摸她的頭說道：「妳放心，有爹爹在，定是不會讓旁人欺負了妳們姊妹去的。」

謝清溪點點頭，原本精緻的小臉蛋笑得更加燦爛，她仰頭說：「我就知道，爹爹肯定不會讓人就這麼欺負了大姊姊的！」

謝樹元此時看了正起身要給自己行禮的大女兒，趕緊扶住她說道：「這回倒是爹爹不好，給妳相了這樣一門親事。」

「爹爹千萬別這麼說，是女兒自己的命不好……」謝明貞垂著眸子，險些又要哭出來。

謝清溪之前就和她大姊姊說過，她爹這人最是吃軟不吃硬了，謝明貞也點頭表示同意。所以這會兒謝明貞走哀兵路線，讓謝樹元是真愧疚啊！

「好了，妳先好生在家待著，爹爹定是不會虧待了妳的。」謝樹元安撫了謝明貞之後，便讓他們都回去了。

謝清溪跟在謝清駿身後離開，兩人走到門口時，謝清駿突然頓住腳步，轉頭看著她，原本冷淡的俊顏竟是一下子展顏笑開。雖然謝清溪見她大哥哥笑過很多回了，可是這一次陽光在他的身後照射下來，他英俊的笑顏彷佛鍍上了一層金輝般，耀眼極了。

謝清駿看著有些呆愣的謝清溪，說道：「妳如今膽子倒是越發大了，這種一石二鳥的手法竟也敢玩。」

謝清溪的臉色一下子紅了，雖然她在蕭文桓面前侃侃而談的，可是真被她大哥哥知道此事，她總覺得有些不好意思。這就好像一個不大聰明的小孩子玩弄了手段，被大人發覺了一樣。

「我只是覺得他們太欺負咱們家了！」謝清溪正義凜然地說道。

「希望二弟和三表弟之後不要被父親和舅父教訓得太狠啊！」謝清駿有些同情地說道。

謝清溪立即反駁道：「我可沒想過把事情全推給二哥哥和三表哥，咱們說好了，要有難同當……的。」謝清溪最後被謝清駿灼灼的目光看得實在是編不下去了。

好吧，其實一開始拉著蕭文桓進來，就是指望著日後事發時，她親爹可以看在壞事全是表哥幹的，她只是出主意的分上，揍她的時候能稍微輕點。

至於蕭文桓那邊，她也早說過了，估計舅父也會看在自家兒子完全是被表哥及表妹給坑害的分上，打他的時候別下手那麼重。

她將內心的打算坦白告訴了謝清駿。

「妳真覺得會照妳想的發展嗎？」謝清駿手指彎起，彈了一下她的腦袋。

其實謝清溪他們讓京兆尹衙役去抓人，無非就是想噁心噁心杜家，可也不知是哪個環節出了問題，即便杜家找了關係，可是人家卻說了，這杜同齊可是犯了大齊律例，得等著京兆尹審過了，才能知道結果。

杜家出門辦這事的就是大姑奶奶的丈夫——杜家的世子爺，他心裡簡直就奇了怪了，這勛貴子弟難免會犯些事情，可是也沒見過一個伯府少爺因為在外頭置產這點小事就被抓住不放的啊！

等杜家大老爺回去之後，杜同霽的父親，也就是杜家的三老爺便說了，這其中定是有謝家從中作梗，這是要讓杜同霽脫層皮啊！

「霽兒此事雖做得有些糊塗，可也不至於下獄這般嚴重，如今謝家已經壞了霽兒的名聲，卻還不讓咱們將人保出來，實在是欺人太甚了！爹，這等姻親便是不結也罷！」三老爺義正辭嚴地說道。

誰知他剛說完，一聲極亮的耳光便響起來了。

三老爺捂著被打的臉頰，一臉不敢置信地看著他老爹定北伯。

「若非你夫妻兩人隱瞞至此，如今會有這樣的事情嗎？小小年紀就敢學人家在外頭置宅子、養外室，就算日後他被放了回來，我也是要家法伺候的！」定北伯怒氣沖沖地看著這個不長進的三兒子。

原以為杜同霽算是他們杜家這輩長進的子弟呢，如今看來，不過一個女人就能讓他這般神魂顛倒，實在也是扶不上檯面。

大老爺這會兒趕緊勸道：「爹，您千萬別為了這等事情氣壞了身子，要不然等霽哥兒回來，只怕也是無顏來見您老人家了。」大老爺雖是說好話勸著，不過聽著卻讓人越發地對這個杜同霽厭惡。

大老爺微微掀起眼簾，看了眼對面還捂著臉頰的弟弟。別以為他不知道這個三弟打的什麼主意，他是不是覺得自己沒有嫡子，就對這伯府的爵位起了覬覦之心？一天到晚讓兩個兒子過來討好他爹。

哼，如今杜同霽出了這等事情，我倒要看看你怎麼收場！

老伯爺看著這兩個面和心不和的兒子，突然嘆了一口氣說道：「如今謝家是何等的風光，旁人巴結都來不及了，咱們是謝家正經的姻親，卻要因為這等事情同謝家交惡，這豈不是讓人笑話？」

「唉，出了此事，就連夫人回去都不好同我岳母交代呢！她回來後，身邊的丫鬟同我說了，我那大舅哥很是生氣，衝著夫人發了一通火，後頭夫人還昏了過去呢！」大老爺這會兒也是唉聲嘆氣，一副「你三房這點破事，還連累到我家夫人被罵了」。

老伯爺立即說道：「此事確實是咱們家的錯，明日你們倆同我一起去謝家，給謝閣老賠禮。若是謝家要就此退親，咱也不說別的了。」不過他說完後，又看了三老爺一眼。「至於那通房，遠遠地發賣了吧！」

「爹，她肚子裡還懷著咱們杜家的骨肉呢！」三老爺忍不住驚詫道。其實先前他也想著打了那孩子的，可是杜同霽要死要活的，直說若是孩子沒了，他也不活了，於是三太太一心軟，這才造成了如今的後果。

「不過是個庶子罷了！霽哥兒這般年輕，你還怕他日後沒兒子不成？」老伯爺氣得又想抽他一個巴掌了。

此時的謝家也一點都不平靜，晚上的時候，謝清懋就自動自發自覺地到謝樹元跟前承認，說這事是自己幹的。

謝清溪在院子裡走來走去，待過了會兒，朱砂匆匆回來了。

「老爺說要請家法，要打二少爺呢！」

「不行，我要過去看看！」謝清溪立即說道。

朱砂不敢攔著，可是卻說道：「小姐，這事妳也有分的，要是讓老爺知道的話，會不會連妳也一起打啊？」

「我倒是不明白爹為什麼要打二哥？難道咱們替大姊姊出頭，竟是錯的嗎？」謝清溪忍不住說道。

之後她便不顧朱砂的勸阻，往前頭書房去了。

謝清懋將蕭文桓如何打聽到事情，而他又覺得若是簡單放過杜同霽實在是太便宜他了的事全都說出來了。

謝樹元沈聲問。「所以你就把人家弄進牢裡待著了？」

謝清懋只說道：「此事都是兒子的主意，是兒子眼見那杜同霽這頭和大妹議親，那頭卻弄出一個通房懷孕，一時不忿，才做出這等事情。」

謝樹元坐在書房裡頭，看著下頭跪著的謝清懋，只點頭道：「好、好，你倒是好，還一力承擔了！所以人是你找去的，房子也是你買下的？」

謝清懋雖是跪著，可腰板卻挺得筆直，他抿嘴想了下，這才說：「人是三表弟找的，銀子是我給的。」

「既然出了這等事情，你們難道不知稟告父母？難不成我還會害了你妹妹不成？為何非要將事情鬧得這般大？」謝樹元質問道。

謝清懋立即開口說道：「兒子主要是怕父親為了家中的聲譽，再受了姑母的哀求，便將此事同杜家一般掩蓋了下去。」

謝清懋說得太理所當然了，險些將謝樹元氣出個好歹。可這個二兒子的性子，他卻又最是知道的，方正得簡直不像話，眼睛裡是揉不得一點沙子的。若不是他先前調查了一番，只怕還真相信了他這番說辭！

「爹爹！」謝清溪推門進來的時候，就看見謝清懋跪在地上。她立即跑過去，跪在謝清懋的旁邊說道：「爹爹，你別怪二哥哥，這事全是我出的主意，二哥哥就只是拿了銀子出來而已！」

「妳倒是有好漢做事好漢當的義氣！」謝樹元見她這麼順溜地說出來，立即氣得笑了。

「爹爹時常教導哥哥們，仰不愧於天，俯不怍於人，此事女兒既然做了，便該勇於承認。況且，女兒也不覺得此事有做錯的地方，若是再給女兒一次機會，女兒依舊會這般做！」謝清溪也挺直脊背，坦然說道。

若謝清溪是個男兒，謝樹元倒是要忍不住替她拍手稱道了。之前他已經問過蕭文桓，將此事的來龍去脈都問了個清楚，也不得不承認，若這真是一個十一歲的孩子所想出來的法子，他不得不重新審視這個小女兒了。

她先是將魚餌放在那個叫李雲峰的戲子身邊，再用一招聲東擊西，讓那個李雲峰相信那個謝管事的身分，繼而讓他害怕起來。等打草驚蛇之後，杜同霽本就心虛，自然也就相信了李雲峰的說法，這才會輕易地將人帶出府。

「那妳呢？妳知道此事之後，也不同爹爹說，也是跟妳二哥一般，覺得我會為了名聲將此事草草掩蓋了？」謝樹元問她。

謝清溪抬頭看著他，認真地說道：「以女兒的想法，爹爹或許會做，也或許不會做，可是不論是哪種可能，我都不願意去賭，因為賭注是大姊姊一生的幸福。爹爹和娘親時常說我是個小孩子，並不懂大人的事情，可是我卻知道，閨閣女子所受的禮法教條甚嚴，稍有不慎，輕者連累名聲，重者危及性命。明明此事並非大姊姊之錯，可若突然退親，定會傷害了大姊姊的閨譽。爹爹或許會為了維護大姊姊而選擇同杜家人妥協，而我這麼做，是為了讓爹爹知道，杜同霽一無擔當、二無腦子，實非大姊姊的良配。」

謝樹元被她這麼直白地說人家沒腦子的話給逗笑了。他又接著問。「所以，妳就乾脆替我幫妳大姊姊伸張正義了？」

「女兒並不敢越俎代庖。都說婚姻大事乃是父母之命，媒妁之言，大姊姊一生的幸福都在爹爹和娘親的決定之下。爹爹是男子，自然不懂女子的艱苦，在後院之中，有禮法規矩約束著女子。我此時在幫大姊姊，又未嘗不是在幫我自己？我就是要讓所有人都知道，我們謝家的女兒，誰也不能欺負！」

謝樹元看著她小小的身子，久久不能說話。

過了半晌，他才道：「我只恨當初妳為何不是男兒身……」

「……勛貴世家，沐浴皇恩，理應訓教子弟，行德謹慎。國朝以禮法為重，孝道乃為首，今定北伯府子弟，祖父母、父母皆在世，竟自立門戶，公然違反國朝律法。勛貴子弟犯法，理應與庶民同罰。今奪杜同霽之舉人身分，杖責五十，貶為庶民；定北伯辜負皇恩，不能約束子弟，任其放任，令其閉門思過三月。天下勛貴子弟當以此子為戒，時刻警醒自身，務必自律、自勵、自檢……」

原本眾人只以為這是杜家的家族醜聞，誰知這麼一道從天而降的聖旨下來，幾乎整個京城的勛貴都驚詫不已。

不過定北伯府本就皇恩不顯，眾人自然不會覺得這是皇上閒來無聊才頒布的一道聖旨。有些心思深的，立即想到之前便有傳言，說皇上對於如今這些勛貴格外不滿，覺得這些勛貴子弟大多沒什麼出息，只是一幫吃國庫、用國庫的蛀蟲而已。要不然，就憑他杜同霽，哪有那樣大的臉面讓皇上專門下旨斥責他？要知道，雷霆雨露都是君恩，皇上罵你不可怕，可怕的是皇上完全忘記了你！

而有些想得少的，則覺得這是謝閣老在皇上面前進言，這才讓定北伯府被定了罪。

不過不管是哪種可能性，不少勛貴都開始約束自家子弟，生怕這時候成了跟定北伯府一樣殺雞儆猴的工具。

於是一時間，京城的青樓楚館生意清淡了許多，而勛貴之家在這幾個月裡傳來的孕中好消息倒是不少。

別說旁人覺得奇怪，就連身處於風口浪尖的謝家都覺得奇怪呢！謝樹元確實是想聯合一幫御史，參杜家一本的，結果還沒等他行動，一向不問朝政的皇上居然比他行動得都還要迅速。

謝舫將大兒子叫到書房之中詢問。「此事當真同你無關？」

「父親，兒子豈敢欺瞞於您？我雖有這想法，不過聖上的旨意卻已經下達了。」謝樹元也苦笑著說道。

說實話，他雖是朝中二品大員，不過如今真正能經常見著皇上的，也就內閣的那幾位大臣了。他除了剛從江南回來那次被皇上單獨接見之外，餘下皆是在朝會之上才能面聖。

謝舫摸著略長的鬍鬚，也不由得深思起來。此事他雖也不忿，不過謝明貞對他來說，到底只是一個庶出的孫女，他自己嫡親的女兒還嫁在杜家呢，他也並不想同杜家將關係做絕。

可如今聖上這聖旨一出，杜家勢必會覺得是謝家在從中作梗，這結親不成，倒成了仇家。

謝樹元小心地覷了父親一眼，見父親久久未說話，心口不由得一沈。雖說他也生氣清懋和清溪兩人背著父母擅自行事，可是如今看父親這態度，只怕他們倆所擔憂的是正確的。

若如今杜同霽此事未鬧得這般沸沸揚揚，只怕父親會要求自己大被一掩，將此事掀過去，而明貞照舊還得嫁給那個不知死活的小子。

「父親，如今杜家已是人人喊打的角色，咱們家可是受害的，若是咱們不旗幟鮮明地站在皇上這一邊，只怕日後聖上也會不悅的。」謝樹元輕聲說道。

謝舫看了他一眼，豈能不知這個兒子說這事情背後的用意？他深深地看了謝樹元一眼，勸解道：「你們到底是親兄妹，何至於為了這事鬧成如此地步？」

謝樹元一聽便知，父親這也是要拉偏架，於是他神色一凝，道：「父親此話倒是讓兒子傷心了。妹妹做此事時，可是一點都沒在意過兒子的臉面。若此事真等成婚之後才發現，外人少不得會覺得兒子這個當朝二品大員，竟是連自己女兒的婚事都弄不清之人，難免要覺得兒子是草包。」

謝舫被謝樹元這麼一反駁，倒也不說話了。說實話，這女兒和兒子在他心中，自然是兒子更重要些。他替女兒說話，也不過是看著夫人這般大年紀了，一聽到女兒的事還哭得那般傷心。不過見謝樹元態度堅決，他便也歇住了。

左右這次確實是女兒做得有些過分了，倒不如讓她乘機檢討自己一番，不要一邊享受著娘家給她帶來的好處，又一邊胳膊肘全拐到了夫家那頭去。

謝清溪正在和蕭氏下五子棋，她棋藝不錯，不過蕭氏更是棋藝精湛，所以她同蕭氏下棋，十局之中能贏兩局已是不錯了。但自從她提出下這五子棋之後，才發現這種簡單的玩法，兩人的勝負倒是能五五開。

謝樹元一回來蕭氏的正院之後，便讓丫鬟都先下去，將謝舫在書房中同他說的話，又說了一遍。

蕭氏原本還不想讓他在謝清溪跟前說這些事情，可自從此事之後，謝樹元便覺得自己不該將清溪看作一個什麼都不懂的孩子。相反地，在她心中自有一種評判，對她好的人她感恩，而對她或者她身邊的人不好的，她也會毫不猶豫地出手。

謝樹元並不想讓自己的女兒成為心思惡毒、慣於耍心機和詭計之人，但是他也絕對不希望謝清溪連一點自保之力都無。女大不中留，將來他的清溪兒也會嫁人，若是在夫家受了委屈，他這個父親難免也會鞭長莫及的。

而且他也並不覺得女子有智慧是一種錯誤，相反地，那些聰慧的女子總是有一種別樣的光輝。謝樹元忍不住看著蕭氏，他的夫人就是這樣一個睿智聰慧，讓人從不敢小瞧的女子。

「祖父會這般說，女兒倒是一點都不奇怪。對於祖父來說，大姊姊不過是個庶出的孫女，自然比不上姑母這個嫡出的女兒精貴。若這回姑母是這般坑害大哥哥，都不需爹娘生氣，只怕祖父和祖母兩人都會先生吃了姑母。」謝清溪見怪不怪地說道。

謝樹元點頭，清溪果真是沒讓他失望。她沒像一般姑娘一樣，一聽到祖父這番話，竟不是生氣，而是第一時間想著，祖父為何會這般想？

「那妳說，接下來咱們還要做什麼？」謝樹元鼓勵地看著謝清溪。

謝清溪略垂眸，想了會兒，才笑道：「如今主動權掌握在咱們家手中，咱們只需要以不變應萬變即可。不過，我估計這兩日姑姑還會回來。」

還真被謝清溪說對了，聖旨下達的第二日，謝家大姑奶奶就回來了，這次一起回來的，還有她的兩個女兒。

杜菡和杜菲都沒了先前高高在上的樣子，相反地，她們都愁容滿面的。她們雖是閨閣姑娘，按說此事本不關她們的事情，可偏偏她們都是姓杜的，一個杜同霽出事了，杜家所有的子女都會受到影響。

特別是杜菲，她如今正在相看著親事。原先謝蓮還這個瞧不上、那個看不起的，如今那些曾經有意結親的人家，卻都再不提起這茬了。

於是，謝蓮在老太太那邊又哭了一場，說是要見見大姑娘，親自給大姑娘道歉。

這姑母給自家姪女道歉，走去哪兒可都沒這稀罕事。她這不是要給大姑娘道歉，她這是要把謝明貞架在火上烤啊！

謝明貞病了。其實前兩日她身子就已經不好，從知曉此事開始，她心裡頭就憋著一口氣，等皇上的這道訓斥聖旨下來，她心中的這口鬱氣一下子散開，整個人都鬆散了，跟著就病了。

她烏黑亮麗的長髮整齊地編成麻花辮，搭在左肩上，整個人臉色有些蒼白，嘴唇更是連一點血色都沒有。

方姨娘端著藥碗坐在床前，這眼眶裡的眼淚跟斷了線的珠子一樣往下落，有那麼幾滴落在了藥碗裡頭，她發現了便趕緊抹了一把臉。

「大姑娘，妳先將這藥吃了，這樣身子才能好得快些。」方姨娘說道。

謝明貞強撐著身子坐起來，方姨娘趕緊讓旁邊站著的丫鬟扶著她。

她看著女兒這蒼白的臉色，之前對於杜家的滿意，如今全成了滿滿的怨恨。

「這殺千刀的一家，竟敢如此欺負妳！姨娘只恨自己沒用，不能給妳出這口惡氣……」

方姨娘說著說著，這眼淚又要滴落下來了。

謝明貞見方姨娘這副模樣，只得出聲安慰道：「姨娘快別這麼說了，那人不是已經被皇上降旨訓斥了嗎？」

「咱們皇上實在是太明察秋毫了，這等小人就該這麼治！」方姨娘一想到這個，也是歡喜得不行。

待謝明貞吃完藥之後，方姨娘便要扶著她重新躺下，不過明貞卻是不願躺，說剛吃完藥，想坐著說會兒話。

方姨娘看著女兒的臉，又絮絮叨叨地抱怨著。「雖說這回全是那姓杜的錯，可這退了親，到底對姑娘家的影響也大些，可憐我的兒，竟是遇上這種人……」

方姨娘如今一提到謝明貞的婚事就要哭，不過她也不單單只在謝明貞跟前哭，她去蕭氏院子裡也一樣哭，若是看見謝樹元了，哭得就更凶了。

謝樹元本就覺得這回確實是自己草率，才讓女兒遭了無妄之災，於是更加心切地想給謝明貞再相看一門妥當體面的親事，可是這親事也不是天上的餡餅，說掉下來就掉下來的。

「好在老爺和太太說了，這回定不會再委屈了妳。我兒沒嫁給這種人是天大的福氣，這往後還有更大的福氣等著呢！」方姨娘拉著她的手寬慰道。

其實謝明貞比方姨娘早知道這件事，當初知道時，已經傷心過了一會兒了，如今只剩下痛快。清溪果真是個有本事的，竟是一棍子將那人打落到塵埃裡頭去了。

母女倆正在此處說話呢，就有老太太那邊的丫鬟過來，說是大姑奶奶回來了，想請大姑娘過去說話。

方姨娘一聽是大姑奶奶回來了，那臉立即拉得老長了。

謝明貞讓那過來請人的丫鬟進來，看著她，只說道：「少不得要麻煩妳去同祖母和姑母說一聲，我這兩日生了病，下不得床，倒是不敢去老太太院子中，怕把病氣過給了別人。」

「可不就是?咱們大姑奶奶這等精貴的人，豈能生了病?」方姨娘雖不敢明面上罵大姑奶奶，可是這一、兩句諷刺的話說說，她心裡頭也好過些。

小丫鬟一見謝明貞白著一張臉半靠在床頭，再看那沒有一絲血色的嘴唇，便知道大姑娘這會兒是真的病了。不過也是，尋常姑娘家突然遇見這等事情，就算是沒病也得氣出病來了。

小丫鬟回來如實說的時候，老太太倒也沒責怪，只讓人送了兩支參過去。

大姑奶奶看著老太太，又是落淚。「大姑娘這是怪我呢……」

「妳也別多想，大姑娘不是這樣的人。」老太太說了一、兩句，便不開口了。

大姑奶奶接著便又開始哭訴，說這幾日杜家是如何的混亂，而她婆婆又是怎麼找自己的麻煩。

待謝樹元回來之後，知道大姑奶奶又回來了，直接便殺到老太太房中，說如今皇上都讓定北伯在家自省了，大姑奶奶身為定北伯府的大太太，這段日子還是少出門為好，以後也少這樣常回娘家。

這話說得太絕情，只氣得老太太又是一陣心口疼。

這件事鬧了沸沸揚揚的半個月，京城的人也算是看足了笑話。不過透過這事，眾人都覺得這謝閣老實在是深受皇上寵幸啊！皇上平日除了求仙問道之外，都不大管朝政之事了，如今居然能發這麼一道聖旨，可不就是看在謝閣老的分上？

謝舫也聽過這樣的傳聞，不過卻只是呵呵一笑，他若是真有這般大的臉面就好咯！

春日漸漸進入尾聲，天氣眼看著慢慢熱了起來。

蕭氏幾日之前便說了，要帶著大姑娘上山去上香，說是去拜拜佛祖，去去身上的晦氣。

老太太自然不好說別的，於是蕭氏便帶著謝明貞和謝清溪兩人去了京城京郊的重元寺廟上香了。

古代閨閣女子規矩森嚴，也就只有這上香一事才能出門鬆泛鬆泛。

蕭氏並沒帶她們去別的寺廟，而是這重元寺，只因這重元寺裡有一片花樹林，每年春日來這裡賞花上香的貴婦甚多。

謝清溪倒也挺期待的，她在蘇州的時候，曾經看過寒山寺的桃花林，那桃花盛開之時，滿枝椏的桃花從遠遠看去，猶如一片粉色雲霞一般，美得讓人忍不住陶醉。

謝明貞素來懂事，蕭氏也心疼她在婚事上的艱難，這回帶她來也算是散心吧。

謝清溪自從再世重生之後，對於佛祖便有了敬畏之心，如今一提到上香，跪得那是恭恭敬敬的。

蕭氏領著她們在大殿裡頭跪拜，又讓大姊姊去抽了籤子後，就要去請寺中高僧解籤。

謝清溪也跟在後頭去，待到了旁邊解籤的地方，就見解籤的和尚穿著紅色袈裟，微閉著眼睛，似乎正在冥思靜想。

蕭氏等人並不敢打擾大師，待過了一會兒後，那和尚睜開了眼睛，這才請了蕭氏落座。

「不知夫人所求為何？」那解籤的和尚看了蕭氏的籤子後便問道。

蕭氏轉頭看了謝清溪一眼，見她正眼巴巴地瞅著大師，一點也不知迴避的樣子，蕭氏忍不住在心裡嘆了口氣。這孩子她也不是沒管過，不過清溪雖膽子略大了些，行事倒也不會沒有規矩。只是別的姑娘一提這親事立時便羞紅了臉，她倒是好，還眼巴巴地盯著，就要聽呢！

「清溪，娘先前只拜了大殿的菩薩，偏殿都還沒去呢，不如妳便代娘去給菩薩們上炷香。」蕭氏緩緩開口。

謝清溪一聽她娘要把自己支走，便微微嘟起嘴巴，不過好在她也知道有些事情自己不好聽，於是便說道：「好吧，那待會兒女兒上完香再過來找娘親吧！」

「朱砂，好生伺候小姐。」蕭氏吩咐了一句。

好在重元寺香火並不是十分旺盛，若不是這後山的一片花樹林著實有些出名，只怕來的人更少呢！

謝清溪領著朱砂，在偏殿一尊一尊菩薩地拜過去，她來之前特地在荷包裡頭裝了滿滿的一袋銀錁子，每跪一尊菩薩，便朝功德箱裡扔一個。這些銀錁子還是謝清溪在江南的時候就讓人造的呢，一兩銀子一個，做成了各種形狀的。

不過跪了一會兒，朱砂便是腰瘆背痛了，她可比不上謝清溪自幼練習騎射，腿腳要比一般姑娘利索。朱砂忍不住小聲問道：「姑娘，這樣多的菩薩，咱們都要拜完嗎？」

她們這一跪一拜，還是不斷重複的，做得多了，難免會腿軟眼花，朱砂這會兒已是滿眼冒金星了，若不是怕開罪了菩薩，只怕早已經抱怨出聲。

「前頭好像有一處讓人歇息的地方，妳去看看可有熱水喝，我也渴了。」謝清溪也不強求她，只讓她過去看看有沒有水。

朱砂滿心歡喜地起身過去了。

倒是謝清溪依舊認真地拜了拜，起身之後，又發現這處佛殿從側面走出去，旁邊竟還連著一個小佛殿，只是此處並沒有香客，看著比旁邊冷清許多。

謝清溪先是給菩薩恭恭敬敬地磕了三個頭，緊接著又從荷包裡頭拿出一個銀錁子。

她見這裡沒有外人，先前沒敢說出聲的那些願望，這會兒也敢開口了。她恭恭敬敬地雙手合十，唸道：「菩薩在上，信女謝清溪來給祢請安了。最近信女家中頗為不平，還請菩薩保佑。」接著她便閉著眼睛又唸道：「我大姊姊真的是個好姑娘，都說好人有好報，我大姊姊沒嫁給那個姓杜的，確實是菩薩保佑，我代她謝謝菩薩了。不過還請菩薩這回定要好好牽線，讓我大姊姊日後能嫁得如意郎君。」說著，謝清溪又去摸荷包，不過這回她摸的是另外一只荷包，一打開，裡頭金光燦燦的，全都是金子做成的小玩意兒。謝清溪本是先摸了一個出來，後來又想了想，還是拿了三個出來，扔在了功德箱裡頭。

等她扔完了，她又開始絮絮叨叨了。「我二哥哥要參加鄉試了，這是他頭一年考，所以也請菩薩祢保佑我二哥哥能榜上有名……」說到這裡，她突然頓住了，緊接著她又閉著眼睛，虔誠地說道：「菩薩，小女子童言無忌，還請祢忘了先前那話吧，請祢一定要保佑我二哥哥得了頭名解元。」說完，她又摸起荷包裡的金錁子，扔了六個進功德箱，呼啦呼啦的都是金子相互碰撞的聲音。

剛給完金子，她又開始求了。「菩薩，這是信女最後求祢的一件事，還請祢別覺得信女麻煩。我大哥哥他可是上一屆的解元，所以請祢保佑他連中三元，直取狀元之位。」這會兒謝清溪不只磕頭，荷包裡的金子也嘩啦啦地全倒進了功德箱裡。不過剛倒完錢，她又閉著眼睛說：「這是我的小願望，就算不實現也沒關係的。」

待謝清溪覺得自己的願望都許完了，睜開眼睛，正準備起身的時候，突然瞥見旁邊竟是出現了一雙墨色繡蟠龍的靴子！

來人悄無聲息的，就站在不遠處，謝清溪還跪在那裡呢，整個人差點往一邊摔去。

待她抬頭時，只看見那人長身玉立，因他身材太過高眺，又偏著頭，她竟一時沒看清來人的長相。

「你是誰？為何站在這裡偷聽我說話？」謝清溪問道，不過手掌卻還撐在地上。她剛才說得太誠心了，一時跪得有些久，此時腳竟是麻了，爬不起來了，就算是想逃跑，她也跑不了！

那人在聽見她的話後，慢慢地轉過頭，直到一張臉完全正對著她。那猶如精雕細琢的面容，在這略有些昏暗的佛殿之中，都無法掩飾其日月光華。這樣的臉，偏偏長在一個男子的身上，而且是一個讓人不敢褻瀆的男子，以至於所有人都要仰視他的風華。

「妳有什麼願望，何必要求佛祖？來同我說便好。」男子輕輕開口，那聲音猶如泠泠泉水擊打在玉階之上，悅耳動聽，讓人只覺得耳朵都發癢了。

謝清溪還是一副呆怔的模樣，有些事情也許是在心底期盼了太久，以至於真到了實現的時候，反而有一種身處夢幻的不真實感。

那人見她不說話，也只是含笑看著她。

一直到許久後，謝清溪才緩緩開口。「我在想，那個能左右皇上下旨斥責杜家的人，究竟是誰？」

「妳想知道？」男子又輕問。

謝清溪認真地點頭。

陸庭舟含笑看著謝清溪，一步一步地走到謝清溪的跟前，半蹲在依舊還跪著的人旁邊，直視著她的眼睛說道：「妳回來了。」

這種久別重逢的畫面太過美好，以至於謝清溪都不知道自己應該說些什麼樣的話。想了許久之後，她突然說：「你長高了。」

陸庭舟聽了這話，有些啼笑皆非，難道這話不應該是由自己說？這小丫頭倒是反客為主了。

「哎喲！」謝清溪正偷偷摸摸地動著腿，誰知剛動一下，整條腿便像通了電一般，又麻又難受，讓她一下子失口叫出聲。

陸庭舟低頭看著她端放著的裙襬，忍不住搖頭。他將她扶著坐好，握著她的小腿，輕輕地揉捏起來。

女子的腿除了丈夫之外，便是連父親、兄弟都輕易摸不得的，可偏偏陸庭舟替她揉腳的神態那般坦蕩又凜然，讓謝清溪一時都忘記要推開他。

「還麻嗎？」陸庭舟看著她的眼睛問道。

謝清溪每回照鏡子的時候，都覺得自己的一張臉實在是美得有些不真實，可如今她再看見陸庭舟時，突然發現，原來這種不真實的美貌，並非她一個獨有。

好吧，她有一種突然找到同類的欣喜。

不過他們即便有著這等容貌，倒也不怕別人覬覦。反正一個王爺，一個閣老嫡孫女，誰敢不要命地覬覦他們？便是想，那都是一種罪過。

就在謝清溪尷尬得不知所措時，就見旁邊突然竄出來一隻雪團一樣的東西。她定睛一看，竟是一隻雪白的狐狸！

那隻白狐竟是一點也不怕生，往這邊跑來，蹭著陸庭舟的腿，以示親密。

謝清溪突然笑著問道：「這是湯圓大人吧？牠竟長這麼大了！」她伸手就去摸湯圓的腦袋。

陸庭舟見狀，一個阻止不及，正要喝斥湯圓不許傷害她的時候，就見湯圓居然用腦袋頂了頂她的手掌！陸庭舟見湯圓竟是一點都不排斥她，覺得很是奇怪。

謝清溪歡快地問湯圓。「湯圓大人，你還記得我嗎？我就是八年前被你救了的那個小孩啊！你都長這麼大了，好久不見喔！」謝清溪一邊感慨歲月如梭，一邊抬頭衝著陸庭舟笑道：「你看，湯圓大人一點也不排斥我，牠肯定是認出我來了！」

陸庭舟此時還沈浸在她那句「我就是八年前被你救了的那個小孩」中，如果他的記憶沒有出現偏差的話，八年前那個救了她的人……是自己吧？

不過此時這一人一狐已經歡快地互動了起來，見謝清溪要把湯圓抱在懷中，陸庭舟立即阻止。「別抱牠，牠剛在地上跑過，髒。」

作為一隻從出生以來身邊便有專人洗澡的高貴雪狐，湯圓大人霍地轉頭瞪著他，表示「你傷害了我身為高貴狐族的自尊」。

你才髒呢，你全家都髒！

這佛殿略有些偏僻，四下竟沒有一個外人。佛殿大門被打開了，門外的陽光前仆後繼地往殿內闖，只是這佛殿略有深，他們此時正坐著的蒲團上，有道被陽光照射映出的橫線。

陸庭舟鬆開捏著她小腿的手掌，輕聲問道：「現在動一下試試，看小腿可還麻？」

謝清溪乖乖地動了兩下腿，便抬頭笑道：「不麻了，謝謝——」她本想說「謝謝小船哥哥」，可是那稱呼都含在嘴裡了卻沒有叫出聲來。現在她可不是那個什麼都不懂的三歲小孩子，能甜甜地叫一聲「小船哥哥」。如今她知道他是誰，知道他的身分，按著規矩，她應該朝陸庭舟行禮，再恭恭敬敬地喊一聲「恪王爺」的。

陸庭舟彷彿知道她想什麼一般，突然伸手摸了一下她的腦袋，笑著問。「怎麼不叫小船哥哥了？是不是現在長大了，就不願意再叫了？」

謝清溪抬頭看著他，認真地說道：「你是王爺，我應該給你行禮的。」

陸庭舟臉上的笑容突然斂了下。

謝清溪正小心地偷看他呢，見他臉色一下子沈了下來，立即懊悔地咬著下唇，她幹麼說這種話嘛！

「我們的清溪兒果然是長大了……」陸庭舟用一種悵然若失的表情看著她。

謝清溪聽他這說話的口吻，心立刻就軟了下來，忙說道：「小船哥哥，其實我剛剛是不好意思叫而已，我都長大了，不好再像小孩子那樣撒嬌了。」

陸庭舟見她一本正經地解釋，突然輕笑了一下，說道：「可是我卻覺得，妳還沒有長到足夠大。」

「什麼叫長到足夠大啊？」謝清溪輕快地問他。

此時趴在謝清溪腿上的湯圓看著頭上的兩人一來一往地說話，竟是完全將牠忘記的模樣，不禁抬頭衝著陸庭舟齜牙咧嘴，尖尖的牙齒閃出一道冷光。然而陸庭舟只眼角稍微低了下，警告地看了牠一眼，湯圓就軟軟地趴了下來，不敢再做出凶惡狀。

謝清溪壓根兒沒注意到湯圓這紙老虎模樣，她還在等著陸庭舟回話呢！

陸庭舟看著她一雙霧濛濛的大眼睛直盯著自己看，眼底滿滿的都是「快告訴我、快告訴我」的乞求，而她的睫毛也不知如何弄的，竟是又長又捲，每眨一下眼睛，便猶如蝴蝶撲搧一次翅膀般。

他突然輕笑一聲，回道：「長到足夠大，就是足夠大啊！」

謝清溪在他的眼神之下，一張小臉蛋突然慢慢地暈上一層紅霞，猶如紅撲撲的水蜜桃一般，若是咬上一口的話，別提多鮮嫩可口呢！

她突然低頭看了一下自己的胸部……難不成小船哥哥指的是這個？不是、不是！小船哥哥這種猶如謫仙一般的人物，肯定不會這麼想的！

雖然她的動作又輕又快，卻還是沒能逃過陸庭舟的眼睛。他這次是真的啼笑皆非了，這麼個小丫頭，想的未免也太多了些吧？

於是他在她的腦袋上不客氣地敲了下，說道：「起來吧，要不然妳那丫鬟只怕要找不到妳了。」

謝清溪初始還覺得他敲自己很莫名其妙，緊接著才突然紅了一張臉頰。所以，其實是她自己想太多了吧？若不是陸庭舟就在旁邊，她恨不能立即捂著自己的臉蛋，實在是太丟人了！

她一起身，湯圓便歡快地繞著她轉悠，她還有些得意地對陸庭舟說道：「看來湯圓真的很喜歡我啊！」

「漂亮的人，牠都喜歡。」陸庭舟瞥了牠一眼，不經意地黑了牠一把。

可憐的湯圓大人，這會兒還歡快地圍著謝清溪跑呢，壓根兒都不知道，自己已經被描繪成了一隻見色思遷的花花狐狸了。

謝清溪不由得失望了，她還以為自己和湯圓特別投緣呢！唉，所以說，狐狸的本性就是花心嗎？

不過剛走到門口，謝清溪突然轉頭對陸庭舟說：「小船哥哥，所以我大姊姊這件事，是你幫忙的嗎？」

「妳是指把杜同霽關在衙門裡不讓杜家人去救他，還是指讓皇上下旨斥責杜家的事情？」陸庭舟雙手揹在身後，淺藍色錦袍讓他越發顯得身材高䠷。

謝清溪忍不住抬頭看他，只是一抬頭，頭頂的陽光照在她的眼睛上，讓她下意識地閉上了眼睛，直到她再次睜開眼睇著的時候，就看見一隻寬厚的手掌擋在了她的頭頂。

「原來這些都是小船哥哥你幫忙的。」謝清溪忍不住說道。難怪杜家都出面了，衙門卻還一直不放人；難怪京城每年都有悔婚的事情出現，偏偏這個杜同霽就是最慘的那個。

突然，謝清溪又想到一件事，她垂著眸子問道：「那我們做的事情，小船哥哥你也知道了？」

小船哥哥會不會覺得我心機太重？會不會覺得我是個會耍手段的人？我要不要解釋一下？這些念頭在謝清溪的腦子中不停地來回盤旋著。

此時兩人正站在院子當中，只是那院門已經被關上，外面偶爾傳來一些聲音，而這處佛殿所在的院落，卻彷彿與外面成了兩個天地。

謝清溪這時候才發現，這裡之所以沒有人在，並不僅僅是因為這處佛殿有些偏僻，只怕還有旁邊這位的功勞吧？

「我只是在想，清溪依舊是清溪，不管到什麼時候，心中的正義都不輸男子。」陸庭舟低頭看著她。

謝清溪聽完這話後，心頭的那點疑惑和驚惶猶如被陽光照射散開的雲霧一般，瞬間消失得無影無蹤。

此時朱砂從前頭折返回來，卻看見這處院落的門竟關上了，當即嚇得險些魂飛魄散。她趕緊上前推門，可是門卻如何都推不開。

朱砂不敢耽誤，立即去找寺中的僧侶，待她領著人回來的時候，卻看見這座院落的門又打開了，而謝清溪提著裙襬，正從裡面走出來。

朱砂指著這門，問道：「小姐，之前這門不是關上的嗎？」

「我一直在內殿裡面磕頭呢，並不知道。」謝清溪面色如常地說道。

而那個被朱砂拉過來，大呼小叫地說「我們家小姐不見了」的小和尚，此時依舊態度平和地問道：「施主，妳可還有別的事情？」

「沒了、沒了！多謝小師父、多謝小師父！」朱砂又尷尬又不好意思地跟那小和尚說道。

小和尚並不在意，只笑笑便離開了。

「小姐，妳可是嚇死奴婢了！」朱砂忍不住說道，她家小姐也不知怎麼的，從小就多災多難，她剛才一沒看見人，還以為又出了什麼事呢！

謝清溪輕笑道：「好了，偏妳就愛大驚小怪，我這不是好好的？咱們這就回去找娘親她們吧，估計這會兒她們也結束了。」

待謝清溪領著朱砂回去的時候，就見蕭氏帶著謝明貞，早已坐在一旁歇息，等她們一回來後，一眾人等便跟著知客僧往重元寺後院的客房去。

這來了寺廟之中，自然也是要吃齋菜的，不過就算是齋菜，也有各個寺廟的做法。謝清溪曾聽二房的明雪說過，這京城之中要說齋菜最好吃的，還數成為皇家寺廟的明覺寺，而明覺寺謝清溪可是一回都沒去過呢！

其實謝清溪想問謝明貞，她這求籤求得如何，不過蕭氏剛才既然不許自己聽，如今定就更不許自己打聽了，所以她打定主意，待會兒拉著謝明貞出去轉悠的時候，再問問就是了。

於是一吃完齋菜，謝清溪就說想在重元寺逛一會兒。

蕭氏此番也是想讓謝明貞出來散散心的，畢竟這孩子之前病了好幾日，雖面上不說，可到底是年紀輕，難免有些鬱結憋在心裡頭。

她特意囑咐謝清溪。「好生同妳大姊姊逛逛，可不許淘氣。」

「我知道了。」謝清溪一見蕭氏這回如此好說話，便立即謝了她娘親，接著就拉著謝明貞出去逛了。

兩人這回都戴了白色帷帽，而白紗的下襬都繫著鏤空的圓球，即便是一陣風吹過，也不會將紗幔吹起來。

謝清溪看著藍色天空上漂浮著朵朵白雲，那天空藍得猶如極地海洋，那白雲更是猶如棉花一般，此時的天空看起來特別的高遠乾淨。雖然如今勞動力水準低下，不過這樣藍的天和這樣白的雲，在現代只有到極少有污染的西藏才能看見吧？

此時她的心情連「歡欣雀躍」這個詞都不足以形容，她笑看著周圍說道：「這重元寺的風景倒是極美的。」

「六妹妹心情倒是不錯。」謝明貞笑著轉頭看她。

「那是自然，這樣好的天氣，又有這樣的美景，我若是心情再不好，豈不是有負這良辰美景？」謝清溪輕移蓮步，她雖性子跳脫了些，可是在外頭的規矩卻是讓人挑不出毛病的。

畢竟一個女兒家若是規矩上有差，受損的可不僅僅是她自己。

「大姊姊，大師替妳解的籤是如何說的？」謝清溪忍不住問道。

誰知謝明貞卻噗哧一聲笑開，說：「果真如母親料的那般，妳一定會問的。」

「好吧，娘親就是如來佛祖，我這個孫猴子如何能逃得過她的手掌心？」謝清溪撇嘴說道。

「並非姊姊不願告訴妳，只是這解籤也未必準，若是解籤就能知前事的話，那我說親之前在金陵也解過籤呢。如今也不過是求個安心罷了。」謝明貞悵然若失地說道。

謝清溪見她這模樣，便忍不住笑道：「大姊姊，妳放心，妳定是能嫁個如意郎君的！」

「還如意郎君呢，這是妳一個小姑娘家能說的？」謝明貞伸手點她的腦袋。

這重元寺的後山倒是有不小的地方，謝清溪便朝著旁人說的那片花樹林去，結果剛轉了個彎，便瞧見花樹林前的一大片空地上居然還有人在放風箏。

那邊跟著過來的，除了兩個婆子之外，就都是年輕的女孩子，各個都抬頭往上面看。

「小姐，妳看那風箏紮得可真好看，後頭拖著那樣長的穗子居然也能飛得起來呢！」謝明貞身邊的大丫鬟慧心指著天空中飛得最高的一個風箏說道。

謝明貞也笑著點頭。「這蝴蝶紮得確實是好看，顏色也出挑。不過放這樣高，倒也少見呢！」

謝清溪看了一眼那片空地上，幾個都是姑娘，被圍在正中間的是一個穿著打扮皆都精緻的女孩，瞧著年紀也不大。那個蝴蝶風箏此時正被拉在一個丫鬟的手中，那小姑娘站在旁邊，著急地說著什麼，隨後丫鬟就將線給了她。

此時，旁邊還有一只蜈蚣模樣的風箏，長長的身子在天空中任意地擺動，別提多好玩了。

「可惜咱們沒帶風箏過來，若不然也可以放了。」謝清溪惋惜地說道。

朱砂小聲地在旁邊提醒。「小姐，妳難道不記得了？夫人不讓妳放風箏的。」

謝清溪怒著反駁道：「那是因為六哥哥老是在我旁邊放風箏，結果兩個風箏會纏在一起。今天他不在，我怎麼就不能放了？」

朱砂沈默不語。其實真實的情況是——六少爺每回要去放風箏，自家小姐都要跟著去，等去了吧，還非要在人家旁邊放，結果風箏線纏在一塊兒了，她就哭鼻子！

這麼兩次之後，蕭氏見他們兄妹總是為這個吵架，便乾脆誰都不許去玩了。

謝明貞正帶著她們往前面走呢，就聽一聲驚呼，眾人紛紛抬頭往天上看，只見那兩只風箏纏在一處了。

那姑娘忙喊道：「趕緊讓把這兩個分開！快點！」

旁邊的丫鬟一陣手忙腳亂，不過最後那只蝴蝶風箏的線還是斷了，只見那只風箏悠悠晃晃地往下落，直落到花樹林深處。

旁邊的人正惋惜呢，就見那姑娘揮手就是一巴掌，打在旁邊那個放蜈蚣風箏的丫鬟臉上。

姑娘盯著丫鬟怒道：「沒用的東西，放個風箏也會纏到我的風箏上！等待會兒稟了母親，妳就等著挨板子吧！」

挨打的小丫鬟比她要略矮一些，此時已經嚇得跪在了地上，手上的線一時鬆了，只見那蜈蚣風箏也往下掉了。

那姑娘一見連這個風箏也落了下去，一時氣得連話都說不出來，接著便轉頭對旁邊站著的丫鬟說：「給我打，好好地打，讓她自個兒長些記性！真是個賤胚子！」

此時謝明貞和謝清溪都往那挨打的女孩看去，結果這會兒才發現不尋常之處。那挨打的女孩雖也穿著水紅上衣，不過卻不是丫鬟的比甲，而是一件上面繡著纏枝蓮花的褙子，下頭搭的是一條月白色百褶裙。

只因這跪在地上的女孩穿的上衣同旁邊那些穿水紅比甲的丫鬟撞了色，所以她們才以為她也是個丫鬟呢，誰知走近了，仔細看了兩眼，才發現原來竟是位姑娘。

只是，這身為姊姊的，竟在外頭隨意地打罵自己的妹妹……可見這家的家教不佳。

那姑娘見有陌生人來，不但沒叫跪著的女孩起身，反而愈加得意地朝她看，而那跪著的女孩也不說話，只垂著頭，看著好像正在默默地哭泣。

旁邊的丫鬟們哪敢真的動手打小姐啊？趕緊上前勸說著。

謝明貞生怕這場面污了謝清溪的眼睛，便拉著她急急離開了。

第二十五章

「那兩人是姊妹吧？」等她們走出去好遠，謝清溪才輕聲問道。

身為庶女的謝明貞輕輕嘆了口氣，說道：「像咱們太太這樣的，便是整個京城都再也找不出來的。」

其實要不是謝明芳和謝明嵐一味地作死，處處想要和嫡出的謝清溪別苗頭，蕭氏剛開始待她們倆也真不差。

可是妳作為庶女，又想嫡母待妳好，又想著跟嫡母的親生女作對，妳說嫡母會喜歡妳嗎？

謝明貞的做法顯然就是合了蕭氏的意，所以她才能在謝家享著這長女的尊寵，不過如今看見那庶妹被嫡出的姊姊這般欺辱，她也不由得有些生氣。

「大姊姊，也別因這點小事生氣了。尋常規矩的人家，誰家不是把姑娘金尊玉貴地養著？」謝清溪撇嘴，不過她也沒多說。

那個打人的姑娘看著是跋扈，不過那個被打的也未必就全然沒錯。那庶出的如果是像謝明芳或者謝明嵐那等性子的，謝清溪還恨不得說一聲「打得好」呢。

好在兩人進了這花林，看著滿枝滿椏開著粉白色的花後，都不由得有些沈浸在這美景之中。

謝清溪笑著說道：「如今咱們家比江南的宅子小多了，就算是春天這種百花齊開的日子，瞧著都沒什麼好看的景呢！」

「這話妳也就在我這處說說便好，要不然讓旁人聽見，少不得又是一陣風波。」自從出了這杜家的事情後，在謝明貞心裡頭已然將老太太看作了姑母的幫凶，只不過礙著孝道，她不僅不能和這兩人撕破臉皮，見了面還得恭恭敬敬地請安，叫聲祖母和姑姑，一想到這裡，就連循規蹈矩如謝明貞，都不由得有些厭惡。

兩人一直往裡面走，沒一會兒便走到那樹林深處，聽見了淙淙的泉水聲，待兩人走到一旁的溪水處時，謝清溪突然想到在蘇州的事，笑著說道：「姊姊可還記得蘇州的寒山寺後山，便有這麼一片桃林，裡頭也有這樣一條溪水。」

「可不就是，這重元寺雖沒寒山寺那般出名，不過這處的景致倒是不比寒山寺差。」謝明貞也笑著說道，又指著旁邊的林子。「我看那處好像是桃樹，不知道這會兒有沒有結果子呢？」

「哪兒呢？」朱砂一聽有桃樹，就來了精神，她可是最喜歡吃桃子的！

「那行，咱們去那邊看看吧！」謝清溪轉頭看見謝明貞臉上有些疲倦之色，便說道：「要不就我跟朱砂過去看看吧，若是沒什麼好瞧的再回來就是。姊姊，妳們便待在這裡等我們吧！」

謝明貞當真是大門不出、二門不邁的姑娘，這會兒只走了這樣遠的路便有些累了。「這樣也好，不過也別走遠，別讓咱們看不見就是。」謝明貞也是看這會兒樹林裡頭沒人，而謝清溪又說在不遠處，她們站在這裡看著，倒也不會出事。

謝清溪點了點頭。

就在謝清溪剛走不久之後，那個先前挨打的姑娘卻是垂著頭，一路走了過來。

她一看見謝明貞她們，便啞著嗓子問道：「姑娘妳好，我先前放了個風箏斷了線，不知妳們可有看見？」

謝明貞同旁邊的丫鬟都是看見她被打的，這會兒見她可憐，便有丫鬟開口說道：「咱們一路過來倒是沒見過，要不妳再去旁邊找找吧。」

那姑娘只哭著點頭，那模樣真是說不出的可憐。

只聽她自言自語道：「我若是找不到，回去肯定會被打死的……」

謝明貞自己便是庶女，見這姑娘這樣小的年紀，就受了這些折磨，難免生出惻隱之心，於是便對旁邊的幾個丫鬟、婆子說道：「要不咱們幫她去找找吧，左右咱們這會兒也沒事做。」於是謝明貞就帶頭幫這姑娘找風箏。

這姑娘自是千恩萬謝，站在一旁嬌怯怯地說道：「多謝姊姊仗義出手。到現在竟還不知姊姊是哪家姑娘呢？」

謝明貞笑道：「這點小事不足掛齒，我姓謝。」

那姑娘見她沒說自己的名字，倒也沒在意，只是抬頭看了眼她的裝扮，只見她穿著銀紅色杭綢面子的褙子，領口、袖口都用金線鑲了邊，下頭穿著一條月白六福湘裙，而頭上則戴著一支鎏金碧玉簪子，那碧玉通體碧綠，顏色純正得猶如滴翠一般。

「原來姊姊姓謝啊，可是謝閣老家的？」姑娘小聲問道。

謝明貞見她說對了，也只得點頭。

姑娘打量著她的年紀，猜測這大概就是謝家那個近日退親的大姑娘吧？不是說她是庶出嗎？可這氣度及打扮，便是比她那個嫡出的姊姊都不差呢！

她掩住眼底的羨慕和嫉妒，低頭笑道：「我姓林，小字雅心，我爹爹乃是承恩公。」

聽她說完之後，別說是旁邊的丫鬟重新打量了她一番，就連謝明貞都忍不住瞧了她一眼。

誰都知道這承恩公乃是大齊歷代皇后父親的封號，不過這種爵位可不是世襲罔替的。若是有些恩寵的，還能承襲個幾代；可若是運氣不好的，只怕一代便終了。

而如今的承恩公，仍是太后的娘家人。

老承恩公退了後便傳給太后的親哥哥，如今太后還在呢，所以先前太后的哥哥上書說要傳爵給兒子的時候，皇上便大筆一揮准了，因此如今這林家的爵位依舊還是承恩公。

謝明貞因回京之後便開始議親，並沒出門交際過，所以對於這承恩公一家不甚瞭解，可她沒想到，太后的娘家居然也是這等沒規矩的。

「方才同我一處放風箏的，是我嫡出的四姊姊。」林雅心小聲地說道。

謝明貞一聽這話，心中就對這個林雅心有些不喜了。雖說她那個姊姊當眾打她確實不對，不過她如今在外人面前說這話，也未必沒存著敗壞她姊姊名聲的心思。

這些丫鬟雖四散開來找，但也並不敢離謝明貞太遠。

林雅心見久久還沒找到，這眼淚便又要落了下來。「謝姊姊，妳們能幫幫我嗎？幫我再往遠處找一找吧？」

謝明貞雖心底對她的觀感有了變化，卻也不好中途撒手，只得吩咐丫鬟說：「妳們再往前面找一找。」她也帶著丫鬟往前面走了走，不過走到小溪邊的時候就停住了。此時溪水依舊淙淙地響著，謝明貞並不敢到溪水邊上去。

林雅心的膽子倒是大的，直直地往邊上找，還扶住旁邊的一棵樹，朝前頭看去。「也不知風箏是不是被這溪水沖下去了，我找了這樣久竟是都沒找到。」

謝明貞見她這般說，便對旁邊一直陪著自己的兩個丫鬟說道：「妳們也去找找看吧，多兩個人也好早些找到。」

這兩個丫鬟見這處就自家姑娘和這位林姑娘，倒也放心，便都點了點頭，開始四處去找。

結果這些丫鬟將大半的林子搜了個遍，卻都沒找到那風箏。

就在謝明貞正要叫丫鬟們回來，不必再找時，就聽林雅心指著下游說道——

「謝姊姊，妳看那裡花花綠綠的，可是我要找的那只蝴蝶風箏？」

謝明貞往前踏了一步，誰知旁邊的林雅心突然尖叫一聲，她回頭看去，就見林雅心好似沒站穩，要摔下去，兩手胡亂地在空中揮舞著。謝明貞正要退後一步，以免被她帶下去時，林雅心已伸手抓住了她的手臂，使謝明貞正好被身後的一塊石頭絆了下，身子晃了晃，人往旁邊歪了去。

不料此時，雙手一直揮舞著的林雅心猶如神助一般，一下子便扒住旁邊的樹幹，只留謝明貞一人滑進水中！

好在旁邊的溪水並不深，就算是最中央的水位都只到大人的膝蓋處。

謝明貞滑了進去，身子正往後仰的時候，突然，對面出現一人，踩著溪水就衝了過來，將正要掉入水中的謝明貞一下子扶住了。

謝明貞正驚慌失措，見身後有人扶著自己，雙手也立刻一把抓住來人的手臂，緊接著，這人就將她帶著往岸上去了。

此時，謝明貞的兩個丫鬟也注意到了這邊的情形，嚇得全往這裡跑。

謝明貞一上岸，還沒歇口氣呢，一低頭就看見自己的裙子已經濕到了小腿肚，而旁邊那人的黑色靴子也濕答答地滴著水，她又驚又亂，一下子便將人推開了。

慧心和蘭心這會兒幾乎是連滾帶爬地過來，慧心一下子便擋住謝明貞，而蘭心則是拿出帕子就給謝明貞擦臉。

慧心擋在謝明貞和那男子面前，瞪著這白面書生模樣打扮的人，怒道：「還看?!」

「對不起、對不起！小生只是見這姑娘要落水，這才唐突了的！」那男子一邊說，一邊轉身。

此時林雅心還站在那裡，並不敢過來，只哭著說道：「謝姊姊，對不起，都是我不好！都怪我沒站穩，這才讓妳被人輕薄了的！」

男子一聽這話，立即又擺手解釋道：「姑娘，小生只是救人心急而已，並未輕薄這位姑娘，妳可不要胡言亂語啊！」

「你這人竟是這般不知好歹，如今這是要推卸嗎？」林雅心怒道。

「閉嘴！」謝清溪這會兒趕了回來，身旁的朱砂手裡還捧著用帕子裹住的鮮嫩桃子呢！

謝清溪看了謝明貞一眼後，便立即將身上的披風脫下給她穿上，見她頭上的帷帽也沾上了水，又趕緊將自己的帷帽解下給她戴上。

朱砂一見，慌忙說道：「小姐，這裡有外男啊！」

謝清溪這會兒可沒空管那書生，她看著早先挨打的那名姑娘，語氣溫和地問道：「姑娘方才可有目睹了全部的經過？」

林雅心此時看見了她的容貌，不禁有些呆愣。明明這個女孩看起來比自己還小，可是這容顏竟是已經這般出塵，若是再過幾年，只怕便是傾國傾城之貌了。她呆了一下，回過神後才立即點頭。「是啊，我看見了，就是這個男子，他剛才抱了謝姊姊！」

「那妳能幫我示範一下，他是怎麼抱我姊姊的嗎？」謝清溪柔聲問道。

此時謝明貞已經緩過勁來，她見謝清溪在同林雅心說話，生怕她也上了林雅心的當，便喊了她一聲，不過謝清溪卻回頭衝著她搖了搖頭。

林雅心回身指著旁邊的溪水，說道：「我先前沒站穩，一時不慎，害得謝姊姊落水了，誰知這人便乘機──」她話還沒說完呢，整個人就突地往水裡撲去。

謝清溪壓根兒沒等她說完話，抬起一腳就送她進了水裡，腳放下時，正好看見她在水裡撲騰著呢！

旁邊的一眾人被這一幕震驚得是一句話都說不出來。

朱砂張大嘴巴，雙手抓著的手帕也鬆了，桃子落在地上，一個個滾了出來。

謝明貞和身邊的兩個丫鬟則震驚得連眼珠子都直了，這會兒光顧著看威武的六姑娘了。

謝清溪乾脆俐落地拍了兩下手後，對著水裡的人說：「這等小伎倆就敢出來害人？妳以為所有人都跟妳一樣，腦子只有杏仁那麼大嗎？」

旁邊同樣被這位小姑娘震驚到的書生聞言，本想憋住的，卻一下子噗哧地笑了出聲。

謝清溪歪頭看他。

他嚇得立即擺手。「姑娘請放心，今日之事，小生一定會守口如瓶，誰都不說的！」

謝清溪冷哼一聲，不過也沒多說他，畢竟人家也是出於一片好意地救人。

這會兒林雅心還在水裡撲騰呢！

謝清溪蹲了下來，衝她喊道：「好了，別裝了，這水淹不死人的。」這話說完後，水裡面果然慢慢不撲騰了。

林雅心浸在水中，一臉憤怒地看著岸上的人。她不敢起身，因為衣衫已經濕透了，若是一起身，只怕就要被那書生看透了！

「妳要是敢把今天的事情說出去，我就告訴所有人，妳全身濕透的模樣被男子看過了！」謝清溪冷聲說道。

那書生一聽，又立即閉著眼睛轉身，背對著溪水，可是這會兒他卻又變成正面對著謝明貞了。

慧心立即又怒道：「你怎麼又轉過身來了？」

他一驚，又趕緊轉身，這會兒倒是誰都不對著了。

謝明貞這會兒才抽出空打量這書生，只見他身材很高，皮膚白皙，她只能看見他的側臉，不過卻知是個清秀的男子。

林雅心又急又怒，她這些手段甚少失手，就連她那個嫡出的姊姊，有時候都會因為她而被責罵呢，誰知今天竟碰上這等不按牌理出牌的人，她也只敢怒瞪著對方。

謝清溪突然伸出右手的兩根手指，做了一個「插」的動作，但臉上卻揚起笑容說道：「再敢瞪我，就挖了妳的眼！」

她說得又輕又柔，可林雅心卻被嚇得不敢再看她了。

這時謝清溪才轉過身，對慧心她們說道：「妳們扶著姊姊順著這個下游走，繞一圈再離開，務必要避開先前放風箏的那幫人。」

待謝明貞走後沒多久，便見有人找了過來。

謝清溪看著旁邊還沒走的男子，笑著問道：「你這是打算留下來為這位姑娘負責嗎？」

那書生立即說道：「小生並未對這位姑娘無禮，何來負責一說？」

「那還不趕緊走？等她的家人尋來了，你想走都走不掉呢！」謝清溪搖了搖頭，這書生也太呆了些吧？語畢，她就看見這書生一溜煙地小跑走了。

此時，後面的腳步聲越來越近，謝清溪看了一眼朱砂，說道：「喊救命啊！」

「我嗎？」朱砂愣了。

「嗯，替這位姑娘喊啊！」

大概是被自家姑娘剛才那霸氣威武地踹人落水的姿勢給震驚到了，朱砂都沒敢問原因，立刻就扯著嗓子喊。「救命啊！有人落水了，救命啊——」

林雅心被這主僕兩人一唱一和給氣得，又加上泡在水中許久凍得，險些要昏厥過去了。

林家的主子、丫鬟到場的時候，就看見自家五姑娘含著眼淚，正泡在水裡頭呢！

林雅心的丫鬟一見，立刻沒了命般地往這邊跑，不過她也只敢站在岸邊叫兩聲。

「哎喲，這是怎麼了？」林家嫡出的四姑娘林雅嫻看著這個庶妹泡在水裡，臉上那幸災樂禍的表情可是一點兒都沒繃住。

還是她的丫鬟見旁邊有外人在，拉了拉她的衣袖，林雅嫻這才收斂了些臉上的笑意。

林雅嫻朝著眼前的姑娘走去，上下打量了一番，發覺這姑娘無論是氣度還是穿著打扮，瞧著都像是大戶人家嫡出的姑娘，於是她便笑著問道：「不知姑娘芳名？妳今日救了我這庶妹，待我稟了父母，日後也好派人登門道謝啊！」

林雅嫻說這話純粹就是客氣，待這個林雅心被救上來之後，看自己不編排死她！就這麼個賤婢所生的女兒，也敢處處都學著自己？

「道謝就不用了，不過是舉手之勞罷了。」謝清溪毫不客氣地受了人家這聲謝。

旁邊的朱砂看得簡直是目瞪口呆，她甚至都有些懷疑，這不久前將人家踢下水的，真的是她家姑娘嗎？

這會兒林雅心慢慢地從水裡站了起來。

林雅嫻瞧見她衣衫濕透，輕薄的布料貼著皮膚，屬於少女的曲線若隱若現，不禁白了她一眼，不屑地罵道：「賤人！」

謝清溪沈默了，她不知道這位姑娘是真性情呢、沒腦子呢，還是無所謂？當著自己這外人的面，這麼罵庶出的妹妹真的好嗎？不過想到這姑娘方才打庶妹巴掌，又逼著庶妹下跪，可見在家中也是跋扈慣了的。

林雅嫻見她遲遲不報上名來，便微微仰起頭，高傲地說道：「我姓林，名雅嫻，我爹爹是承恩公。」

謝清溪點了點頭，臉色卻依舊平常。

林雅嫻見她在聽到自己自報家門之後，都沒露出驚訝的表情，便猜測到只怕這人是剛來京城不久吧？於是她勉為其難地又加了一句。「當今太后便是我的姑祖母。」

喲，太后的親戚啊！謝清溪這會總算是給了點反應，不過她還沈浸在換算親戚關係當中，這姑祖母究竟算個什麼親戚呢？

沒等謝清溪算出來，林雅嫻又追加了一句——

「我祖父乃是太后娘娘的親哥哥。」

這關係確實是近！謝清溪立即擺出「失敬失敬」的臉色，笑道：「原來是林家姊姊，我初回京城，倒是不常在外頭走動。」

林雅嫻微微仰頭，臉上擺出「我就知道妳是個土包子」的表情。

此時林雅心已經扶著丫鬟起身，身上也披著披風，抽抽泣泣地走過來。

「哭哭哭，就知道哭，咱們林家的臉都被妳丟盡了！」林雅嫻立即嫌惡地看了她一眼。

「姑娘還沒告訴我妳的名字呢，我也好讓父母去妳府上說聲謝謝。」這會兒她還沒忘了問對方要名字呢！其實她哪裡是想上門道謝，她是準備回去告狀，然後上門找證人呢！先前她屢次同林雅心起衝突，還被這個小賤人害了幾回，所以這次她可要抓住這種好機會，好生折磨她！

謝清溪卻笑道：「做好事不留名，這是我們家的祖訓。」

旁邊的林雅心聽見她這句話時，顫著身體轉頭看她，那眼神簡直是恨不能將她殺死！

不過謝清溪一點都不在意，反而笑著看她，安慰道：「林姑娘，看來這溪邊妳日後得少來了。這回好運是我撞見了，若是下回妳再不小心落水，讓哪個男子瞧見了，那可就不得了呢！」

林雅嫻一見她這麼說話，不禁在她和林雅心兩人之間瞧了兩眼，然後突然笑道：「可不就是？我這個妹妹啊，自小就愛到處跑，連我娘都說她沒有一點淑女的貞靜呢！」

噗！謝清溪要吐血了，這個林雅嫻這麼坑自己的親娘真的好嗎？

其實京城裡真說對庶女不好的，那比比皆是啊！不過大家明面上還都維持著好嫡母的形象，偏偏這個林雅嫻竟在外人面前拆她娘親的臺。

這真的是小船哥哥的親戚嗎？為啥蠢成這樣？

謝清溪忍不住替陸庭舟感到悲哀，有這種蠢得不知所謂的親戚，他也挺心累的吧？

林雅嫻見對方堅持不告訴她名字，倒也不再追問了，帶著林雅心和一眾丫鬟便浩浩蕩蕩地回去了，待走到半路的時候，林雅嫻嘲諷地看了林雅心一眼。「我看妳是偷雞不成反蝕把米吧？」

其實林雅心之所以過去整謝家姊妹，還都是林雅嫻出的主意。她說只要自己能整到剛才路過的那兩個姑娘，等過幾日端敏郡主的生辰宴，她便帶自己一同去。

如今林雅心也有十四歲了，只比林雅嫻小幾個月，可是有這個嫡姊在，那個素來面熱心狠的嫡母怎麼可能給自己找一門好親事？所以她得靠自己謀取一樁好親事。

原還想著就算那謝家姊妹真的發現自己耍手段，左右死不承認便是了，誰知，她這次卻是踢到了鐵板！

至於林雅嫻為何這麼做？不過是因為見到對方先前路過她周遭的時候，往她這邊瞥了一眼就趕緊拉著自家妹妹離開，再加上她有意想整林雅心，所以便給林雅心出了這麼個餿主意。如今林雅心落了水，日後不帶她出門可就是光明正大的事情了！

謝清溪主僕兩人是最後離開的，走的時候朱砂看著地上的桃子，還鬱悶地說道：「唉，這桃子這麼水靈，掉在地上多可惜。」

「那妳把它撿起來就是了，回去洗洗再吃不就好了？」謝清溪不在意地說道。

朱砂猛一轉頭，讚賞地看著自家小姐，而且在這麼金尊玉貴的生活裡，自家小姐居然還能保持勞動人民的樸素心性，可真是太難得了！

「要不妳現在去溪邊洗洗，咱們倆就在這兒吃了吧？」謝清溪給朱砂出主意。

朱砂掙扎地看了她一眼。

謝清溪催促她。「去啊，趕緊去！」

好在這裡都是泥土，就算桃子掉下去也沒有摔破。於是朱砂抱著幾個桃子，顛顛地跑向了溪邊。

就在此時，突然有個聲音從謝清溪的頭頂上傳來——

「沒想到，咱們的清溪兒不僅長大了，居然還這麼厲害。」

謝清溪一抬頭便看見站在樹椏中間的人，一襲淺藍錦袍在粉紅的花朵之間，居然是人比花俊。

她緊張地看著前面還在洗桃子的朱砂，一邊又抬頭看他問道：「小船哥哥，你怎麼這麼神出鬼沒的啊？」

陸庭舟正要說話時，謝清溪看見朱砂身形一動，好像要起身了，於是她立即豎著手指在唇瓣上，做出一個「噓」的動作。於是，向來天不怕、地不怕的恪王爺，便乖乖地閉嘴不說話了。

待謝清溪看清朱砂只不過是換個姿勢洗桃子，她才又輕聲說：「小船哥哥，你快走吧，免得待會兒被朱砂看見了。」

她一邊緊張地盯著朱砂，一邊做揮手的動作，示意他趕緊走。

陸庭舟看得是又好笑、又無奈，突然，他心頭浮起一縷說不清、道不明的情緒，就好像他們兩人正在幽會，卻又怕被旁人撞見般。這種念頭簡直猶如一顆種子，在腦子裡一種下，就迅速地生根發芽。他半靠在樹幹上，摸著下巴看著底下小小的人……算了，還是再等幾年吧。

此時朱砂已洗好桃子起身了，謝清溪恨不得捂住自己的眼睛，然後祈禱朱砂的眼睛暫時失明了，根本看不見樹上站著這麼大個人。

朱砂將帕子四角繫了個結，將桃子放在裡頭，捧在手裡，就在她轉身準備回去時，就見旁邊突然竄出一個雪白的影子，直衝了過來。朱砂一驚，往後退了兩步，那帕子就又掉了下來。誰知，那雪白的身影卻快速躍起，叼起東西就往前跑！朱砂愣愣地看著自己空空的手，聽見不遠處的謝清溪對她喊道——

「愣著幹什麼？還不趕緊去追啊！」

於是，朱砂居然真的拔腿就跟在那團白影後面跑。

那雪白的影子好像知道她跟來一般，跑出幾十米遠後，居然還回頭看她。朱砂一看見這雪白一團的動物後，原來想逮住牠打死的心，迅速地轉變為「我要摸摸牠」。

謝清溪見朱砂居然真的一路追過去，不由得吁了一口氣，這丫頭確實是不靠譜啊！

此時，樹上那個淺藍的身影猶如輕盈的豹子般，從樹上一躍而下。他落下時，整個枝椏都晃了晃，粉色的花瓣瞬間繽紛地從枝頭落下。

陸庭舟伸出修長的手指，撚起落在謝清溪頭頂上的一瓣花，笑著遞給她。「花姑娘，這是妳的花瓣。」

謝清溪被他逗樂了，接過他手中的花瓣，卻突然說道：「最起碼也得是一朵花吧？花瓣有些敷衍。」

陸庭舟迷惑地看著她。

謝清溪這才輕笑出聲，他並不知現代人送花的典故。看著面前這個早已經不是當初那個小小少年的高大男子，她的笑意深入眼底。

「想去放風箏嗎？」陸庭舟低著頭輕笑問她。

謝清溪霍然抬頭，有些詫異地說：「你怎麼知道我想放風箏？」

「妳猜。」他的聲音又柔又輕，在這和煦的春風之中，更添一抹春意。

不過還沒等謝清溪說話，陸庭舟突然靠近她，攬著她的腰身便往前躍去。

這是謝清溪頭一次體驗到何謂風馳電掣的速度，她忍不住攀住陸庭舟的手臂，直到一處空地，她被放下後，還尚未定魂呢！

她哭喪著臉對陸庭舟抱怨。「小船哥哥，你該告訴我一聲的！」

「我看妳騎馬倒是沒在怕……」所以陸庭舟還真沒想到她會害怕。

這姑娘從認識開始，他就覺得她是真的膽大。

此時，謝清溪看見了旁邊地上擺著的兩只風箏。她瞧著這片空地，發現這處就是溪水的另一端，只是方才她們一直沒找到能橫跨過溪水的辦法，所以才沒能過來的。

「這個重元寺倒是別有洞天呢！」謝清溪輕聲讚道。

這處空地極為寬闊，遠處則有一座涼亭，此時涼亭的旁邊，居然還有幾匹馬正在吃草。

謝清溪眯著眼睛看著那幾匹馬，突然指著前頭那匹棗紅色高頭大馬問道：「那匹可是汗血寶馬？」

「妳倒是有眼力。」陸庭舟誇讚道。

陸庭舟這匹棗紅色的汗血寶馬乃是西域進貢的，不誇張地說，全京城只怕是無人不識。

謝清溪興奮地看著那匹正在悠哉吃草的馬，只見牠英俊神武，體形優美，四肢修長，那一身棗紅的毛皮在陽光之下光燦燦的，猶如會發光一般。

阿哈爾捷金馬，這是世界上最古老也是最神秘的馬匹，因為此馬的皮膚較薄，在奔跑時，那流動的血液便極易被看見，而牠的頸部和肩部汗腺發達，一流汗便會加重這兩處毛皮的顏色，所以才會被稱為汗血寶馬。

這種馬在現代的成交價可達上千萬美金，而且就算是有錢都很難買到。

這還是謝清溪這輩子第一次這麼近距離接觸到這種國寶級的生物，她忍不住問道：「牠叫什麼名字啊？」

「元寶。」陸庭舟也抬頭看著不遠處的愛駒，笑著回答。

謝清溪還以為自己聽錯了，又問道：「什麼？牠叫什麼？」

陸庭舟又重複了一遍。「牠叫元寶。」

這麼霸氣威武的一匹駿馬，你居然把牠叫作元寶？你對得起牠的身價、你對得起牠顯赫的出身、你對得起牠嗎嗎嗎？

謝清溪那又惋惜、又不平的表情，讓陸庭舟笑個不停。也不知是因為她的表情才笑，還是僅僅只因為是她做出了這樣的表情，反正同謝清溪在一起時，他嘴角的笑意就從未停止過。

不過謝清溪這會兒正忙著要替人家元寶謀求一個高大上的名字呢！她痛心疾首地說道：「小船哥哥，你不覺得元寶這個名字未免有些太對不起汗血寶馬這麼高貴的馬嗎？」

陸庭舟摸著下巴，陷入沈思。

謝清溪不管，又繼續說道：「我覺得叫什麼疾風啊、閃電啊、追風啊，都挺好的，要不叫翻山也行啊，或者越嶺也可以嘛！」

謝清溪還在想著叫什麼才能配得上這麼高大上的一匹馬時，就聽陸庭舟突然朗聲笑出來，她驚詫地看著笑得捂著腰的陸庭舟，想著，自己說的有這麼可笑嗎？

「翻山？越嶺？清溪，妳能告訴我妳究竟是怎麼想到這種名字的嗎？」陸庭舟真的不是想嘲笑她，可是這些名字未免也太古怪了些。

謝清溪抿嘴，努力想營造出一種「我已經在生氣了，你趕緊不要笑」的表情，可是看見陸庭舟眉開眼笑成這般模樣，她也終究是忍不住了。

待兩人笑過了之後，這風箏還躺在地上呢！

陸庭舟見她對元寶實在有興趣，便問。「要不我帶妳過去看看元寶？」

要矜持、要矜持、要矜持。謝清溪在心中重複了三遍，最後還是開心得差點蹦得老高。

待走近之後，她才覺得這匹馬實在是漂亮，簡直是馬中俊表啊！她的雙手原本還垂著，這會兒卻已經握成拳頭了，因為她要努力克制自己想摸牠的衝動。可就在這時候，一隻溫暖的手掌握住她的手腕，將她的手掌放在馬背上，溫和的聲音鼓勵道——

「妳摸摸牠看看。」

謝清溪摸著馬的肩部，這馬大概先前有奔跑過，所以她一摸上牠的毛髮便覺濕濕的。她馬術並不差，相反地，她自小便騎馬，所以對於馬這種動物不但不害怕，反而特別親近。只是這汗血馬太過傳奇，以至於她連靠近牠都帶著點小心翼翼。

「要上去騎兩圈嗎？」陸庭舟見她這般虔誠小心的模樣，便笑著問她。

她一聽，只覺得身上所有的毛孔都舒張開來，全身都在叫囂「去騎牠！趕緊的！」，可是……她垂眸看著身上穿著的裙裝，腳上踩著的這雙繡鞋，鞋尖上甚至還有兩顆晶瑩的珍珠呢！

「今天的衣裳不適合騎馬。」謝清溪惋惜地說道。

陸庭舟倒是不在意，安慰道：「無事，這回騎不了，便下回吧。」

謝清溪抿嘴不語。如今回了京，她出門又豈會容易？她也只當陸庭舟是在安慰自己罷了。

此時陸庭舟拍了拍元寶的背，喊道：「元寶，去跑兩圈。」

於是，這匹高大的汗血寶馬便在陽光之下肆意地奔跑起來，金色的陽光照耀在牠棗紅色的皮毛上，牠的身上猶如鍍上一層金光一般，耀眼奪目。

謝清溪看著牠奔跑起來都那麼優雅舒展的動作，忍不住嘆道：「若是能騎著元寶在草原上跑一圈，此生無憾。」

「這又何難？」陸庭舟轉頭盯著她，認真地說道。

待妳我攜手，我定帶妳看盡這山河大地。

他的眼神太過認真執著，竟是讓謝清溪忍不住低下頭，只是揚起的唇角卻洩漏了她心底最真實的想法。

朱砂回來的時候，就看見謝清溪站在門口，她趕緊跑過去，問道：「小姐，妳怎麼在這兒啊？」

「妳若是沒回來，我便進去了，只怕到時候我娘會讓人打死妳。」謝清溪閒閒地看了她一眼。

朱砂立即悔恨地說道：「小姐，都怪那隻臭狐狸，帶著我四處轉悠，竟是讓我迷了路呢！」

這會兒，屋子裡頭已是亂成一團。早先蕭氏見謝清溪久久未回來，就派丫鬟出去找，誰知找了一圈，六姑娘並沒在大姑娘說的那處林子裡頭！

連謝明貞都嚇得要親自去找她時，謝清溪便帶著朱砂回來了。

蕭氏立即冷著臉問她去了何處。

謝清溪忙說道：「先前那個林家的姑娘作怪，後來她的嫡姊又過來，還假模假樣地拉著我要去見她母親，我一時挨不過便去了，不過走到半道的時候，便讓朱砂裝肚子疼，然後帶著朱砂趕緊找了地方躲起來。」

朱砂見謝清溪說這話，立刻拚命地點頭。

蕭氏聽完只冷著臉，沒說話。

謝清溪立即無奈地說道：「娘，這回我們真沒惹事。都怪那個林家的姑娘，頭一回見面居然就害人！」

「所以妳就一腳把人家踹進河裡？」蕭氏冷著臉問她。

謝清溪一聽她娘知道這事了，乾脆全倒出來。「那個林家可真是讓我大開眼界了，嫡出的姊姊抬手就給妹妹一巴掌，還讓妹妹下跪；而這庶出的妹妹呢，不敢反抗嫡姊，居然來坑害我們這種頭一回同她見面的人。以後咱們家可不能同她們這種人家來往！」

「妳全都有理。」蕭氏見她說得這麼頭頭是道，簡直是不知怎麼說她了。

謝明貞也立刻說道：「六妹妹都是為了女兒才會這般做的，左右那個林家姑娘也不敢將此事說出去。」

「那個書生呢？妳們怎麼知道他不會說？」蕭氏有些頭疼，這些姑娘啊，實在是太過衝動了。

誰知謝清溪卻狡黠一笑，道：「此事包在我身上便是！」

蔣蘇杭依舊同往常一般，從書院中出來後，便步行前往姊姊和姊夫家中。他姊夫姓許，考了個舉人，只是後來考了兩回科舉都落榜了，所以乾脆就捐了官身，在工部營繕所當著個小官，如今這八品的所副，還是姊夫的父母攢了一輩子的錢得來的。

至於蔣蘇杭的姊姊蔣氏，嫁到許家有八年了。

蔣蘇杭先前一直在江南老家讀書，每回寫信給姊姊，都聽她說一切皆好。他因著明年要參加會試，便提前進京準備考試，誰知一過來才知道，姊姊、姊夫還有兩個外甥居然一直都是租房子住的。

原來姊夫用父母的積蓄捐了官身之後，在京中卻是置不起宅子了，甚至姊夫還因為需要錢打點，在外頭借了一筆錢。

蔣蘇杭一聽，便將父母留給他的銀子挪出一部分，給了他姊姊還債。他姊姊原本不要的，見他堅持便收下了，並說這銀子是暫借的。

姊姊本要他留在家中住，不過他自己卻堅持住在書院中，好一心備考。姊姊拗不過他，但仍堅持要他每隔五日便回來吃一回飯，生怕書院的飯菜太過清淡。

他正走到轉彎處，準備往巷子裡頭拐進去時，突然，有人從背後捂住了他的口鼻！

蔣蘇杭用力掙扎，不過來人力氣實在是太大，所以他掙扎了一會兒，最後還是昏了過去。

在他昏迷之前，只模糊聽見有一人說——

「太弱。」

等蔣蘇杭醒過來的時候，發現自己坐在一張椅子上，手腳皆被人綁在椅上，眼睛卻是能看見的。待他睜眼時，就看見對面坐著兩個人，只見一個長得格外凶神惡煞，而另外一個則坐在陰暗處，讓人看不見臉。

「少爺，就是這人。」那凶神惡煞的大漢見他醒了，突然猙獰一笑。

蔣蘇杭看得心都哆嗦了一下，不過這會兒他不敢暈啊！他雖然害怕，卻還是鼓足勇氣問：「我不過是一介書生，只怕兩位是抓錯人了吧？」

只見那大漢嘿嘿一笑。「你三日之前是不是去過城西外頭的重元寺？」

蔣蘇杭點頭。

那大漢一條腿霍地抬起，踩在旁邊的椅子上，獰笑道：「那就對了，找的就是你！」接著大漢不說話了，轉身看著身後坐在黑暗陰影中的男子。

蔣蘇杭努力想看清那人，只感覺他應該很高。

男子咬字很清楚，聲音帶著一絲低沈。「你那日可見過一個女子落水？」

「沒有，你在說什麼我不知道。」蔣蘇杭雖然害怕，卻還是搖頭說道。

「你只管放心地告訴我，我並不是要害那姑娘。」男子誘惑地說。

蔣蘇杭卻只咬緊牙關說道：「我不知道！我只是在前面拜了拜菩薩，並沒有看見什麼姑娘，更沒看見落水的姑娘。」

「看來你是不見棺材不掉淚了。」男子突然輕笑一聲，吩咐大漢道：「既然他堅持不說，也不必留人了。」

那大漢聞言，便從腰間掏出一枚褐色的藥丸。

蔣蘇杭一見，顫聲問道：「這是何物？」

「送你上西天的好東西！既然你到死都不願開口，咱們主子也不耐煩問你了，左右不過是一句話罷了！」大漢不在意地說道。

蔣蘇杭咬緊牙關，結果那大漢一伸手捏住他的下顎，他就不禁霍地張開嘴巴，那藥丸被送進他的嘴巴，還沒等他往外吐呢，就迅速地化開，一直等這藥丸化乾淨了，那大漢才鬆手。

結果對面那個男子又開口了。「你若告訴我，我便給你解藥如何？」

誰知，此時蔣蘇杭卻突然閉上眼睛，開始喃喃唸叨，原先他還只是小聲地唸，誰知最後竟然大聲誦道：「……人固有一死，或重於泰山，或輕於鴻毛！人固有……」

他反覆唸誦，直到房間某處傳來一陣笑聲，才驚得他停住唸誦。蔣蘇杭一睜開眼睛，便看見有一人從一堵牆後面走出來，待他看清之後，才發現那其實不是牆，只是一道屏風，只因他先前太過害怕，根本沒能仔細打量這個房間。

那走出來的女孩笑著對坐在陰影中的男子說道：「大哥哥，你演得真好！」

謝清駿閒閒地開口。「沒妳出的主意好。」

「妳、妳……」蔣蘇杭認出這個就是那日踢人下水的姑娘，原本還強撐著的人，一下子頭就歪了過去。

謝清溪嚇了一跳。

旁邊的大漢去探了他的鼻息後，說道：「被嚇暈的。」

「所以我已經這麼厲害了，一個照面就能將人嚇暈啊……」謝清溪自言自語。

謝清駿搖頭點評道：「還是太弱。」

蔣蘇杭被拍醒的時候，身子抖了個激靈，他睜著眼睛，只見如今這間房子竟是格外的敞亮，而他一抬頭就看見對面從大到小四個人都盯著自己，前面三個少年皆容貌英俊、衣著華貴，不過當他看見最後那個女孩的時候，嚇得又驚叫了一聲。

「我就說吧，他一看見我就害怕的！」

就在蔣蘇杭驚魂不定時，就聽見對面那個女孩轉頭對著旁邊一般大的男孩無奈地說道。

此時蔣蘇杭已是徹底迷瞪了，不是說自己吃了毒藥嗎？那現在不是應該死了，怎麼還活著？難不成剛才的一切才是作夢？

就在蔣蘇杭驚疑的時候，一直坐在書桌後面未出聲的人突然輕咳了一聲。

剛才光注意對面四人的蔣蘇杭，這才看見旁邊書桌後面還坐了一個中年男子。

這中年男子皮膚白皙，身材有些瘦削，一雙眼睛格外的有神，盯著人的時候，好像能看穿人心。而他的鼻子是傳說中的懸膽鼻，上嘴唇留的兩撇鬍子平添了他的儒雅氣度。

「小兒頑劣，衝撞了蔣公子，還請蔣公子不要怪罪。」

蔣蘇杭聽那中年男子一開口，聲音低沈渾厚，似乎能安撫人心。

這會兒意識到自己這條小命應該是保住了，蔣蘇杭才真正地鬆了一口氣。他轉頭，有些疑惑地問道：「不知令公子先前為何這般……」

「只不過是想知道你會不會將那天的事情說出去罷了。」旁邊的謝清湛說道。

謝樹元瞪了他一眼，這才又安慰道：「蔣公子別害怕，本官並不知道幾個小兒的惡作劇，倒是嚇著公子了，本只是想請公子到府上一敘的。」

蔣蘇杭聽他自稱本官，便猜測著，這大概是京城裡的某個大官吧？

「鄙人姓謝，名喚樹元，如今乃是都察院右都御史。我左手邊第一位是我的長子清駿，第二位是次子清懋，第三位是幼子清湛。至於最後一位乃是小女清溪，想必你之前已經見過了吧？」謝樹元笑著向他解釋。

此時謝清駿略一抱手，歉意道：「方才對蔣公子多有得罪，還望公子見諒。」

蔣蘇杭直瞪著眼睛看他。

就在謝清溪以為這貨被嚇傻的時候，就見他突然興奮地說道——

「原來你便是謝清駿？我在江南的時候，便聽過你的大名！你十六歲中直隸解元時所做的那篇文章，我可是能倒背如流的！我、我、我……」蔣蘇杭連說了三個我，那神情激動得簡直是無以復加。

謝清駿顯然也沒想到，這位居然是自己的瘋狂仰慕者。

這會兒就連謝樹元都忍俊不禁了。

謝清溪則是恨不得立即扶著額頭，現在這場景……好像不對吧？

「我一直想向你討教的，只是一直苦於沒有機會，不料如今竟能得見，蔣某實在是三生有幸啊！」蔣蘇杭將心中那猶如滔滔江水般綿延不絕的崇拜，一下子全抒發了出來。

就連坐在上首的謝樹元都不由得咳了一下，想來他當初還是探花郎呢，清駿這小子不過中了個解元，就有這麼多人對他推崇不已？

好在謝清駿對於這種仰慕者早已經習慣了，他淡淡笑道：「若是蔣兄願意，日後咱們可以相互探討。」

「真的嗎?!我可以嗎?!」蔣蘇杭激動地反問。

謝清溪這會兒是真的恨不能捂住眼睛了，這畫面太有愛，她竟是不敢再看下去了。

好在蔣蘇杭說完之後，也終於意識到屋內還有別的人在，於是他不好意思地衝謝樹元抱拳道：「謝大人，小生實在是太推崇大公子所做的文章，所以才會這般激動，還請謝大人見諒！」

謝樹元不以為忤，說實話，若是他和謝清駿同時出現，多數人都是追捧著他的，畢竟他無論身分和地位都比如今的清駿要高上太多，也就只有這等心思淳厚又一心做學問的人，才會只管著謝清駿卻忽略了他吧？

於是謝樹元也微微笑道：「若是蔣賢姪日後對於科舉上有什麼疑慮，只管過來問本官便是。本官雖不才，不過這科舉之上倒是能指點你一二的。」這還真不是謝樹元吹噓，畢竟他可是曾經考了全國第三的人物，對於科舉應試他是獨有一份心得的。

謝樹元這番話，頓時讓謝家的四兄妹都一驚。要知道，他們爹自持身分，平日從不輕易點評旁人，除了家中親戚或是實在不好推託的關係，謝樹元才會勉強指點一二，像今日這樣由謝樹元主動提出要指點人家的場面，可是少之又少。

蔣蘇杭微微錯愕，這會兒才想起來，自己仰慕者的親爹當年可也是得了探花的人啊！他立即正色道：「學生方才無狀，還請大人見諒！學生自知資質愚鈍，所做陋作並不敢到大人跟前獻醜。」

「獻不獻醜是我說了算的。」謝樹元說道。

蔣蘇杭立即連聲道謝。

謝樹元如今看他是越看越順眼，多少有些老丈人看女婿的意思。那日的事情他也聽明貞說過了，這蔣蘇杭救人卻不失禮。而從今日他的表現看來，他也是個守信的君子，寧死也不願暴露別人的秘密，可見這樣的人極負責任。

謝樹元聽取了蕭氏的意見，替謝明貞相看婚事時，並不單單只從京城的這些勛貴人家找，畢竟如今的勛貴子弟因有蔭庇，所以極少有人能真正沈澱下來認真讀書、做事的。反倒是這等寒門出身的子弟，不僅人品較好，而且還知上進。

謝樹元打探過了，這個蔣蘇杭雖是江南人士，不過雙親已不在世，如今只餘一個姊姊還在京城。況且他讀書確實是好的，上一科鄉試雖未得到解元之位，不過也是當時的第三名。他也同清駿一般，並未在隔年參加會試，而是沈澱了四年，認真讀書後，才決定於這科下場。

「那日小女明貞受蔣賢姪搭救，她不好直接同蔣賢姪你道謝，所以便由我這個父親代她謝你。」謝樹元含笑說道。

蔣蘇杭立即起身，恭敬地朝謝樹元行禮。「謝大人可千萬別這般說，學生不過是舉手之勞罷了。況且還對小姐多有得罪，學生只盼別污了小姐的閨譽。」

「你覺得那人如何？品性可是個好的？」蕭氏知道丈夫最近在調查那日於寺中救了謝明貞之人，一開始她以為丈夫只是想讓那人封嘴而已，可如今看來，竟是有招他當女婿的意思。

謝樹元道：「如今看倒是個好的，不過上回那個剛瞧著時也是不錯。這回我可沒露出招他當女婿的意思，只看這小子後頭的表現吧。」

「大姑娘如今已經十六了，倒是不好再拖了。」蕭氏擔憂地說道。

議親這等事情，男方這邊確實是要考察的，不過也不能相看太久，否則萬一這姑娘年紀拖大了，日後再草草成婚的話，不管是對謝明貞還是對蕭氏，這名聲上怕是都有礙。

「夫人只管放心，這小子對咱們清駿推崇至極，讓清駿同他多接觸接觸，還怕不瞭解他的性子？」謝樹元滿意地說道。

蕭氏點頭，不過又說道：「今日我去母親處請安，她老人家問我貞姊兒和芳姊兒的婚事，說貞姊兒既然退婚了，便得趕緊再相看起來，而芳姊兒如今十五歲了，也需得議親了。」

說實話，謝家這會兒光是適婚的少爺、姑娘就有四個！清駿和清懋都到了年紀，而明貞和明芳也都拖不得了。不過清駿和清懋因為都要考試，再加上他們都是少爺，便是拖上一、兩年也是無礙的，而姑娘們卻是拖不得的。

不過要說謝明貞，蕭氏是願意管的；就是這謝明芳，她卻是不願管的。這江氏母女三人個個眼高手低的，眼睛都往天上長，只怕她給明芳相的親事，她們誰都不願意呢！

「芳姊兒的事，只怕還要煩勞夫人了。」謝樹元覥著臉子說道。

蕭氏只斜眼看他，臉上是深沈莫測的表情。

謝樹元直被看得有些心驚肉跳。

待過了好一會兒，蕭氏才沒好氣地說道：「芳姊兒的婚事我怕是做不得主的，不是我這當嫡母的容不得人，而是芳姊兒眼界素來便高，若是給她找了尋常的人家，只怕她不願呢！」

「婚姻大事乃父母之命，媒妁之言，豈有她說話的餘地！」謝樹元立即正色說道。

蕭氏只淡淡一笑，並不反駁。

第二十六章

端敏郡主的生辰宴，只怕是這五月裡頭各家貴女最重視的事情。老早便有人打了首飾又請了最好的繡娘趕製衣裳，準備在這生辰宴上大放光彩呢！

謝清溪一早便乘坐馬車去了舅舅家裡，進去給外祖母和舅母請安之後，蕭老夫人瞧著謝清溪頭上戴的花冠，笑道——

「我瞧著這花冠倒是精緻，這京城似沒見過這樣的手藝。」

「這花冠是爹爹給的寶石、娘親請的匠人特別做的，是江南那邊的手藝，登不得京城這邊的大雅之堂。」謝清溪抿著唇笑道。

譚氏卻拉著她的手，對旁邊的舅母游氏說：「妳瞧瞧這孩子，就是謙遜呢！這小模樣瞧著，真真是選了爹娘的長處長的！」

游氏也看著這個長相實在是精緻的外甥女，這等容貌，也就是生在謝家這樣的人家裡了，若是生在那些平頭百姓家裡，說不定就是一件禍事呢！

蕭熙這會兒也過來了，她穿著一身淺草綠鑲銀邊的外衫，這樣清新的顏色倒與這春日格外相襯。她一看見謝清溪已經到了，便歡喜地跑過來，拉著她的手說道：「清溪兒，妳怎麼這麼久都不來咱們家玩啊？」

「家中有事，我倒是不好常出門。」謝清溪輕聲地解釋。

蕭熙卻不依不饒地問。「什麼事也不耽誤妳出門啊！我可有一個多月沒見妳了呢！」

譚氏和游氏卻是知道謝清溪說的是何事。先前剛出了這事的時候，就連譚氏都不由得有些生氣。她倒不是對謝明貞有多疼愛，而是生怕這事會牽連到自己的女兒和外孫女，畢竟這退婚的事情一出，身為嫡母的蕭氏難免被人非議。

「好了，熙兒，別纏著妳表妹了。今兒個去成王府，我讓妳大哥送妳們倆一塊兒去。」游氏笑著說道。

譚氏看著最疼愛的孫女和唯一的外孫女，也樂開懷，轉頭對謝清溪說：「今兒個妳便同熙姊兒一同去玩，多認識幾個姑娘。待過幾日，外婆便讓人去接妳到府裡來住一段時間。」

「真的?!」蕭熙簡直比謝清溪這個正主兒還要高興，一聽這話恨不能立即蹦得老高。不管是自家這房的庶姊妹還是二房的嫡堂姊，她都不喜歡，偏偏同這個剛相見的小表妹投緣。

待兩人上了馬車，蕭熙簡直就是沒停下來過。「京城這些貴女，那眼睛都恨不能長到天上去呢！不過妳別擔心，有我在，誰也欺負不了妳去！」

謝清溪笑著說道：「那我就先謝謝四表姊了，待會兒四表姊可要保護我啊！」

蕭熙因為上頭有兩個親哥哥，往常都是被人當成小妹妹寵著的，如今來了個比自己小的妹妹，又這麼嬌滴滴地說讓她保護，蕭熙不禁從心底生出一種責任感。

成王乃是皇上的兄弟，按著輩分，那應該是陸庭舟的哥哥。其實按著大齊的規定，這些王爺到了成年的都該去自己的封地，不過雖說是封地，但是王爺在地方沒有軍事權也沒有管轄權，更是不能私養親兵。王府按著祖制規定，只能有五百親兵。

謝清溪先前剛知道這分藩制度的時候，還以為是同明朝一樣的制度呢，後來才知道這種制度反而更像是永樂帝後期轄制藩王權力時候的制度。

成王如今還能留在京中，也實在是與皇上不管事有關。

她們姊妹二人坐進王府裡早已等在二門上的轎子，由健壯的僕婦一路抬著往裡面走。

蕭文翰則是被小廝領著往前院去了，據說今兒個送妹妹來的少爺有不少，所以成王妃乾脆讓自己的兒子在前院也設了酒席，請這些少爺們一塊兒聚一聚。

這是謝清溪頭一回在京城社交圈上亮相，方才蕭熙便在車上保證，到時定會罩著她的。

因著今日是端敏郡主的生辰，所以來了各家的小姐，這會兒成王妃所在的正堂內，已經端坐著不少位了。

謝清溪進去後並不敢四處張望，只安靜地跟在蕭熙身邊，恭恭敬敬地過去給成王妃請安。

成王妃笑著讓人扶她們倆起身，先同蕭熙說道：「許久未見到蕭老太太了，她身體還是一貫康健硬朗吧？」

「勞王妃記掛，祖母的身子好著呢！」蕭熙這會兒說話也輕聲細語的，端的一副大家閨秀的貞靜模樣。

旁邊的謝清溪看得都不由得感慨，果然這上流圈子的人，各個的演技都能參加奧斯卡了。

「旁邊這位姑娘我倒是頭一回見，可是妳家姊妹？」成王妃不著痕跡地打量了下蕭熙身旁的姑娘，她身上穿著一件湖藍色繡銀竹葉暗紋衣裳，那湖藍色布料的顏色並非京城慣有的濃墨重彩，反倒是格外的靈動飄逸，而且她所穿的那條裙子竟是漸變的鵝黃色，裙子上面是白色，越往下面便是越來越深的鵝黃，這種湖藍同鵝黃的搭配，一點都不怪異，反而格外的和諧。

蕭熙立即回道：「這是我姑母家的表妹，因著剛回京城，我便帶她過來同眾位姊姊認識認識。」

成王妃自然對永安侯家族頗為瞭解，知道這個蕭熙只有一個姑母，嫁的乃是謝閣老的長子，如今的右都御史謝樹元。

這謝家現今在京城可是炙手可熱的人家，就連成王這種宗室，瞧見謝舫都要恭恭敬敬地叫一聲謝閣老呢！成王妃一聽是蕭氏的女兒，便知這定是蕭氏嫡出的女兒了。

「原來是婉婉的女兒，如今竟是長這麼大了？」成王妃衝著謝清溪招手說道：「快過來讓我仔細瞧瞧。」

謝清溪只得上前兩步。

成王妃拉著她的手，格外親熱地說道：「我未出閣時，同妳母親便是手帕交呢！我知妳母親回來了，只是見她如今也不愛出來走動，這才沒上門去叨擾。若是知道妳也要來，就該讓柔兒給妳單獨下帖子的。」

待謝清溪正要溫柔地謝了這位美婦人的好意時，就聽她又說——

「不過我先前見妳姊姊和妳堂姊已經過來了，還以為妳也不愛出門呢，沒想到妳倒是同舅家表姊一塊兒過來了！」

咦？美人兒啊，不是說好的同我娘是手帕交嗎，怎麼這會兒又當眾讓我下不來臺啊？

畢竟成王妃這麼一說，在場這些貴女都要以為她同自家的庶出姊姊和堂姊們不和呢！

她笑得更加有大家閨秀的樣子，說：「先前去舅舅家做客時，表姊便說了要帶我來郡主的生辰宴上，與各位姊姊認識認識，偏巧我回去後，堂姊也提了這事，但因同表姊有約在先，所以倒不好再答應。之後我怕堂姊一人過來太孤單，便請了自家姊姊陪堂姊一塊兒來。沒想到王妃竟然這麼關心小女的家事呢！」

她說的前半部分倒還屬實，至於這後半部分卻是故意編的，畢竟這個成王妃就算知道自己是瞎說的，難不成她還真敢拉著謝明雪問清楚不成？

既然別人都打上門了，她也不好坐以待斃，只是敵人太過強大，她也只能過過嘴癮，噁心噁心對方。

果然，成王妃在聽到謝清溪的最後一句話時，那端莊的笑容一僵，險些要維持不住。

不過她好歹也是在皇家混了這般久的人，豈會這麼輕易就露了情緒？只見她溫柔地說道：「果真同妳娘親一般，都是伶牙俐齒的人呢！」

伶牙俐齒？嗯，對於古代處處要求貞靜賢淑的貴女來說，這可不是個好評價呢！

看來，這位當年和她娘還真不是一般的「手帕交」啊！

「多謝王妃娘娘誇獎，您果然同我娘親說的那般平易近人。」謝清溪還特別將最後四個字咬重了。

旁邊的蕭熙是個大大咧咧的性子，這會兒還以為自己這個表妹是得了王妃的青眼呢！不過她也不嫉妒，左右這京城的貴婦太多，像成親王這種沒有實權的王爺，說實話，還真不如謝家呢！

「好了，趕緊去坐下吧，待以後我再單獨下帖子邀妳娘親來成王府做客。」成王妃擺出一副大氣端莊的模樣，不過那語氣中卻帶著隱隱的炫耀。畢竟在閨閣時期，那個蕭婉婉不論是樣貌還是才氣都處處比自個兒強，可如今她不過是個正二品右都御史的夫人，而自己可是超一品親王的正妃，以後兩人相見，她得老老實實地給自己請安呢！

雖然謝樹元的未來不可估量，很可能是拜相入閣的，可成王妃不在乎。就算那男人再厲害，最後蕭婉婉還不是照舊要給她下跪請安？

謝清溪隨著蕭熙在旁邊落座後，一抬頭就看見成王妃臉上暢快的表情。

她聽蕭熙說過，成王是京中有名的紈袴王爺，出了名的好色，青樓楚館就沒有他沒去過的，家中後院裡的姬妾只怕有幾十人之多，就是成王妃年輕的時候也並不是十分受寵。

待今日做客的貴女都到了後，成王妃便看了眾人一眼，笑著說道：「好了，妳們年輕姑娘一處去玩吧，若是有長輩在，反倒是拘束了妳們。」

作為今日宴會的主角，端敏郡主便起身，領著一眾姑娘出去了。

這次宴會是擺在成王府庭院的水榭之中，待一眾姑娘走到湖邊時，遠遠就看見不遠處的水榭，只見跨水的平臺處開闊通敞，而水榭上早已經裝扮一新，裡面穿著淺綠色比甲的小丫鬟正魚貫而入。

這會兒有個姑娘落後了兩步，過來同蕭熙一處說話，低聲道：「難怪我上回說同妳一塊兒過來，妳說約了人呢！我還以為是妳舅家的表姊妹呢！」

「妳又不是不知我舅父家的表姊已經在議親，在家裡繡嫁妝呢，哪有空同我出來啊？」蕭熙抿嘴小聲地道，而後拉著謝清溪的手臂說：「這便是我常同妳提起的淑慧姊姊，她爹爹乃是宣平侯爺。」

謝清溪在心裡恍惚了下。妳什麼時候和我提過這位啊？

不過看著旁邊這位清秀佳人溫婉的笑容，她也只得揚起一臉天真的笑容說道：「淑慧姊姊，我表姊常同我說，妳同她最是要好，還說要介紹妳同我認識呢！」

「難得妳表姊這般誇我，我倒是覺得受之有愧呢！」王淑慧也笑著說道。

三人一處走的時候，有不少姑娘往這邊看來。

這京城頂級貴女圈中，尋常也就那些姑娘，若是有姑娘要進入這個圈子，眾人自然關注不已，畢竟這個圈子不是說妳同誰誰誰認識，就算踏進來了。特別是端敏郡主這種親王貴女，參加她的生辰宴，就是進入頂級貴女圈的梯子。

謝清溪往前面看了一眼，只見謝明嵐此時異常低調地走在謝明雪的身邊，而謝明雪則跟旁邊的人一直說話，並不多搭理她。

此時謝明芳正值說親的年紀，可是謝明雪卻沒有帶她過來，而是帶了只有十二歲的謝明嵐，這只怕是江姨娘在老太太跟前遞了話，且在兩個女兒中，也是有偏心的。

以謝明芳的性子，只怕此時已經氣瘋了吧？看來江姨娘那處也不是鐵板一塊嘛！

沒一會兒，姑娘們便進了水榭之中坐下。

蕭熙這人最是要面子的，拉著謝清溪在顯眼的地方坐下，王淑慧則坐在蕭熙的另一邊。

等坐下來後，謝清溪就看見對面坐在端敏郡主下首、正衝著自己笑的人，她險些被嚇了一跳！

旁邊的蕭熙低頭問她。「林雅嫻為什麼那般衝著妳笑啊？難不成妳們認識？」

這事還真不是一句、兩句就能解釋清楚的，不過聽蕭熙問話的語氣，只怕這又是一對冤家。於是她堅定地站在表姊這一邊，道：「我之前去重元寺上香時，正好撞見了她，不過她好像同她庶妹有些不和。」

蕭熙一聽竟有這等事，立刻便來了精神，追問：「怎麼不和了？她是不是打她那個妹妹了？」

謝清溪沒想到蕭熙居然一猜一個準，看來還真應了那句老話——最瞭解你的，有可能就是你的對手。

「這裡不好說話，我回頭和妳細細說。」謝清溪輕聲說道。

蕭熙點點頭，一臉的興奮。若抓住了這個林雅嫻的把柄，看自己不好生給她宣揚！

蕭熙是永安侯府的嫡女，而林雅嫻則是承恩公的嫡女，兩人又是一般大的年紀，偏偏卻是格外不對盤，簡直是見面就掐。

此時端敏郡主看了對面一眼，笑著同蕭熙說道：「妳先前說要帶表妹過來，我還以為是哪家姑娘呢，妳若說是謝家的姑娘，我只管寫了帖子親自請了才好。」

「多謝郡主。我回京後頭一回出門便有幸來了成王府，果真是皇家氣派呢！」既然來了人家的宴會，到底要誇一下主人家。

端敏郡主也笑道：「妳願意來我自是高興的，只是之前妳沒出門過，所以咱們有些詩會、花會什麼的，倒也不好貿然請妳。」

「我記得剛剛倒是有人問過謝三姑娘，她堂妹不是不喜出門的嗎？」端敏郡主的話剛說完，就聽見一個聲音陡然響起。

謝清溪看著這說話的姑娘，唉，又是個不認識的。此時這水榭中錯錯落落地坐了約莫有二十幾位姑娘，偏偏她認識的就三、四個。不過這姑娘說話太衝，明顯就是衝著她堂姊謝明雪去的。她這個堂姊除了愛爭強好勝些，倒也沒什麼大毛病，所以她這會兒也不能順著別人的話坑她堂姊。

謝清溪笑著說道：「想來這位姊姊方才是沒聽見我同王妃娘娘的話吧？三堂姊之前也請了我，只是我先答應了我表姊，這才拂了我三堂姊的好意。還望姊姊日後在長輩說話的時候可要好生聽著，免得漏了幾句重要的，在咱們這些姑娘面前倒也不妨，若是讓其他長輩聽見，只怕要以為姊姊對成王妃不敬呢！」

「妳說什麼呢？我什麼時候對成王妃不敬了？」楊善秀完全沒料到她居然能把這事拔高到這個地步，而且還是從一個匪夷所思的地方。

謝清溪端莊一笑。「我是見姊姊先前沒聽見我同王妃娘娘說話，怕別人以為王妃說話時，姊姊妳沒專心在聽，這才提醒姊姊呢！」

楊善秀這會兒不說話了，她明白，若是再在這個話題上糾纏下去，那她就真的成了對王妃不敬了。

謝明雪原本已經握緊手掌，生怕謝清溪順著這個楊善秀的話黑她，沒想到這個堂妹不僅替自己圓了話，還倒打了楊善秀一耙。

待謝清溪施施然地坐下後，蕭熙便對著她說道：「這個楊善秀最是討厭了，她爹是楊閣老，不過可比不上妳祖父是次輔，她爹在內閣之中頂多就排個末位。她以前就是一臉清高的模樣，如今還不是上杆子巴結端敏郡主？」蕭熙冷冷地說道。

她這麼一解釋，謝清溪倒是有些瞭解了。謝明雪是閣老的孫女，而楊善秀卻是閣老的女兒，只是謝舫乃是次輔，而楊善秀的父親在內閣之中只怕也就只能排個末席，所以楊善秀原本該萬眾矚目的，偏偏有個謝明雪搶了她的風頭。如今再來了一個自己，她只怕就更不高興了，所以這清高才女也裝不下去了。

唉，才這麼一會兒，謝清溪就從成王妃到楊善秀都過了一遍。這裡頭還坐著二十來個姑娘呢，可千萬別再出現另外一個楊善秀了。

此時，席面開始了，流水般的美味佳餚被穿著一色比甲的丫鬟們端上來。丫鬟們走路都寂靜得沒有聲音一般，行動間連裙襬都一絲不動，顯見是經嚴格訓練過的。這等氣派讓人不得不感慨一聲，果真是皇家啊！

其實說實話，謝清溪雖然也認識王爺這種高大上的生物，可是陸庭舟每次出現都不那麼高大上，害她一直覺得他就是一個長相俊美無儔的鄰家大哥哥而已。

端敏郡主不時地同下首之人輕聲細語地說話，只是她微微抬頭瞄向對面的時候，眼底卻劃過一絲惡意。或許別的姑娘沒瞧出，可她身為成王妃唯一的女兒卻明白，她母妃只怕是很討厭這個謝清溪的！

姑娘們在一處無非便是說說話、打打機鋒，再爭爭風頭，雖有些小打小鬧，倒也無傷大雅。

這午膳平安無事地用完了，待上了茶點後，便有姑娘說，如今這大好春光，若只是坐在這處，也忒有些無趣了。

於是端敏郡主便招呼姑娘們起身，不過也有姑娘剛吃完飯，並不願多走動，怕是進了風、岔了氣，因此端敏郡主便讓自己的庶妹留在此處照顧不願去的人。

謝清溪倒是想坐在這水榭之中臨湖眺望，也做一回淑女，偏偏蕭熙是個喜鬧的。蕭熙興奮地說：「我聽說成王府養了不少珍稀的動物，什麼梅花鹿啊、丹頂鶴的，還有老虎呢！」

謝清溪一聽便無語了，原來這成王府還兼職當動物園啊！

端敏郡主就走在蕭熙幾步遠的地方，這會兒也聽見她說的話，便笑著說道：「看來蕭妹妹早就想看這些動物了？」

何止是蕭熙，在場不少姑娘一聽有這些動物，也心動不已。

倒是林雅嫻拿著帕子掩了下嘴巴，驚呼道：「哎喲，有老虎啊？我可不敢看呢！」

謝清溪聽到她這話，一時沒忍住，噗哧地笑了一聲。妳不敢看老虎？我看是老虎見了妳都要躲避吧！

林雅嫻一見她笑，便怒瞪著她問道：「怎麼，妳覺得我說的很可笑？」

「不是，我只是覺得林姊姊說的甚對，我也害怕呢！」謝清溪忍不住笑道。

旁邊的王淑慧也突然笑了一下，說道：「聽謝妹妹這麼一說，我也害怕得很呢！」

林雅嫻知道她們這是在笑話自己呢，可這會兒又不是在家中，這些人也不是她那些抬手就能打的庶妹，所以她立即冷哼了一聲，掉轉過臉蛋去，不再說話。

端敏郡主這會兒出來當和事佬了，領著眾位姑娘往園子的另一處去，說是動物們都被養在花園的東邊。

只是，在走到一處路口時，走在最右的謝清溪瞥見打橫裡突然衝出來一個丫鬟，她立即往後退了一步，還順勢拉了一把她表姊。而林雅嫻因為就走在她身後幾步，她這麼一退後，難免就撞上了林雅嫻。

林雅嫻立即高喊。「哎喲，怎麼回事啊？這是怎麼了？好好地走著路，怎麼還往後撞，這是誰家的規矩呀？」

謝清溪因自小練習騎射，又學了幾手防身之術，因此身手要比一般的閨閣姑娘靈活，而之前斜衝出來的丫鬟顯然也沒料到她竟能避讓開，整個人便往楊善秀身上撞了過去。

楊善秀被撞得連連後退了幾步，最後竟仰後倒了去，連旁邊的丫鬟都沒來得及拉她。

見林雅嫻還要張嘴叫喚，蕭熙一瞪眼喊道：「閉嘴！」

大概因蕭熙平日在家也是說一不二的主，這會兒這麼瞪了她一眼，林雅嫻竟是真的被嚇得不說話了。

這會兒大家都去看還躺在地上的楊善秀，只見那丫鬟趴在她身上，兩人上下交疊地躺著。

謝清溪臉上閃過一絲異樣。

端敏郡主臉色一凜，急忙指揮身邊的丫鬟。「還不趕緊去扶楊家姑娘起身！」

楊善秀的丫鬟這會兒已被嚇得半死，趕緊去扶自家的姑娘。

而那個撞人的丫鬟，此時也被嚇得不輕。

「小姐，妳沒事吧？」楊善秀的丫鬟扶著她起來，又慌忙為她撣去身上的灰塵。好在這幾日天氣晴朗，並沒有下雨，所以這青石板路上只有灰塵而已，楊善秀的衣衫上也只是污了些許。

端敏郡主此時連忙說道：「楊妹妹，都是我家的婢女魯莽，這才衝撞了妳，我讓丫鬟帶妳下去換衣裳吧？」

楊善秀臉色有些蒼白，她雖滿肚子的火氣，卻也不好對端敏郡主發洩出來，只得輕聲說道：「那便麻煩郡主安排了。」

謝清溪見她這模樣，也不由得有些同情。

「我看楊姊姊剛才被撞得不輕，也不知身上磨破了沒有？若是磨破了，倒是要及時上藥才行啊！」

楊善秀看了謝清溪一眼，倒是沒想到她見自己出了這般大的醜，非但沒落井下石，反而好言提醒，心中立即對這個謝家六姑娘生出了些好感。

端敏郡主彷彿很著急一般，說道：「那便趕緊去吧！我讓丫鬟拿了擦傷的藥膏過去，那可是御賜的貢藥，搽了是不留一點疤痕的。」

楊善秀聽完便要走開。

謝清溪又說：「我看楊姊姊既然都摔傷了，那咱們今日就不要去看動物了吧，免得再生出什麼事端。」

端敏郡主的臉色剛冷下，就聽林雅嫻疑惑地說——

「我好像聽見什麼嗡嗡的聲音了……」

「大驚小怪！」蕭熙剛說完，就看見遠處猶如一片金色雲彩一般的東西，正迅速往這邊移動，她顫著聲音問：「那、那是什麼？」

謝清溪定睛一看，立即大喊。「是蜜蜂，趕緊跑！」說完，她便拉著蕭熙，撒腿就往另一邊的路上跑，而反應慢的人還在後頭面面相覷呢！她們跑出去沒多遠，就聽見身後響起了陣陣尖叫聲，隨後則變成了慘叫聲。

謝清溪拉著蕭熙，也不敢回頭，只能拚命地往前跑。

蕭熙大喊。「咱們要往哪裡跑啊？」

「進屋子！咱們往前跑，看有沒有院子？」謝清溪哪敢回頭啊，她這輩子都沒見過這麼多蜜蜂，那簡直就是蜜蜂雲啊！

身後一直有嗡嗡聲，謝清溪壓根兒不敢回頭看，可是蕭熙跑著跑著，就跑不動了。

好在前頭出現了一處院落，謝清溪此時也顧不得那是哪裡了。不料，她衝過來才發現，這院子竟是關上的！她抬腿就是一踢，結果沒踢開，於是她忙又抬起腳來！

蕭熙完全被謝清溪此時的舉動給震驚住了。

就在此時，遠處一座兩層的小樓上，一個人正拿著望遠鏡看，不料竟看見一個少女咚咚咚地踹著人家的門，那架勢簡直是不踹倒誓不甘休啊！於是他立即喊道：「嘿，九哥，你過來看，這兒有西洋景呢！」

被他稱為九哥的少年，此時懶懶地上前，撇嘴道：「一點小事也值得你大驚小怪的？」他接過望遠鏡，就見一個穿著湖藍衣衫的少女，她頭上戴著一頂寶冠，隨著她踹門的動作，花冠上的流蘇不停地晃動著。

「怎麼樣？稀奇吧？」旁邊的十皇子陸允乾嘖嘖了兩聲，感嘆道：「便是咱們家的姑娘裡頭，也沒有這樣凶悍的。沒想到京城裡還有這樣的姑娘，也不知是哪家的？」

九皇子陸允珩的嘴角輕輕揚起一抹笑。

十皇子見狀，嚇得忍不住喊道：「九哥，你可別嚇唬我！你不會是看上這姑娘了吧？這可就是一胭脂虎啊！」

「胡說八道什麼呢？她才多大點！」陸允珩撇了撇嘴。

十皇子一聽這話，立即訝異道：「唉唉，你這口氣可不對啊！」

就在兩人說鬧著時，就見一個小廝匆匆從樓下上來。

小廝一到成王世子陸允琅面前，便急喊道：「世子爺，後邊小姐們那兒出事了，您趕緊去看看吧！」

此時，在場的人都豎起了耳朵，而有幾人更是焦急地站了起來。

「溪溪……」蕭熙被謝清溪拉著，看著她一腳又一腳地踹門，整個人嚇得抖個不停。沒想到來王府做客，居然會遇到這樣多的蜜蜂！

此時的謝清溪已滿頭細汗。

旁邊的蕭熙慌張地喊道：「溪溪，我怎麼覺得後面又追上來了？」

謝清溪當然也著急，可她們兩條腿的，哪裡比得上人家會飛的快啊？不過就在此時，門吱呀一聲，居然開了！

「進去！」謝清溪拉著蕭熙進去。

誰知她手上一重，感覺竟是拉不住蕭熙。她一轉身，就看見蕭熙眼睛閉著，正靠在一個穿著綠色比甲的丫鬟身上！這個丫鬟之前大概是躲在門後，所以她入內的第一時間才沒有看見她。

「妳是誰？」謝清溪顫著聲音問道。

「謝小姐。」丫鬟一笑。

謝清溪手指握拳，可是卻因蕭熙正靠在對方肩膀上，並不敢妄動。

「小姐放心，奴婢並不會傷害這位蕭姑娘的。」丫鬟又輕輕一笑。

此時，謝清溪突然看見有隻雪白的狐狸站在院子的牆頭之上，她甚至感覺那隻白狐狸衝自己眨眼了！她失聲喊道：「牠、牠……」

雖然狐狸長得各有相似，不過像湯圓大人這般霸氣威武的可是不多見。

謝清溪看見那隻白狐狸從院牆上跳了下去，於是不等這丫鬟說話，便立即對她說：「照顧好我表姊！」

謝清溪跟著出了院子，繞到旁邊的牆壁下，看見湯圓的影子就在不遠處。

此時，整個成王府陷入了前所未有的混亂中。

一群密密麻麻的蜜蜂追著千金小姐們就開始螫，這些平日走路都講究八風不動的閨閣小姐，此時卻是再顧不得那些禮儀規矩了，跟逃命似地開始往前跑。

其中，有一個穿著桃紅衣衫的女子被蜜蜂叮得最多，旁邊的丫鬟雖不停地拿帕子去揮舞，卻還是阻止不了更多的蜜蜂往她身上叮去。

此時成王世子爺陸允琅接到家中下人的稟告，匆匆趕到花園，就看見這混亂的一幕。

陸允琅見家中不少小廝正拿著掃帚開始撲蜜蜂，立即怒道：「一幫蠢貨！還不趕緊拿火把過來！」

「世子爺，不行啊，這是王爺養的蜜蜂，燒不得啊！」旁邊的小廝忙勸說道。

陸允琅冷哼一聲，冷厲地道：「若是傷了這些千金小姐們，你們就知道害怕了！」

旁邊有個小廝見這密密麻麻的蜜蜂群，實在跟瘋了一般，便趕緊去通知人，讓拿火把過來燒。

另一個小廝看見不遠處那全身都被蜜蜂叮著的人，不由得有些害怕地指著說道：「世子爺，您……您看那邊！」

陸允琅見對面那個桃紅色的人影，此時已被蜜蜂包圍住，而遠處的幾位小姐身邊倒沒有這般多的蜜蜂，他立即脫下自己的外衫，擋在頭上就衝了過去。

待他衝到旁邊，發現這位姑娘竟是楊閣老家的千金時，心頭的想法卻是突然變了。他高聲喊道：「楊姑娘，妳身上的蜜蜂實在是太多了，只能跳進水中才行！」

此時的楊善秀根本沒有力氣回答他了，她只能用帕子死死地擋住臉蛋，而裸露的手腕和脖頸處，則是密密麻麻地疼著。

陸允琅大喊一聲「得罪了」後，緊接著抓住楊善秀的手掌就往旁邊的湖邊跑去，待到了湖畔，他拉著楊善秀便跳了進去。

一瞬間，湖面上漂浮著數不清的蜜蜂屍體，這些蜜蜂因翅膀上沾了水，是再也活不了的。可是一時間還未死的，依舊發出嗡嗡的聲音。

陸允琅是個會游水的，他抱著楊善秀就往旁邊游去，而岸上成王府的小廝、丫鬟，看見自家世子爺竟然跳湖了，立即跑到岸邊去。

楊善秀不識水性，在水底下只能緊緊地抱著陸允琅的腰身，兩人的衣衫都比較輕薄，陸允琅划水游動時，一個不經意間竟是觸碰到了某處柔軟至極的地方。

待他們浮出水面時，不只是成王府的下人，就連此時趕過來查看自家姊妹安危的那些少爺們，都瞧見了這一幕。

謝清溪此時並不知花園裡發生的一切，她直跟著湯圓後面走，可是在進入一處園子後，竟是連一個人影都沒有，謝清溪心底微微有些害怕，但此時也不敢再回頭，只能跟著湯圓一起往前。

就在走到這個園子的深處時，她看見一個藍色的身影站在一棵樹下，她一眼便認出那是誰的影子，然而，就在一瞬間，這個影子消失了，而白色的狐狸影子也消失不見了！

同樣地，陸庭舟也在看見謝清溪的一瞬間後，又在片刻間失去了她的身影。他微微倚靠在身後的樹幹上，沒想到成王府竟還有這等五行陣作為防備措施。

此時湯圓在不遠處看著他，他衝著牠搖頭輕笑。剛才他過五行陣時，有塊巨石從對面突然撞出，他躲閃不及，被撞個正著，只怕內臟肺腑已受了傷。

就在他用手肘往後抵在樹幹上，試圖撐起自己的時候，就見他的正對面突然衝出來一個穿著湖藍衣裳的小姑娘，她穿著一條漸變色的裙子，跑動間，裙子彷彿成了一道活水。

「小船哥哥，我差點以為見不到你呢！」謝清溪抹了抹頭上的汗珠。

不是說好了來成王府做客，有好多小姑娘，大家一塊兒喝喝茶、聊聊天、做做大家閨秀們該做的事情就好，怎麼竟跑個不停啊她？

「妳怎麼過來的？」饒是陸庭舟這等處變不驚的性子，在看見她時，都忍不住詫異地問道。

倒是謝清溪一點都不在意，笑說：「就是這麼走過來的啊！我看過一點五行陣法的書，沒想到還真的能用上呢！」

陸庭舟突然揚起嘴唇，無聲地輕笑起來，她真是每次都能給自己帶來驚喜啊！

「小船哥哥，你怎麼了？」謝清溪察覺到他臉色有些蒼白，擔心地問道。

陸庭舟搖頭，咬著牙說道：「不礙事。」

可是他說話的時候，突然開始咳嗽，謝清溪趕緊遞上自己的帕子，誰知陸庭舟一接過，竟是咳出了一絲血跡。

「你怎麼樣？要找大夫嗎？」謝清溪扶著他慢慢坐下來。

陸庭舟自嘲道：「那豈不是讓所有人都知道，我來這成王府偷東西了？」

謝清溪聽到他這句話後，突然僵住。好吧，今天到底是怎麼了，怎麼大家都混在一處了？不過她轉念一想，突然驚詫地問道：「難不成那些蜜蜂是你弄出來的？」

「什麼蜜蜂？」陸庭舟反問她。

謝清溪便將方才遇到蜜蜂雲的事情說了一遍。

陸庭舟緊緊地盯著她看，柔聲說道：「有妳在，我便不會這麼做。」

謝清溪聽著他這突如其來的話，一顆心猶如被水桶吊著般，七上八下、起起伏伏個不停。

此時院子之中寂靜無聲，風將兩人的髮絲獵獵吹起，她抬頭看著他，突然問道：「你會等我嗎？」

許久，面前的這個人都沒有說話。

他如玉般精雕的臉頰終於在沈默中寸寸碎裂，也只有在她面前，他才會露出心中真實的情感吧？

在他還是個少年時，他就認識了那麼小的她。那時候他們都不懂情，也不知愛，她在他眼中只是個長相過分漂亮的小丫頭，而他則是她偶然認識的一個英俊少年。

可到底是從什麼開始變得不一樣了呢？也許是從江南回來後，也許是從別人開始替他的親事著急了。

陸庭舟的妻子應該是個什麼樣的女子？不管別人如何竊竊私語，在無盡的回憶之中，在他腦海中漸漸升起了一個影子，那個影子從模糊一片，直到變得清楚，當他第一次清楚地意識到那個影子是誰時，他內心深處只有一聲低低的嘆息。

也許，一切自有天意吧。

「等妳什麼？」等待的時間太過長久，久到他以為自己永遠等不到她長大一般。他不敢去看她，也不敢去找她，在這麼多年之後，他所有的情感猶如被鎮壓在內心的最深處。

他是人人口中的玉面王爺，不喜笑、不會哭、從來沒有接觸過女人，彷彿人類的情感都沒有出現在他的身上過。

可是誰都不知道，他內心深處的這座火山，從她回京開始，就蠢蠢欲動。

我生君未生，君生我已老。

陸庭舟沒想到這樣哀怨的一首情詩，有一天竟會應在自己的身上。

「等我長大，等我長成一個大姑娘。」謝清溪看著他的眼睛說道。

請一定要等等我，等到我長大，等我能成為你新娘的那一天。

「我想，從來沒有一個姑娘會像我這樣期望著長大，因為只有長大了，我才能真正地站在你的身邊，而不是這樣每一次的偶遇，每一次不經意地看你一眼。所以，陸庭舟，你一定要、一定要等我長大，好不好？」

這一次你不再是小船哥哥，你是陸庭舟，是我期待的那個人，是我想要的那個人，是我希望長大後能嫁的那個人！

「我們拉鉤。」突然，陸庭舟伸出一隻手。

他認真的模樣，讓謝清溪愣了一下，待看清他的認真之後，卻又突然輕笑了一聲。

成王府，大齊皇朝超一品親王府，此時卻是一片雞飛狗跳。

此時雖是大白日，可花園之中卻是燈火通明，不少小廝拿著火把四處揮舞著，而先前受了驚嚇的小姐們，此時也被成王府的丫鬟一一尋了回來。

成王妃看著面前女兒臉上的兩處紅包，立即氣得罵道：「這幫奴才究竟是怎麼伺候的，竟是讓郡主被螫了？等滅了這園子裡的蜜蜂後，一個個都給我去領板子！」

此時不少貴女都驚慌地坐在水榭之中，丫鬟怕蜜蜂再過來，便將水榭四周的窗戶都關了起來。

被螫的姑娘並不只有端敏郡主一人，除了最嚴重的楊善秀之外，其他的謝明雪、謝明嵐以及林雅嫻等幾位姑娘，都被蜜蜂或多或少地螫了幾下。

林雅嫻此時哭著喊道：「我要回家、我要回家！」

方才沒去園子裡、留在水榭的姑娘，這會兒也安慰起她，可是這姑娘家的臉面最是重要的，雖說只是被蜜蜂螫了一下，可到底是暫時損毀了。

謝明雪也是板著一張臉，不停地安慰旁邊的謝明嵐。方才蜜蜂來的時候，謝明嵐為了護著她，自己倒是被螫了好幾下呢！

雖說有丫鬟拿了藥膏過來，可這會兒成王妃卻只關心自己女兒的傷勢，不提其他幾位同樣被螫的姑娘，難免讓她們心生不滿。

所以林雅嫻這會兒嚷嚷著要回家，眾多姑娘難免也有這樣的想法。她們也不是頭一回參加宴會了，可是這麼驚心動魄的，卻是頭一回。

「也不知善秀姊姊如何了？我聽說她是咱們當中最嚴重的呢！」旁邊同樣被螫的一個姑

娘，突然低低地說了一句。

這話猶如打開了姑娘們的話匣子一般，其中有個姑娘誇張地說道：「方才我只聽見一聲撲通的水聲，從這水榭看過去，就看見那水面上全都是蜜蜂呢！」

「可不就是，我長這般大，都未見過這麼多的蜜蜂呢！」另外一個姑娘附和了一聲，還拍了拍胸脯。

不過也是，尋常富貴人家，誰家會養這樣多的蜜蜂在家裡頭？真是託了這位不著調的成親王的福氣，她們才能見識這樣熱鬧的場景。

這會兒，這些在水榭中未出去的姑娘反而是逃過一劫，所以才有工夫在這處閒聊。

方才成親王世子拉著楊善秀跳下水的一幕，可是所有人都瞧見了，特別是兩人衣衫濕透地摟在一起……哎喲喲，這些未出閣的姑娘這會再想起來都還面紅耳臊呢！

最後成王世子讓人從岸上扔了件披風下去，在水裡給楊善秀裹上之後，才抱著她起來，這會兒說是送到後院去救治了。

「六妹妹呢？」謝明嵐這會兒環顧了周圍一圈，沒瞧見謝清溪，立即驚訝地問道。

謝明雪也瞧了一圈，不僅謝清溪不在，就連蕭熙也不在。那會兒蜜蜂雲過來的時候，謝清溪拉著蕭熙就跑了，誰都沒她們倆跑得快，所以謝明雪沒好氣地說道：「估計是躲在哪裡了吧，咱們這個六妹妹最是聰敏伶俐的，這有事就數她跑得最快了！」

「三姊姊，還是別說這樣的話了，得趕緊請了王妃將清溪找回來啊！」謝明嵐壓低聲音說道。倒不是她對謝清溪有什麼同胞之情，只是她相信，要是謝清溪今兒個在成王府出了一丁點兒意外，自己這輩子就真的別想出頭了。

謝明嵐知道自己的命運還捏在蕭氏的手上，又經過了那樣的教訓之後，如今也不敢輕舉妄動了。

謝明雪雖心裡有些不忿，倒也真怕謝清溪出事，於是便趕緊同成王妃稟明了。

「什麼？還有兩位姑娘未回來？」成王妃原先就夠煩的了，這樣一群金尊玉貴的姑娘來家中做客，竟出了這等事情，特別是知道自己兒子同那楊閣老家的姑娘，竟在大庭廣眾之下有了那樣的肌膚之親。

「母妃，得趕緊派人去找啊！」端敏郡主趕緊提醒道。

謝清溪過來成王府做客，並未帶丫鬟過來，蕭熙倒是帶了，只是那兩個丫鬟當時反應慢了，光顧著揮手擋蜜蜂，等要再找自家姑娘的時候，早已經沒了蹤影，所以這兩人這會兒也還在外頭待著呢！

沒一會兒，蕭熙就被王府的丫鬟尋了回來，她臉色古怪地說自己跑到一處躲起來了，謝明嵐問她謝清溪此刻在哪兒時，她只說當時兩人跑得急，跑散了。

「表姊，這樣的話妳不能說啊！當時咱們可都瞧見了，我妹妹是拉著妳一起跑的啊！」謝明嵐立即帶著哭腔問道，那模樣好像蕭熙害了謝清溪一般。

蕭熙本就擔心謝清溪，這會兒見她還質問自己，便立即回斥道：「妳這是何意？難不成還是我害了六妹妹不成？我也擔心得很，只是我們真的跑散了啊！」

「王妃娘娘，求求您一定要找找我妹妹，求求您！」謝明嵐立即跪在成王妃面前，哭著說道。

成王妃面色尷尬，立即便說：「好姑娘，妳放心，六姑娘只要在咱們成王府，定是不會出事的。」

蕭熙突然冷哼一聲。

雖然不知她究竟是哼什麼，不過成王妃還是老臉一紅。此時這種情況，她說這種話無異於自個兒打臉啊！

就在這裡鬧哄哄的時候，門口的大門又被打開了，只見一個高大身影進來了，而來人身後則是一個小巧的身影。

原本眾人一見竟有陌生男子進來，剛要拿起帕子擋臉，可是在看見那男子的樣貌時，不少人已是呆住了。

玉面王爺，這可是京城之中最赫赫有名的人物啊！他之所以被稱為玉面，並不僅僅是他面如冠玉，而是這位王爺不近女色，就如那玉人一般純潔無瑕。

他一進來，就連成王妃都忍不住站了起來。

「三嫂，打擾了。」陸庭舟彬彬有禮地對成王妃說，目光專注，並不朝兩邊看，只笑著說道：「我應三哥之邀來府上拜訪，方才在園子中遇見這位迷路的謝姑娘，於是便將她領了回來。」

此時跟在身後的謝清溪淚眼汪汪的，也不知道陸庭舟究竟給她嗅了什麼，只聞了一下，眼淚到現在都沒停下來。

蕭熙一見表妹此時哭成淚人一般，趕緊跑過去，拉著她的手就問道：「清溪兒，妳和我走散之後，究竟去哪裡了啊？」

「我在園子裡迷了路，園子好大，我好害怕，連一個人都沒有……」說著，她就用帕子擦著眼淚。

那可憐的小模樣，讓人看了就覺得心疼，蕭熙自然也不例外。剛才謝清溪逃跑的時候還一路拉著她，她們如今也算是有了過命的交情，於是她拍著謝清溪的肩膀安慰道：「別怕、別怕，表姊在這裡呢！」

「三嫂，我見這處倒是熱鬧得很呢！」陸庭舟不經意地說著。

「不過是些小事罷了，倒是有勞六弟關心了。」成王妃避重就輕地說道。

謝清溪的聲音適時地響起，她哭著說道：「表姊，那樣多的蜜蜂，我好害怕、好害怕啊……」

謝清溪當時分明看見那個突然衝出來的丫鬟，將什麼東西灑在了楊善秀的身上！方才她回來時，就聽說姓楊的小姐是當中被螫得最嚴重的。

肯定是有人在其中做了手腳，才引來這樣的蜜蜂雲。

「不怕、不怕，成王妃自會給咱們主持公道的。」蕭熙一邊安慰謝清溪，一邊說道。

成王妃一直努力維持的淡然表情，這會兒總算是維持不住了，她看著蕭熙，突然假笑一下，問道：「蕭姑娘這是說的何話？主持什麼公道？我竟是聽不懂。」

「王妃娘娘，咱們這樣多的姑娘，在您的府上被蜜蜂螫了，難不成您連原因都不調查一番嗎？」林雅嫻也忍不住怒問道，況且這會兒她看見陸庭舟這個表叔在，自是更不怕了。

「若是王妃娘娘覺得同咱們這些姑娘說不上話，那咱們這便各自回去，請了家中父母，讓他們同王妃好生說說。」

此時水榭之中一片安靜，沒被螫的姑娘這會兒是閉嘴不言，生怕被牽累到；而那些被螫的姑娘，此時倒是贊同林雅嫻的話，反正今日能被請來做客的，不是公府、侯府的貴女，就是一品朝臣的嫡女。

「不過這點小事而已！」成王妃這會兒還堅持這麼說道。

此時陸庭舟突然開口。「我看此事可並不是三嫂所說的一點小事，在場的姑娘都是京中有頭有臉人家的姑娘，人家好好的姑娘來府裡做客，如今卻滿頭包地回去，難不成三嫂覺得她們家中長輩不會問起不成？」

成王妃雖在心底埋怨陸庭舟多管閒事，可是卻又不敢駁斥他說的話，所以只得笑道：「此事我已讓人去問了養蜂之人，相信很快便會有結果了。」

這時，就聽外頭又是一陣腳步聲，等門一打開，成王妃就看見多日不見的丈夫，此刻正著急忙慌地進來。

成王爺一看見陸庭舟在此處，便立即過來笑著問道：「六弟，你先前不是在書房裡頭嗎？怎麼又到這裡來了？」

「我見三哥親自去拿酒，卻遲遲不回，便出來了，只是剛到園子裡，正好碰上一位迷路的姑娘，所以將她送了回來。」陸庭舟背手在身後，看著成王爺說道。

成王爺笑了。「說來也奇怪，這園子今日竟是這樣的熱鬧。」

這位在府上素來大事不管、小事不問的王爺，此話一說出，便聽見不知從何處傳來的一聲嗤笑。

「想來三哥還不知府上出的熱鬧事吧？就讓三嫂替你好生解釋一下吧。」陸庭舟並不多說，只把球又踢給了成王妃。

成王妃本就埋怨成王無事在家中養了那樣多的蜜蜂，這會兒臉上厭惡的表情險些掩藏不住。不過她早已經習慣了在人前戴上一張假面，因此看著成王爺的表情依舊是溫和的，慢條斯理地將此事說了一遍。

成王聽後大怒。

「一幫狗奴才！不過讓他們照顧蜜蜂，竟是將這樣多的貴女都螫傷了！此事一定要嚴查，要徹查！」

謝清溪抬頭看了眼成王妃的表情，見她臉上果真閃過一絲慌亂，可見真是不怕神一樣的對手，就怕豬一樣的隊友。

在成王府裡，有能力將蜜蜂放出來的，只怕也就那寥寥幾人吧。如今成王妃這樣百般拖延，就是不說徹查的事情，只怕就是想將這幫小姑娘哄回去，然後再拖出幾個養蜂的下人頂罪，將這幕後真相徹底掩了過去。

不過這個成王只怕也並非什麼都不懂，只是如今陸庭舟在場，他若是也跟成王妃一般不聞不問，到時候陸庭舟在皇上面前參他一本，或是進言兩句，只怕他日後的日子都不會好過啊！所以在死貧道和死道友之間，成王則是選擇了死道友。

於是，成王和成王妃坐在上首，陸庭舟則坐在一處，讓人抬了屏風過來擋在身前。

這些姑娘們此時有些已經羞得抬不起頭，可是眼角的餘光卻還是往屏風那頭瞟著。

這樣俊美無儔的人，又有著這樣貴重的身分，這些正值青春的姑娘便是再自持的，都忍不住小臉紅撲撲的。

謝清溪則被蕭熙護著坐下，蕭熙安慰道：「別怕，恪王爺定會給咱們主持公道的！」

謝清溪在心底輕笑，卻又忍不住想起剛才他說的話——咱們拉鈎了，妳可就再不能後悔了。

是的，咱們拉鈎了。

謝清溪想起方才陸庭舟一聽自己說，是有人故意要陷害自己，就急匆匆地過來要給她找場子，便忍不住無聲地笑了下。不過她也是將帕子掩在臉前，才敢偷偷地笑。

「去將那養蜂之人帶過來。」成王立即說道。

不過此時陸庭舟卻突然開口說道：「既然有人能開了蜂箱，放了這樣多的蜜蜂出來，只怕問了養蜂之人也不過是徒勞。」

成王忍不住看了旁邊一眼，突然朗聲問道：「那依六弟之見，該從何處著手呢？」

「我想問一下方才幾位一同去賞花的姑娘幾個問題。不知諸多姑娘可否事無巨細地告訴本王？」

陸庭舟的聲音從屏風之後傳來，此時眾人看不見他的臉，只聽見那有些低沈的聲音，聽著的人只覺得酥酥麻麻的。

林雅嫻自覺同陸庭舟是親戚，立即跳出來說道：「表叔只管問便是，咱們定會知無不言的。」

「那便有勞林姑娘了。」陸庭舟不鹹不淡地說道。

這會兒連蕭熙都忍不住笑了一下，在謝清溪耳畔壓低聲音得意地說道：「還想同恪王爺攀親呢，也不瞧瞧自家那丟臉的模樣。」好在她的聲音小，坐在對面的林雅嫻也並未察覺。

「那我便從林姑娘開始問吧。」陸庭舟的語氣是那種不緊不慢的從容。

而此時心中有事的人，卻忍不住扯帕子了。

「不知在去花園的路上，妳們可有遇見不對勁的事情？」陸庭舟循循善誘道。

林雅嫻歪頭想了下，還是旁邊的姑娘提醒，她才恍然說道：「我被謝家六姑娘踩了一腳，不知這可算是不對勁的事情？」

此話一出，不少人都紛紛看著謝清溪。

蕭熙正要替她出頭解釋，卻被謝清溪輕輕扯住。

陸庭舟明顯在屏風之後沈默了一下，待過了一會兒，他又接著問道：「那為何謝六姑娘要踩妳呢？」

「還不是因為突然有個丫鬟從旁邊衝了出來，她便拉著她表姊一起往後退了一步，踩了我一腳，結果那丫鬟沒撞到她身上，反而撞到了楊姑娘身上。」林雅嫻回憶了當時的場景。

關鍵點已經出來了！謝清溪忍不住捏著手掌。

陸庭舟又問。「妳說，那丫鬟撞了楊姑娘一下，那這位楊姑娘是否就是方才落進湖中的那位楊姑娘？」

「就是她、就是她！楊姊姊就可憐了，身上圍滿了蜜蜂，要不是成王世子帶著她跳進湖裡，只怕這全身都要被螫一遍呢，這也算是撿回了一條命吧！」林雅嫻似假非真地說。

要說這大戶人家出來的姑娘，就算再傻、再愣，說話都自帶挑撥離間、見縫插針這種技能。

陸庭舟又對成王說道：「三哥，看來這丫鬟十分可疑，還請三哥派人將這丫鬟帶上來問話可行？」

「咱們家那樣多的丫鬟，不過是一時不察，衝撞了姑娘們罷了，難不成這也有嫌疑？」

成王妃說完便笑了一聲，這給那丫鬟開脫的意思卻是明晃晃的了。

謝清溪都不忍再聽下去了，不過也難怪成王妃會這麼著急，畢竟那丫鬟哪能想到會出這樣大的紕漏？若是再被帶來問話，只怕都不用上刑，嚇唬個兩聲就能全抖了出來。

陸庭舟不說話了。

成王則是朝成王妃瞪了一眼，怒道：「這家裡竟是出了這等丫鬟？還不趕緊去帶過來！」

不多時，那丫鬟就被人帶上來了。她因當時離得也近，所以這會兒臉上也有不少被叮咬的腫包。她沒想到不僅王妃在，就連一向不管事的王爺也在！

等她一走進，陸庭舟突然開口問。「誰給妳的息合香？」

這丫鬟沒注意到屏風後面還有人，開口便否認。「奴婢不知什麼是息合香？」

「妳不知？可妳身上卻沾著息合香的味道。」陸庭舟沈沈地說道。

成王爺見這丫鬟閃爍其詞，立即怒道：「恪王爺問妳話，還不趕緊老實交代了！難不成是想讓本王發賣了妳一家不成？」

「王爺饒命！是奴婢偶然見別的婢子身上的香料味好聞，這才買來用的，奴婢並不知這香料有何不妥之處！」這丫鬟跪著便開始求饒。

旁邊的成王妃在聽到息合香時，早已經臉色煞白，而一直未出聲的端敏郡主，此時更是垂著頭。

「息合香乃是西域龜茲國特產之香料，因香料極其名貴，一向便只有王室才可用。正德十五年，龜茲特使前來國朝進貢，其中便有這一種香料。這些貢品的賞賜在內務府可是有記載的，妳一個小小的婢女，竟敢說是在外面買的？」陸庭舟的聲音自屏風後冷冷傳來。「大言不慚！」

那婢女的身子顫抖不已，根本想不出開脫之詞了。

就在成王轉頭時，就聽陸庭舟又風輕雲淡地說道——

「這種息合香乃是蜜蜂的天敵，蜜蜂一聞到此香就會攻擊人，看來此次的混亂便是息合香引起的。此乃三王兄的家事，弟弟倒是不好再繼續插手了。」陸庭舟溫和地說道。

成王妃聽到這話，險些氣得吐血。你話說一半就不說了，還說不願再插手我們的家事?!

整個成王府中能用得了貢品，特別還是香料貢品的，只怕就只有兩人，一個是成王妃，還有一個便是端敏郡主這個成王嫡女！

如今陸庭舟的話只說了一半，在場的眾多姑娘也不是傻的，自然也會猜測不已，而這真凶已經隱隱指往成王妃身上了！

「表姊，我想回家……」既然這案子已經破了，謝清溪可不耐煩再留在這裡當箭靶子了，因此小聲卻又清楚地哭訴道。

蕭熙見她怯怯的含著眼淚的模樣，以為這事真將她嚇怕了，於是立即拍著她的背撫慰道：「好了、好了，咱們現在就回去。」

「三哥，我看這些姑娘今日受了這樣大的驚嚇，也是累壞了，還請三哥早些安排她們回去吧。」陸庭舟開口說道。

溫柔善良還為她們伸張了正義的陸庭舟，此時在姑娘們的心目中早已經是無限高大了，現在又見他開口替她們說話，姑娘們那一顆心真是跟小鹿一般，怦怦怦地亂撞呢！

第二十七章

端敏郡主的生辰宴，注定要在大齊朝的貴婦圈中留下最濃墨重彩的一筆。

成親王府身為超一品親王府，居然在郡王的宴會上鬧出這樣的事情，成王爺當晚便進宮向皇上請罪了。

可是第二日，皇太后還是宣了成王妃進宮，將她劈頭蓋臉地罵了一頓。大意就是：這些姑娘家可都是大齊棟樑股肱家中的千金，在妳家中遇到了這樣的事情，妳當時就顧著關心妳自己的閨女了，對別人家這些金尊玉貴的姑娘竟是問都不問！

還有，宮中息合香的記載中，明確記錄著太后曾賞賜給過成王妃。太后自然也知曉這事了，於是她就更生氣了，只覺得這個兒媳婦是拿了自己賞她的東西去害人。

成王妃被罵得狗血淋頭，可她哪裡敢說出這息合香早被她賞給了端敏郡主？

成王妃早在當晚就問過端敏，為何要弄出這樣的事情？結果端敏說，她是見成王妃看謝清溪不順眼，想捉弄她一番而已，誰知竟會徒生這樣的是非。

成王妃當即氣得仰倒，這個女兒哪處都好，就是被她慣壞了。即便妳貴為郡主，可是行事也不能如此不得章法啊！謝清溪再怎麼說也是謝家嫡女，她若真在成王府出了事情，謝家那老太爺還不得在御前告狀啊！

不過她卻有一點不明，按理說端敏對於香料並不瞭解，她又如何知道這息合香能引得蜜蜂發狂呢？

沒過幾日，成王府有個侍妾暴病而亡了。

這樣一個沒有名分的侍妾，死了也便是死了，可是成王妃卻也不瞧瞧，如今成王府可是處在京城的風口浪尖呢！

當日不少姑娘被螫了，這父母一見，哪有不心疼？有些自恃帝寵不輸成王的，都是立即上門討要說法了，而有些則還處於觀望之中。

其中有一家卻是最為著急。楊閣老家這幾日不平靜得很，楊善秀乃是楊閣老繼室所生的嫡幼女，同上頭的哥哥、姊姊們差著年紀，所以在家中一貫受寵，可是去了成王家做客，卻被成王世子當眾拉著跳下水，後來又被他抱著去了客房。

雖說當時情況確實緊急，可是這等行為，若是成王家再不給個說法，只怕楊善秀只有一頭撞死的分了。

可楊閣老家元配的幾個兒女，卻都不同意楊閣老去成王家，畢竟這議親都是男方家主動的，哪有女方家先提的？然繼室夫人又豈能看著自己女兒的清白被毀？若是成王世子不娶了楊善秀，只怕她只有削髮為尼或上吊這兩條路能走了。

結果這些事都還亂著呢，以右都御史謝樹元為首的御史們，又開始紛紛上摺子彈劾成王，說他身為宗室，卻不能為勛貴之楷模，治家不當，惹得京城大亂。雖然這些姑娘家遭了這樣的禍事，父母也心疼，可是沒人像謝樹元這樣，敢直接在皇上面前參一本的。

一時間，京城之中竟是熱鬧極了。

閔氏看著老太太，著急地說道：「大伯這次行事也未免過激了些，這般多的姑娘都去王府裡了，被螫的又不是一家姑娘而已。況且我瞧著溪姊兒臉上哪有一點包？真要說，明雪和明嵐兩個姑娘才嚴重呢！何必為了這樣的事情，得罪了王爺家啊？」閔氏到最後難免還是小小地抱怨了一聲。「唉，那是超一品的親王啊，同皇上那都是打斷了骨頭還連著筋的親兄弟呢！」

謝老太太最是見不得別人說自己兒子不好的，所以這會兒閔氏雖然也說出了她的擔憂，她依舊還是罵道：「老大可是正二品的都察御史，他的職責就是監察百官，王爺雖尊貴，可這回到底也做錯了！」

閔氏被老太太這麼一罵，也是低了頭。可過了一會兒後，她又用帕子擦了一下臉，心疼地說道：「媳婦哪裡敢抱怨大伯？我只不過是心疼明芳、明嵐還有咱們明雪罷了，她們三個這次可算是被牽累到了。」

老太太不耐煩地問道：「又關明芳何事？她那日不是沒去嗎？」

「老太太您想啊，這次大伯可是直接上書彈劾成王爺，雖說咱們家行得正、坐得端，可是旁人會怎麼看咱們？如今明芳和明雪正是說親的時候，大伯這麼做了，咱們明雪日後再出門，誰還敢同她多說話？」閔氏用帕子在眼角擦了擦，委委屈屈地說道：「如今溪姊兒年紀小，大嫂自是不怕的，可是咱們明雪可正值年紀啊！還有明芳，她可比明雪還大兩歲呢！您看看這京裡頭，哪家姑娘到了十五歲還沒議親？我這個做嬸娘的都恨不得替她多一句嘴呢！」閔氏連噓帶嘆的，好像謝明芳這會兒就已經是個嫁不出去的老姑娘了。

老太太被她這麼一說，剛才怒氣沖沖的神情也緩和了不少。

「還有明嵐那丫頭，確實是個好的。明雪回來跟我說，那蜜蜂來的時候，溪姊兒拉著她舅家表姊撒腿就跑了，還是明嵐護著明雪呢！我當時就罵了她，說她身為姊姊該護著妹妹才對，怎麼能讓妹妹護著她呢！」閔氏小心地覷了老太太一眼，見她神色果然是緩和了許多。

要說連閔氏有時候都有些嫉妒，這老太太也太偏心了些，成日護著江家那幫上不得檯面的東西。先前她的明雪在老太太跟前可是第一受寵的，但自從大房回來之後，那個江姨娘老讓兩個女兒到老太太跟前露臉，這老太太雖明面上沒說，不過閔氏看她這心也偏得差不多了。

「我也派丫鬟去看了，那明嵐臉上可是被螫了好幾個包，這姑娘家的臉面可是最精貴的。」老太太一想到這兒，就有些責怪地說道：「倒是清溪遇事只想著舅家的表姊，將兩個親姊姊都漏了去，我倒是要問問蕭氏，她是如何教的？」

閔氏見老太太這把火燒到了蕭氏的身上，便抿嘴不說話了。

反正她自認是鬥不過那個事事都好、處處被人誇的大嫂的，不過大嫂就算再厲害，不還是逃不出老太太的五指山？

謝清溪這幾日正在休養，那日那般驚險的狀況，蕭氏一聽見險些沒嚇暈過去。不過還好她跑得快，臉上根本沒被螫到，只是手背上有個紅包。

謝清湛在她一回來後就笑她，不過是出門參加個壽宴罷了，居然能遇見這麼離譜的事情。還讓謝清溪下回出門一定帶上他，也好讓他遇見各種稀奇古怪的事情呢！

謝清溪聽完後雖沒動手，但謝清駿對著他頭上就是兩個爆栗，而謝清懋只淡淡說道「倒是大哥手快了」。

謝清湛對於自己和謝清溪明明是龍鳳雙胎，卻在家中享受著完全不同的待遇表示憤慨，結果謝清溪只是將自己喝的燕窩粥分了他一半，就感動得他指天發誓，說日後一定要對妹妹好。

好吧，她六哥哥就是這麼好哄，她絕對不會告訴他，那碗燕窩粥是她實在不想喝才分給他的。

謝明嵐和謝明雪的傷勢都比謝清溪嚴重些，其中以謝明嵐的最嚴重，因為她是為了護著謝明雪才受傷的，如今別說是二房的閔氏對她關懷備至，就連老太爺謝舫都誇了她，說她有手足之情。

而當時一遇見事就顧著拉自家表姊跑的謝清溪，則成了反面教材。不過府上的人也只敢在背後議論罷了，不料前兩日被謝清駿聽見了，他當時讓管事給那幾個多嘴之人各打五十板子，打完之後便將人攆去了莊子。

閔氏剛開始還為了這事不高興，覺得這家是自己在管，謝清駿如此做就是打自己的臉啊！結果她剛到老太太跟前漏了個話風，就被謝老太太罵了個狗血淋頭。

其實謝老太太並非不講理之人，她只是喜歡偏心罷了，對於自己喜歡的人，便一味地偏心。可是她喜歡的人是兩個兒子，是大孫子，還有江家人。

所以此時跪在她面前的蕭氏，就不在範圍之內了。

老太太指著她便罵道：「妳瞧瞧妳做的這事，一味地讓清溪親近她舅家的表姊，結果置自家的親姊妹於不顧之地，如今就連家中的下人都在嚼舌根，妳說溪姊兒這名聲是要還不要？」

蕭氏沒想到今日請安之後，老太太特地將自己留下來就是為了這點事情，而且她沒想到外人還沒說話呢，老太太這身為祖母的人就給清溪扣了這樣大的一頂帽子。

蕭氏平日再冷靜、再理智，可是遇上兒女的事情，一片慈母之心便容不得她有丁點退讓。「媳婦便是不明，母親所說的溪姊兒的名聲不要是何意？難道是京城之中有謠傳不成？若是有人在母親跟前說，母親只管同媳婦講。女子的閨譽重於生命，媳婦身為人母，豈能讓人平白誣了我女兒的名聲！」蕭氏坦坦蕩蕩地說道。

其實這事就只有閔氏在老太太跟前抱怨過，當時那般混亂的情況，大家都是各自逃命，誰還會注意到謝清溪拉著誰跑了？再說了，謝清溪的年紀在四個姑娘裡頭是最小的，誰會覺得她有義務保護姊姊啊！

從來只有老太太教訓別人的，如今被蕭氏這麼駁斥一通，她也怒了。再想起之前女兒之事，謝樹元也是這般反駁她、頂撞她，可見這夫妻兩人都是好樣兒的，都未將她這個母親放在眼中！

在大房未回來之前，閔氏對老太太那就是捧著、哄著，而三房在府裡就比透明人好一點兒，結果大房一回來，老太太就覺得他們是回來同她作對的，就連清駿，她一手養大的孫子，如今都能同自己對著幹！

於是老太太捂著胸口，指著蕭氏怒道：「妳、妳竟敢頂撞婆母?!我倒要看看永安侯府的家教便是這般的？」結果她剛說完，人就歪了過去。

別說是蕭氏，就連旁邊的丫鬟都嚇得驚叫，一時間，老太太的正院竟是熱鬧極了。

謝清溪正在院子裡看書，她這幾日不用去上學。

秋晴慌慌張張地進來，剛到門口就大喊。「姑娘、姑娘！不好了，老太太……」秋晴跑得太快了，這會兒有些上氣不接下氣的。

謝清溪一驚，母親方才被老太太留下了呢，難不成這會兒竟是出事了？

「老太太氣昏了過去！」秋晴趕緊說道。

謝清溪一聽，有些不敢相信自己的耳朵。「什麼？被氣昏過去了？」

她的第一個反應就是——這老太太裝暈！

裝暈，這簡直是宅門之永恆法寶，而且還能立於不敗之地。

謝清溪立即讓人去通知她爹還有大哥哥他們，然後就帶著丫鬟去了老太太的院子中。

等她進了院子時，就聽見裡面的閔氏正在勸說。

「大嫂，我看妳先起來要緊，雖說母親被妳氣病了，可到底要先找太醫才是啊！」

蕭氏抬頭便看閔氏，不僅沒有一絲害怕，反而似笑非笑地說道：「弟妹，我看妳如今還是先進宮請了太醫才是正事。至於母親為何暈倒，倒不是妳我能論斷的，畢竟咱們誰都不是太醫。」

閔氏被她說得臉是紅一陣、白一陣。

接著蕭氏則便對趕來的謝清溪淡淡道：「清溪，過來扶娘親起身。」

謝清溪趕緊上前，將她娘扶著站了起來。

蕭氏剛才雖跪著，可是在這房間之中，誰都不敢小瞧了她。此時她緩緩站了起來，環視了周圍的丫鬟後，冷冷說道：「如今老太太病重，妳們做丫鬟的需得好生伺候著，若是讓我知道這府裡有什麼風言風語，前兩日的教訓可還歷歷在目，不怕死的儘管試試看。」

「大嫂，這到底是老太太院子裡的丫鬟，咱們可不好……」閔氏見她到了這境地還擺出這等架勢，只覺得大嫂莫非是瘋了不成？

謝清溪看著她娘親，心中是隱隱的激動。

「秋水，趕緊讓府上的管事去請今日未在宮中的太醫，到家中來替老太太看病。也盡快派人到宮門口去，請老太爺回來，只說老太太未知何緣故，突然在家中昏倒了。還有，去請大老爺和二老爺回來，也去學堂將各位少爺都請回來。」蕭氏沈著冷靜地吩咐道。

閔氏看著蕭氏這一連串的命令，實在是目瞪口呆。這時候不是應該將事情隱瞞了下來，怎麼還這麼大張旗鼓的呢？

待吩咐完之後，蕭氏便轉頭對謝清溪說道：「老太太病了，咱們這些做晚輩的要時刻伺候在床榻邊，方是為人子媳的做法。如今妳父親當值未回，妳便同母親進去伺候著吧。」

「是，女兒遵命。」謝清溪微微福禮，原先的慌張在蕭氏的坦然鎮定之下，慢慢平息了下來。她此時更想知道的是，自己的母親將如何破此局？

老太太已經被人扶著躺在床上，雙目緊閉，若不是蓋在她胸口的薄被微微起伏著，謝清溪都要以為這真的是一個行將就木的老人。

她知道這個老太太，因如今兒子們都已經出息了，就連孫子輩都是京中赫赫有名的少年才俊，所以她越發覺得自己在這個家的重要，越發地要掌握每一個人的命運，但謝樹元和蕭氏都是有主意之人，並非她能輕易拿捏的。

所以，這位老太太終於在此刻爆發，而且她選擇以這種方式，是要活生生地毀了蕭氏的名聲啊！謝清溪不喜歡她。

「母親，您這病竟是來得這般突然，媳婦實在是擔心極了。不過您也別擔憂，媳婦已經去請了太醫過來，您一定會好起來的。」蕭氏接過丫鬟手中的帕子，在老太太的臉上輕輕擦拭著，她一邊擦還一邊柔聲說著話。

旁邊老太太的丫鬟們，此時沒了主子撐腰，又豈敢拂了這位大夫人的意思？

老太太的內室之中，因未開窗，室內又點著薰香，整個房間有一種悶悶的感覺，謝清溪甚至在房間聞到了一種腐朽的味道。

謝清溪站在蕭氏的身後，看著她娘親坐在榻邊，一遍又一遍地給老太太擦拭著手掌心。

突然，蕭氏轉頭對周圍的丫鬟說道：「都給我出去，妳們這樣多的人擠在這一處，豈不是要悶著老太太了？」

蕭氏和謝清溪的丫鬟們一聽此話，就立刻出去了，只有老太太的丫鬟們還在。

蕭氏睨了這幾個丫鬟一眼，輕笑一聲，柔柔問道：「我讓妳們出去，妳們怎麼不走？難不成心裡是沒有我這個大夫人？」

「大夫人，奴婢們不敢。只是奴婢們是老太太的貼身丫鬟，不敢輕易離了老太太。」老太太四個大丫鬟中的魏紫乃是四人中的主心骨，這會兒只得硬著頭皮說道。

「老太太有我和六姑娘親自照顧，難不成妳們還有什麼不放心的？」蕭氏將老太太的手臂翻了過來，用帕子將她的手背又細細地擦了一遍。

就連謝清溪都被她娘親的動作弄得頭皮發麻，這動作真是……

魏紫頓了一下，後面三個丫鬟則是面面相覷，並不敢再說話。

「出去！」蕭氏微微提高了聲音。

此時站在魏紫身後的洛紅扯了一下她的袖子，其他兩個丫鬟則是互換了一下眼神，四人都不得不退了出去。

雖說長輩身邊的丫鬟都有臉面些，可是再有臉面的丫鬟，又如何能同堂堂的夫人相比較？如今沒了謝老太太做靠山，蕭氏一句話，這些丫鬟豈有不聽的道理？

蕭氏這會兒將手中的帕子遞給謝清溪，吩咐道：「將帕子浸在熱水中，再擰乾遞給娘。」

謝清溪接過帕子，稱了聲「是」，就趕緊去擰帕子了，等回來時，就見她娘一邊接過她的帕子，一邊說道——

「一晃竟是這麼多年過去了，媳婦嫁到謝家也有二十年了。媳婦雖不敢居功，可是替謝家生了三子一女，也算是對得起謝家的列祖列宗了，怎麼，您就是非要和我作對呢？」

謝清溪原本還低著頭的，在聽見最後一句話的時候，猛地抬頭看她娘，臉上的錯愕都沒能藏住。她再看著老太太的眼睛，雖依舊像剛才那般閉著，可是她總覺得老太太那嘴角兩邊的皺紋好像更深了，就像尋常她生氣時那樣。

可是蕭氏卻一點都沒在意，只是低著頭擦著老太太的手掌。

「您是不是覺得這個府上的人都該聽您的？其實我也想聽您的啊，可是我回想了一下，但凡我聽了您的，都沒有什麼好結果呢！我聽了您的話，將江同心當作表妹看待，可是呢，她最後竟爬上了我丈夫的床；我聽了您的話，將清駿留在京城，結果害得我們母子分離了那樣久。」蕭氏說話的口吻格外的溫柔。

謝清溪這會兒卻不敢再低頭了，她眼睛一錯也不錯地看著蕭氏的動作，生怕她下一秒就會把手上的帕子捂在老太太的嘴上！

不過，若蕭氏會這般做，她就不是那個當年才名冠京城的蕭婉婉了。

「還有好多好多的事情，一樁樁、一件件，我可是記得清清楚楚的。就是您老人家年紀大了，會不會腦子不大好，忘記了好多事情？」蕭氏隨後又莞爾一笑，說道：「不過沒關係，媳婦也沒什麼機會同您說心裡話，這會兒倒是同您好生說說吧。」

謝清溪這會兒真的能確定，老太太的眼角抖了一下！

蕭氏此時總算是抬頭看了老太太，柔聲說：「自從回京之後，每回瞧見您，我都會暗暗下定決心，日後我若是做了婆母，可不能同您學，只管在媳婦面前拿威風。其實您是不知道，這京城有許多的人都在背後笑話您，說從您這等作為，可見當年江家被抄家丟官也是活該的。」

噗！謝清溪真的要忍不住了，因為在她娘親說完這句話之後，老太太的臉頰抖動了一下！

看來她真是被自家娘親給氣著了，誰不知道當年江家被抄家一事乃是老太太的死穴，誰提她跟誰翻臉！可這會兒她正裝昏迷呢，就算蕭氏再怎麼嘲諷她，她也只能生受著，這只怕是老太太自從當了謝家的老祖宗之後，頭一回受這樣的委屈卻不能反駁吧？不過老太太這般忍耐，卻也讓謝清溪深深擔憂。她娘把話說得這般絕了，老太太都能忍住，看來老太太這次也是打定主意要給她娘好看的。

這弄得好像最後的決戰一般，讓謝清溪不由得有些擔憂地看著蕭氏，畢竟蕭氏從禮法上、孝道上，是完完全全處於下風啊！

待過了會兒，太醫來了，而閔氏就跟著太醫後頭一起進來。

待太醫替老太太把脈之後，沈默了半晌才說道：「老太太不過是勞累了些，並無大礙。」

「錢太醫，您再給看看，我婆母方才可是被氣——」閔氏著急地說道。

蕭氏卻笑著打斷她。「錢太醫，我家弟妹的意思是，老太太這麼突然地暈倒，可是被風吹的，受了風寒？」

錢太醫並不去看閔氏，只笑著回蕭氏道：「夫人只管放心，我方才替老太太把脈了，她脈象平和有力，並未受風寒。不過貴府的老夫人年事已高，有時候上了年紀的人會突然昏睡過去，並不是大家常以為的昏迷。」

「所以祖母她老人家只是突然昏睡了過去的？」謝清溪用一種既驚喜又滿足的口吻問道，滿含激動地說：「錢太醫，真是太謝謝您了！我們方才還以為祖母是昏倒呢，如今看來竟是咱們大驚小怪了！」

閔氏被她們母女兩人這顛倒黑白的能力給氣到了，老太太明明是被大嫂給氣的，怎麼就被說成是突然昏睡過去了呢？閔氏再轉頭一看，旁邊的這些丫鬟，就連自己身後的丫鬟們，臉上都是如釋重負的表情。

這些蠢貨！蠢貨！閔氏在心中怒罵，可是卻不敢再問太醫，畢竟人家太醫都說了老太太是昏睡過去，她若說是被大嫂氣的，只怕待會兒二老爺追問起來不好解釋。

於是錢太醫只開了滋補的藥材，說了老太太只需靜養就好。

「多謝錢太醫。錢太醫請稍留步，此時我公公和相公應該都在趕回來的途中，待他們回來後，還請你再解釋一遍，好讓他們安心。」蕭氏溫和地說道。

錢太醫笑著抱拳，只說：「謝夫人既是如此說，那錢某便從命了。」

錢太醫在外面坐了沒多久，謝舫和謝樹元就到了門口。兩人一個從皇宮、一個從都察院回來，竟是在門口撞上了。

錢太醫一見他二人進來，便趕緊起身行禮。

謝舫客氣了兩句，便趕緊問了老太太的病情。

誰知竟聽到了一個「年紀大了，會突然昏睡過去」的病情，就連謝樹元都有些詫異。

倒是謝舫微微舒了一口氣，謝道：「內子年事已高，如今聽錢太醫這麼一說，我倒是寬心不少。」

「謝大人不必擔心，我方才替老太太把脈了，她脈搏強勁、體魄康健，這樣的年紀能這般康健也是極難得的。」錢太醫如實說道。

謝樹元便將錢太醫親自送出府，直到送上車才轉身要進去。不過他剛轉身，就聽見馬蹄聲響起，只見幾輛馬車往這邊而來，都是謝府的。

謝家二老爺謝樹釗從第一輛馬車下來，而謝清駿、謝清懋以及謝清湛則從後面的幾輛馬車下來。

「你們怎麼都回來了？」謝樹釗一過來，謝樹元便問道。

謝樹釗急急說道：「我在衙門裡，聽說母親突然昏迷過去，便趕緊坐了車回來。」

謝清駿也說道：「兒子也是聽到這樣的話，才立即趕回來的。」

待謝樹元領著人回去的時候，謝舫正在內室之中，蕭氏依舊讓丫鬟出去，自己親自給謝老太太擦臉，謝清溪則在一旁擰帕子。

閔氏看了一眼坐在對面的公公，又見大嫂母女兩人這舉動，只恨剛才怎沒想到這般做呢？

待謝樹元領著謝家這些男丁進來時，謝舫立即皺著眉頭說道：「老二你不用當值嗎？為何不在衙門裡反而回來了？還有你們三個，此時不是應該在書院裡讀書的？」

「兒子一聽母親昏倒，便立即趕回來，不知母親如今病情如何？」謝樹釗著急地問道。

蕭氏抿嘴一笑，寬慰道：「二老爺可不好說病不病的這種話，老太太只是方才昏睡了過去，所以才惹得這般虛驚一場的。」

謝樹釗微微張著嘴，用一種「您逗我取樂吧？」的表情看著蕭氏。

這會兒謝樹元才出面，將方才錢太醫說的話又重複了一遍。

謝樹釗輕輕嘆了一口氣，唏噓道：「沒想到這世上居然還有如此新奇之事，別說大嫂嚇了一跳，便是我遇見，也只怕會覺得是昏倒呢！」

閔氏見謝樹釗居然還主動替蕭氏解釋，恨不得將方才的事情原原本本地說出來！

「父親，兒媳有一事要向您稟告。」待蕭氏將老太太的手臂放在被子裡之後，便轉身對謝舫行禮說道。

謝舫看了這個長媳一眼，點了點頭。

謝樹釗一聽，便立即回道：「那兒子先回去換身衣裳，再過來伺候母親。」接著他便使眼色給閔氏。

可閔氏不願走啊，她還等著要在老太爺面前告狀呢！

「二弟倒也不急著離開，此事同二房也有些關係。」蕭氏輕聲說道。

一行人到了外頭的正廳，老太爺在主位上落座，謝樹元在左手邊坐下，而謝樹釗則帶著閔氏在右手邊坐下。誰知待眾人剛落座後，蕭氏便突然連走幾步到正中央，撲通一聲跪在謝舫的面前。

謝舫一句「老大媳婦妳這是做什麼？」都還沒問出口呢，就聽蕭氏說道——

「父親在上，兒媳婦求父親同意兒媳到廟中帶髮修行，為母親祈福。」

謝清溪一聽這話，頭皮都炸了。她看著她娘跪得筆直的身形，又想起她娘方才說的那些話，難不成她娘是打定主意去廟中了，這才不管不顧地說出那些話的？

「娘、娘！」她跑過去跪在蕭氏身邊，眼淚一下子就落下來了，哭著拉蕭氏的手臂。

「娘，妳別丟下我們！妳別不要我們！」

閔氏也呆怔了，難不成大嫂還真的打算出家了？

「兒媳實在有愧做謝家媳婦，請父親成全。」蕭氏也不辯駁，只含淚說道。

謝清溪聞言，在一旁哭得更起勁了。

謝樹元則是完全懵了。今天早上他起床去衙門的時候，蕭氏親自給自己穿衣裳，替他繫上腰間玉珮，還讓他早些回來吃飯，怎麼這會兒自家媳婦就要拋家棄子出家去了啊？

「老大媳婦，妳有什麼委屈只管同我說便是，有什麼不能解決的，非要動不動就出家？」謝舫溫和地問她。

蕭氏則搖頭，堅定地道：「兒媳並無委屈。只是兒媳入謝家二十年，竟是從未討得母親歡心，可見兒媳作為媳婦的失敗。如今兒媳不敢再在母親跟前徒增她老人家的煩惱，只願在青燈古佛面前，為父親、母親還有我的孩兒們唸經祈福。」

「娘，妳別這樣！連大夫都說了，祖母只是昏睡過去，並不是妳氣的，妳別這樣……」謝清溪這下彷彿真的被嚇壞了一般，她一邊哭著、一邊抽抽泣泣地說「祖母不是妳氣的」。

這會兒別說是謝舫，就連謝樹釗都聽出來了——原來是有人說老太太是被蕭氏氣昏了！謝樹釗暗暗想著，難怪大嫂說要出家，他娘這脾氣如今可是越發的獨尊了，要是她醒了，大嫂只怕是沒了活路！在謝樹釗心中，蕭氏一向是個溫和端莊的貴女，同他娘和他夫人都不一樣。

「父親，還請您為蕭氏做主。本朝以孝道為首，說蕭氏氣昏了母親，這無疑是要了她的命啊！」謝樹元這會兒也跪下來了。

親爹都跪了，站在身後的兒子們當然也跟著跪了下來。

謝舫看著這跪了一片的子孫。樹元是他最驕傲的兒子，將來他的成就必不輸給自己；清駿，他精心教導的孫子，也是他最為期待的謝家子孫，他甚至認為謝家的興旺並不在於自己，也不在樹元，而是在這個謝家的嫡長孫身上；他看了眼清懋，這個孫子內慧於心，為人雖板正，卻自有一套公理正義所在；而哥哥們身後的清湛，還有扶著母親手臂哭泣的清溪，這對龍鳳胎，便是滿京城都再找不出第二對這樣靈秀的孩子。

謝舫甚至認為，他這一世做得最對的一件事，就是當年為謝樹元聘娶了永安侯府的小姐。

「老大媳婦，妳只管說，我定會為妳做主的。」謝舫說道。

蕭氏只堅定地說道：「兒媳並非因為此事而說出這番話的，兒媳是真心實意地想要替母親祈福。」

「清溪，既然妳娘不說，那便由妳來說吧？」謝舫看著此時還在抽抽搭搭的小孫女問道。

謝清溪只搖頭說道：「我並不知是何事，我只知道今日請安後，祖母便將母親留了下來，後來有丫鬟告訴我祖母昏倒了，我過來就看見母親跪在這裡，而二嬸說是母親氣昏祖母的。」

閔氏聽這小丫頭嘴裡說不知是何事，卻將什麼事都倒了出來，只氣得牙都癢了。

「父親，並不是兒媳有意這麼說的，而是母親的丫鬟匆匆過來，告訴兒媳，說母親同大嫂吵了幾句嘴後就昏過去了，所以、所以……」閔氏看似解釋，卻還是告了蕭氏一狀。

蕭氏此時面色冷靜，她看著閔氏，淡淡地開口。「弟妹弄錯了，我同母親並未爭吵。只是母親問我當時成王府遇到蜜蜂時，清溪為何只顧著拉舅家表姊離開，而不顧其他兩個姊姊？母親也說了，這事關溪姊兒的名聲，所以我少不得要解釋兩句。」

「竟是為著這事？既然祖父也在，不知孫子可否問幾句？」此時謝清駿開口了。

謝舫一向重視這個孫子，他既然說話了，謝舫也少不得要聽聽他的意見，便點了點頭。

「前幾日我在花園之中，竟聽到有家中下人議論，說六妹妹在成王府只顧著舅家表姊，而不顧自家姊妹手足。此話太過惡毒，孫兒一聽，便立即讓人請了家法，後又稟明祖母，將那兩個下人攆去了莊子，不知孫兒此舉是否妥當？」謝清駿問。

謝舫看了一眼，答道：「甚妥。」

「再者，六妹妹今年十一歲、明雪今年十三、明嵐今年十二，而我那舅家表妹今年也是十四歲，當時成王府一片混亂，六妹妹是在一片慌亂和害怕之下，才抓住離她最近的舅家表姊跑開的，試問這樣的情況下，她如何去找其他兩位姊姊？」謝清駿又突然冷笑一聲。「還有，我竟是不知，這遇到危險時，竟有妹妹要護著姊姊，而姊姊可以不管妹妹的？」

謝舫聽到這裡哪還有不明白的？定又是自己那老妻拉偏架，估計老大媳婦頂撞了她兩句，她便一氣之下想出了昏倒這一招，結果這錢太醫是個實誠的，最後竟編出了一個「突然昏睡」的爛理由。

謝樹釗這會兒也拉著閔氏跪下請罪了，這兩房人是跪了滿滿一地。

謝舫環視了跪在地上的人，說道：「老大好生安慰安慰你媳婦，她受委屈了。還有清溪兒，祖父也知道妳在成王府被嚇壞了，這事並不該怪妳。要說保護，也該是妳姊姊們保護妳，哪有妳保護她們的道理。」

「都怪孫女當時太害怕了，不然一定會回去拉著姊姊們一起跑的……孫女以後若再遇見這樣的事情，一、一定會好好保護姊姊們的！」謝清溪一邊抽搭著一邊回道。

這話倒是逗得謝舫笑了下，而後便讓他們各自回去，他等在這處候著老太太睡醒。

謝樹元還想陪著，謝舫只罵他，不過是睡著了而已，他便是想當孝子也沒這機會。

待眾人離開後，謝舫走回內室的床榻前，只說道：「他們都走了，妳還是不醒嗎？」

老太太睡在裡頭並不知外面發生的事情，不過此時也再不願裝了，她心中早已經因蕭氏的一番話而憋了一肚子的火氣呢！她睜開眼睛，只看見謝舫坐在床榻之前，她一看見便怒道：「老大媳婦對我有怨懟，她是恨不能我去死！」剛才蕭氏說的話太可怕了，她聽得是膽戰心驚啊，這樣一個對自己有怨懟的兒媳婦，她突然生出一種懼怕。

謝舫自是不信她的話，只安慰道：「老大媳婦出身尊貴，處事得體，又教養出這些好孩子，誰人見了不說咱們有福氣？」

「福氣?!」老太太驚叫了一聲。

她嗓音如今越發尖銳，陡然升高，竟是刺得謝舫耳朵疼。

她怒氣沖沖地將蕭氏方才說的話都說了一遍，而後道：「你說她是不是對我有怨懟？我看她如今是恨不能我去死了！」

「妳竟是越說越不像話了，我原以為妳不過是對老大媳婦有些不滿而已，如今竟是已經胡言亂語起來了。」謝舫不相信蕭氏會說出這麼一番話，要他說，這定是自己的老妻為了詆毀媳婦而編出來的。

老太太一見自己的話竟不被人相信，立即便更加生氣了，她堅決地說道：「我說的都是真的！她是當著六姑娘的面說的，六姑娘也聽見了！」

「荒唐！」謝舫聽到此處便更覺得荒謬了，他一甩袖子問道：「妳會當著女兒的面說出這等大逆不道的話嗎？日後再不許江家的人過府了！他們以為在妳跟前說老大媳婦的壞話，咱們謝家就能做出寵妾滅妻的事情嗎？作他們的白日大夢去吧！」謝舫見好好一個家，竟是被老太太攪和得一團亂，便越發生氣地指著她說：「妳若是真看不慣老大媳婦，那好，明日我便讓人將妳送到莊子上去住！」

要說謝老太太這世最怕的一句話，只怕就是這句「送妳到莊子上住」了。當年她婆母每每說出這句話時，她便膽戰心驚，沒想到如今自己的丈夫居然也會這麼對自己。

這回老太太真真是說了真話卻沒人信，只能生生吃了這啞巴虧。

閔氏看著親自來二房院子的蕭氏，臉上只露出尷尬的笑。那日一回院子，謝樹釗便對她發了好大一通脾氣，說她簡直沒腦子，居然主動去招惹大房。

謝樹釗從小就生活在謝樹元這個親哥哥的陰影之下，特別是謝樹元二十歲就得了探花，而他二十歲時還只是個舉人呢！

等他下場考會試後，第一回落榜了。那時候雖然父親並沒有給自己壓力，可是謝樹釗總覺得周圍的人看自己的眼神都不同了。畢竟兩人可是嫡親的兄弟，一個第一次參加會試便金榜題名，一舉天下知，可是自己呢？在鄉試之後並未立即下場，反而又在家中讀了三年書，結果卻還是沒有考上。若不是後來謝樹釗也金榜題名，他都覺得自己能抑鬱而終了。

結果自己這個媳婦，不知道巴結大哥一家也就算了，居然還去挑釁。若非女兒還在旁邊，他恨不能對準媳婦的腦子狠狠拍兩下了。

閔氏原先還覺得是蕭氏耍心眼，待婆婆醒後，定會給大嫂好看的，結果，第二日老太爺就親自發話了，說老大家的回來一段時間了，對這府裡也熟悉了，按理應該由長媳管家的。

於是謝舫的一句話，閔氏這管家權就得交出去。閔氏也不是沒跑到謝老太太面前哭訴，可是老太太也沒說什麼。

原來，江家昨日到了門口，結果門房上的人卻板著臉說「老太爺說了，再不許你們家的人到府上來」，生生將人攆走了！於是老太太知道了，謝舫可不是嚇唬嚇唬自己的，他這回是真的下定了決心。

「我想著回來這麼久了，也沒到弟妹這裡坐坐，正好今兒個要拿了對牌和帳本，倒不如我親自過來一趟。」蕭氏對她說話時依舊還是親親熱熱的，面上是看不出一點介懷。

可閔氏哪有蕭氏這等演技？再說了，人家這是親自過來打她的臉呢！可閔氏還只能生接著，於是她乾笑著說道：「怎麼好煩勞大嫂？大嫂只管派人來說一聲，我親自送過去便是了。」

「咱們都是一家人，哪需要這般見外啊！」蕭氏還是笑。

閔氏只好將她請過去坐，而蕭氏沒等她說話呢，自然而然地便在上位坐下，閔氏看了一會兒，才在下首坐下。

「其實要說這管家吧，我在江南的時候倒是一直在管，不過就是管過才知道，這家確實是不好當。」蕭氏擺出一副「我就是來和妳寒暄」的態度。

閔氏只得坐在下面陪著閒聊，有些意興闌珊地說：「大嫂說的甚是，這家裡人口多，確實有些難管。」

「弟妹這話我倒是不愛聽了，這京城富貴人家裡頭，誰家人口不多？咱們家主子還算少的，有些人家六、七房住在一起，少爺、小姐幾十個，那底下的小少爺和小小姐就更多了，可人家照舊是照著規矩過日子呢！嫡庶不能廢，」蕭氏意味深長地看了閔氏一眼。「這長幼就更加不能忘了。」

「大嫂說的對。」閔氏又不是真沒腦子，哪還會不知，大嫂這會兒是明晃晃來敲打她呢！

蕭氏掌家後倒也沒弄什麼新官上任三把火，依舊是照常過日子，不過她將謝清溪親自帶在了身邊教導。

「娘是十二歲的時候開始學習這理家的，都說姑娘家清貴，沾不得這些庶務，可是娘親今日就是要告訴妳，這大戶人家的姑娘，就沒有人在出嫁之前不學這掌家之事的。這才名、樣貌，在姑娘議親的時候倒是有用，可真等成親過日子後妳才會明白，這人際關係、掌家理事才是最能體現一個姑娘的地方。」蕭氏拉著謝清溪教導道。

謝清溪聽著便點頭，她娘說的簡直是太對、太對了！

轉眼間，就到了端午節。話說端午節可是一年之中極重要的節日，在江南的時候，無論是蘇州還是金陵，每到端午都有龍舟賽舉行。

謝清溪因小時候出去看龍舟時出過事，所以蕭氏後來看管她看得特別嚴。這次端午節，蕭氏因著要管家，早就忙開了。

「我聽說這次賽龍舟，連皇上都要出宮看，到時候只怕西海那裡是人山人海呢！」謝明雪笑嘻嘻地說著話，將自己編的五彩粽子分給在座的姊妹們。

謝清溪拎著謝明雪的粽子，突然想起小時候謝樹元曾經給過她一串玉葫蘆，不過後來被陸庭舟拿去了。她都還未向他要回呢，若是下回再見著他，定要提提這事情。

「三姊，妳去年不是去了嗎？快給咱們講講吧！」謝明雯拉著自家姊姊的手臂便撒嬌問道。去年的時候，閔氏說她年紀小，不帶她出門。謝明雯打定主意了，今年可一定要跟著去！

大房的姑娘去年還在金陵呢，三房的姑娘們一向就是透明的，連謝明雯都沒去成，她們自然更是不會去的。所以去年，謝家去看龍舟比賽的就只有謝明雪一人。

於是她在眾人的關注之下，笑呵呵地講述著去年龍舟比賽的場景。她口才不錯，又添加了些許誇張的形容，只講得一眾姑娘恨不能立即就到端午節當日呢！

「皇上若是去的話，那後宮的娘娘們也會去吧？」謝明嵐看似無意地說道。

謝明雪點頭，笑道：「何止是娘娘們，就連皇子們和公主們都會去的！到時候兩岸滿滿都是帳篷，那場景可熱鬧了！」

「呀，我可還沒見過皇上呢，真不知天子是何等威嚴？」謝明芳感慨地說道。

謝明雪立即打擊她。「皇上的大帳可不是咱們隨意能去的，況且今年說不定連太后娘娘都會去，這大帳周圍定是重兵把守，別說是人了，就是隻蚊子怕都飛不過去呢！」

「三姊，妳最會說笑了，哪裡能連隻蚊子都飛不過去啊！」謝明雯被她逗得笑了。

因著這話是謝明雯說的，所以謝明雪便逗她。「那妳便變成蚊子，看看可能飛得過去？」

「三姊，妳真討厭，只會拿我尋開心！」謝明雯噘著嘴巴撒嬌。

謝明芳又適時地插嘴問道：「我聽說皇上今年要為皇子們挑選正妃呢，那這次端午不知可是來相看各家姑娘的？」

「二姊姊，皇家之事豈是妳我能議論的呢？」謝明嵐立即有些不贊同地說了一句。

倒是謝明雪呵呵一笑，只說道：「這處只有咱們自家姊妹，說說私底下的話又有何妨呢？本來是有消息，說皇上要為三皇子以上的幾位皇子挑選正妃，不過到如今都沒個動靜，也不知是真是假呢！」

「好了，這些事不是咱們能討論的，若是兩位姊姊還要說下去，那我就要稟明母親了。」謝清溪冷冷地說道。

謝明雪似笑非笑地看了她一眼，只說道：「六妹妹何必這般生氣？左右妹妹也沒到那年紀呢！」

「妳！」謝明雪這句話猶如戳到謝清溪的痛處，她如今最討厭別人提到她的年紀了！謝清溪冷冷一笑，道：「這倒是，我可不像某些人，在這般大的妹妹面前沒廉沒恥地說這些話！」

「妳說誰沒廉恥呢？」謝明雪一下子就站了起來。

「說誰誰心裡明白。」以前在江南，謝清溪極少同人爭吵，不過如今有個謝明雪在，她心中沒有那樣多的忌諱，大家都是嫡女，誰也不必讓著誰。

「好了，都是自家姊妹，何必這般吵嘴呢？」謝明芳還是頭一回見謝清溪這麼生氣，她身為在場姑娘中年紀最大的，當即就勸架。

「可不是我先挑起來的！」謝明雪不服氣地說道。

誰知謝清溪霍地一下站起，喊道：「朱砂，把我的東西收拾一下，我要回去了！」說著，她轉身就往外頭走。

謝明雪氣得指著她說道：「妳們看看她那什麼態度？不行，我定要同祖母說，哪有這麼對長姊的！」

「三姊，算了，妳就別生氣了。」謝明雯年紀小，被姊姊們的爭吵給嚇著了，不過她卻隱約覺得其實六姊說的也有道理。

因為端午節，所以謝家的姑娘們都有三日不用上學，又因謝家大房回來了，所以這回前去西海看龍舟，謝家光是馬車就有五、六輛，那些少爺們還都是各自騎馬過去的呢！

蕭氏看著謝清溪，問道：「還生悶氣啊？我看妳這抄書是沒抄透呢！」

因和謝明雪吵嘴的事情被老太太知道了，她叫了謝清溪過去教訓一頓，說她不敬姊姊，罰她抄二十遍的《女則》和《女誡》。

其實蕭氏也知道，老太太純粹是因為上次吃了自己的悶虧，這回才會遷怒到清溪身上。

不過謝樹元是個女兒奴，一回家聽到這事，當即就不願意了，找上了老太太。這明雪當眾討論皇家秘辛，我家清溪兒可是為了姊妹們才出言勸阻的呢！若是直言勸阻的人反而受到懲罰，而亂說話的人卻一點事兒都沒有，豈不是亂了章法？

謝老太太快被這個大兒子氣死了，可是謝樹元一開口就是「若是母親覺得兒子此話不妥，那便請父親大人過來」，謝老太太這剛被謝舫威脅過呢，哪敢再頂風作案啊？於是最後，這抄書改成了三遍，原因是她雖然勸說得對，但還是不該同姊姊爭吵。

至於謝明雪，則被罰抄了十遍《女則》和《女誡》，而且還是不抄完不能出門。

為了趕上去看龍舟，聽說謝明雪這幾天可是挑燈抄書呢！

「若是我的錯，爹爹又怎麼會幫我說話？」謝清溪把謝樹元搬出來。

蕭氏看著她，簡直是沒法，她伸手捏了下謝清溪的臉頰。「妳還說這等話？妳爹爹如今對妳簡直是偏心得沒邊了！反正娘是再管不了妳了。」

待到了西海，蕭氏上前扶著老太太，而謝清溪則跟在她身邊。一路上遇見不少貴婦、淑女，但謝清溪誰也不認識，就只知道端著一張笑臉。

待謝家坐到帳篷裡的時候，這龍舟賽還要好一陣子才開始呢！

結果沒一會兒，外頭突然一陣騷動。

謝老太太微皺了下眉頭，問道：「外頭怎麼如此吵鬧？」

外面守著的丫鬟立即進來稟告。「回老太太，是皇上駕臨了！」

「皇上能與民同樂，實在是咱們的福氣啊！」老太太一張臉登時笑得跟花朵一般。

不多時，就見外頭一個丫鬟又進來了，連聲音都有些興奮地說道：「老太太，外頭來了位公公，說是要求見呢！」

公公？那就是皇宮裡貴人身邊的人了！老太太立即說道：「趕快請、趕快請！」

這太監一進來，便衝著老太太行禮。「壽康宮富海給老太君請安了。」

因著謝舫是閣臣，老太太也是正一品的誥命，所以她受富海這禮也是可以的。只是，這壽康宮三個字來頭可不小啊！

就連蕭氏心中都咯噔一下了。太后派人來幹麼呢？

第二十八章

戰鼓擂，夏風勁。外頭人頭攢動，紛紛盯著湖面上的龍舟。好幾艘模樣相似，但顏色各不相同的龍舟上，穿著不同顏色衣裳的隊員們，此時紛紛摩拳擦掌，就等著在皇上跟前露臉呢！

「富公公，你百忙之中到這兒來，可是太后娘娘有吩咐？」謝老太太臉上帶著溫和的笑意，聲音還露出隱隱的得意。要說這整個謝府，也就她曾在太后跟前請過幾回安，露個臉熟了。

富海嘿嘿一笑，立即便說道：「太后說了，之前好些姑娘在成王府被蜜蜂螫傷了，所以這會兒讓奴才請這幾位姑娘過去給太后瞧瞧。太后她老人家說了，雖說成王爺已經登門道歉了，可到底是待客不周。」

「太后這麼說，實在是讓咱們惶恐。咱們家確實有姑娘受傷了……」老太太有些嘆憐地說道，這眼睛就朝著閔氏旁邊的謝明雪看去。

閔氏臉上一喜，方要開口，就聽富海說道──

「太后娘娘宣了貴府的六姑娘前去覲見。」

什麼？謝老太太的臉色有些沈了下來。

怎麼沒我們明雪？閔氏險些要脫口問出聲來。

又是她！謝明嵐立即低下頭，生怕自己怨毒的眼神被人看見，而臉上原本熱烈的期盼，在一瞬間灰飛煙滅了。

不是吧？謝清溪是最吃驚的。她立即想到陸庭舟，一瞬間，臉蛋變得紅撲撲的。現在就見家長，是不是太快了些啊？

「六姑娘，太后娘娘還等著呢，咱們趕緊走吧！」富海準確地看著蕭氏身邊坐著的女孩。都說這位謝家六姑娘是幾位姑娘當中長相最出眾的，富海原先還想著，一個十一歲的小姑娘，便是再好看，還能比得上那些正值花朵時期的姊姊們嗎？結果他一進來，只抬眼那麼一瞧，便立即認出哪位是六姑娘了。

因著富海是太后身邊的人，老太太便是有再多的話也不好質疑。她和藹地對謝清溪說道：「溪姊兒，既是太后娘娘宣妳過去，那妳便跟著富公公好生過去。不過到了皇上和太后跟前，可萬不能失了禮數。」

「謝祖母教訓，孫女知道了。」謝清溪起身，衝著她微微福身。

富海立即伸手去扶她。

謝清溪甜甜地笑道：「謝謝公公，我能自己走的。」

蕭氏看著她衝人家甜笑的那模樣，只怕就是被賣了，都要幫著人家一塊兒數錢呢！她立即有一種「我把閨女養得太天真了」的後悔感。

富海領著謝清溪出了帳篷後，裡頭的氣氛立即變得凝重起來。

謝明雪到底是年紀小，掩不住心事，臉上那滿滿的委屈，不知道的人還以為是謝清溪不讓她去的呢！

最後還是閔氏突然一聲輕笑，道：「姊妹一塊兒被蜜蜂螫，倒是只有六姑娘有這福氣呢！」

「弟妹說的不錯，我也沒想到咱們清溪兒能得了太后她老人家的青眼呢！」蕭氏抬手扶了下髮鬢，笑呵呵地接下了閔氏的話，絲毫不覺得她這話酸，只當她是真心誇讚呢！

「好了，清溪兒受了太后的青眼，那是她的福氣，妳們都少說兩句。」老太太見兩個兒媳婦在自己面前打機鋒，便有些不耐煩地說道。

閔氏有些不服氣地閉上嘴巴，而蕭氏則是端起茶杯，只是眼底還是露出了擔心。

謝清溪跟在富海身後一路過去，只是從她家的帳篷到皇帳之中，還要走上百米之遠，所以一路上不少人往這邊張望呢！

待到了皇帳之中，富海便恭敬地說道：「奴才先進去通報，煩請姑娘在此等候片刻。」

「有勞公公了。」謝清溪微微點頭。

語畢，富海便掀起簾帳，朝裡面去了。

謝清溪站在帳子外頭，周圍站著好些腰間別著刀劍的侍衛，他們腰板挺直，目光直視著前方，真是天家氣派啊！

雖然天子號稱是上天之子，皇權神授，可是謝清溪知道，天子的權力來自於世襲的繼承。這是她第一次看見天子，一個活的國家元首，一個可以真正說出「普天之下莫非王土」的最高統治者。

當謝清溪正在神化一個皇帝時，就聽旁邊響起一道驚惑的聲音——

「咦？妳怎麼在這處？」

謝清溪一抬頭，就看見一個比她略高些的少年，衣裳上頭的蟠龍繡得可真是精緻，而腰間的黃帶子上鑲嵌著一顆鵝卵大的玉石，那玉石在陽光之下晶瑩剔透，可見其玉質均勻細密，實在是上上等的好玉。

謝清溪還沒說話呢，就聽旁邊的侍衛開始給這幾位爺請安，從五皇子陸允文到十一皇子陸允杍，可都是到齊了。

九皇子陸允珩沒管旁人，只盯著她看。

謝清溪立即福身道：「民女給各位皇子爺請安。」

「喲，這大太陽的，怎麼讓人家姑娘站在這帳門口呢？」一個稍微年長的皇子開口問道。

謝清溪是回答也不好，不回答也不好，畢竟在這大庭廣眾之下，她若是同皇子搭話，那就是不貞重。

就在此時，富海總算是回來。他一看見這些皇子，便立即笑著請安道：「各位爺可算是來了，皇上和太后在裡頭唸叨了好幾回呢，生怕幾位爺趕不上這龍舟比賽。」

「還不都怪十弟，非要賽什麼馬，這不耽誤工夫嗎？」陸允珩閒閒地說道。

富海立即讓開一步，笑道：「幾位爺趕緊裡面請吧！」

五皇子陸允文帶頭進去。

等到陸允珩的時候，他特地看了謝清溪一眼，這才抬腳。「富公公，這位姑娘在這兒是幹麼呢？」陸允珩邊緩步邊似笑非笑地問道。

富海立即笑著回道：「是太后娘娘宣謝姑娘來覲見的，至於什麼事，待會兒皇子不就能知道了？」

陸允珩見沒有得到自己想要的答案，只在心裡罵了聲，撩了下袍子就大跨步進去了。

倒是富海別有深意地看了他一眼，又衝著謝清溪笑著說道：「我知道姑娘是個貴人，日後是大有福氣的。」

謝清溪被他這麼一說給弄得不上不下的，卻見他再沒有下文了。

待她進去的時候，並不敢抬頭，因為那富海說了，若是聖上未叫抬頭，是不能抬眼瞧皇上的。於是謝清溪進去後，垂著頭請安問禮，一步一步做得絲毫不差。

她幼年時，謝樹元便曾經替她請過告老還鄉的宮中嬤嬤教導，雖蕭氏並不喜這些嬤嬤對她的院子指手畫腳，卻要求這些嬤嬤教她這宮中的禮儀規矩，如何行禮、如何吃飯、如何行走，這一舉一動都有一個小框框在那裡束著。

當時謝清溪還慶幸自己不用進宮受這份罪，如今初見皇上，卻是慶幸她娘可真有先見之明，要不然她這會兒就丟臉丟大發了！

「好了，免禮起身吧。」

皇上的聲音有些中氣不足，不過倒是好聽。謝清溪起身後也並不敢亂看。

一個略有些蒼老的聲音問道：「妳便是謝家的六姑娘？」

「回太后，民女正是。」謝清溪道。

「好了，抬起頭來吧。」太后說話中帶著點笑意，轉頭對皇上讚道：「倒是個懂規矩的姑娘，不讓她抬頭就不亂看。先前還有人同哀家說她長居江南，可哀家看來，只怕她比那些長居京城的姑娘都懂規矩呢！」

謝清溪心中一咯噔，太后這話的意思是……有人在她跟前告過自己的黑狀了？謝清溪都不知道自己已經重要到這種地步了，居然有人告狀告到太后跟前去了？

這時候謝清溪抬頭才看見，皇上坐在上首，太后則坐在他旁邊略靠前一點的地方，而左手第一個坐著一位穿著寶藍緙絲清竹織金錦袍的男子，烏黑的頭髮整齊地盤在一個鏤空白玉冠中，腳上一雙玄色繡暗銀紋靴子，坐在那處的身影異常板正峻拔。

也不知為何，謝清溪只一眼看見他，便覺得心中的浮躁和憂慮在這一刻皆煙消雲散了。

「謝家到底是書香世家，他家的姑娘想必也是不差的。」皇上順著太后的話，誇讚了一句。

而這句話讓一眾坐在兩邊的皇子，更加肆無忌憚地看著她。

在座也有適齡的貴女和公主，可竟是找不出一個比她的長相更加精緻的。要說這長相俊美的男子，倒是有兩個能堪堪同她相比較，一個是此時正含笑看著她的陸庭舟；而另一個陸允珩則因為眾多皇子盯著她直瞧的目光，面色顯得略有些陰沈。

「哀家聽說端敏郡主的生辰宴，妳也是在的？」太后和藹地問。

謝清溪趕緊答了一聲「是」，等說完之後，又覺得好像太過敷衍，便又回道：「民女是隨著表姊一同前往的。」

「妳表姊可就是坐在此處的永安侯家的蕭四姑娘？」太后有些意趣地繼續問道。

這會兒謝清溪才看見，在幾位從未見過的女孩子後面，還坐著她認識的姑娘呢！其中就有她的表姊蕭熙，還有林雅嫻、楊善秀，以及那日一同在王府被螫的兩個姑娘。

「回太后，那正是民女的表姊。」謝清溪點頭稱是，就見蕭熙衝她眨了一下眼睛。

太后又道：「今兒個叫妳們來呢，也不是為著旁的，先前妳們去成王府做客，原本是好事，誰知竟遇上那等事情。不過妳們放心，皇上已經申斥成王，讓他回去好生反省了。」

謝清溪眨了眨眼睛，都不知道怎麼回答了，太后娘娘這不是讓自己得罪人嘛！

突然，陸庭舟開口說道：「母后，您先前不是說這幾位姑娘受了驚嚇，要賞賜這些姑娘的？我瞧這幾位姑娘都在這兒坐著半晌了，您這賞賜可還沒給呢！」

「皇上，你瞧瞧你這個弟弟，就還跟個長不大的孩子一樣！這麼多晚輩在呢，哪有他這樣替人朝母親要東西的？」太后寵溺地看了陸庭舟一眼，對著皇帝似真似假地抱怨。

因為陸庭舟的打岔，謝清溪總算是逃過一劫，所以太后賜她入座的時候，她可是感恩戴德得很呢！謝清溪就坐在蕭熙旁邊，兩人雖然都有無數的話想和對方說，可是在這種場合哪敢隨便開口？

此時，太后開口道：「允琅，如今你年紀也大了，你母妃之前同哀家說了好幾回你的婚事，想求著皇上給你指一門親，今兒哀家這個做祖母的，便替你指一門如何？」

「孫兒但聽祖母安排。」成王世子陸允琅立即起身說道。

而此時坐在蕭熙一側的楊善秀，忍不住捏緊帕子，千萬、千萬……

「閣老楊天臣之女楊善秀，今賜婚成王世子，擇日大婚。」

謝清溪忍不住看了楊善秀一眼，兩人視線相撞，正碰見她略帶激動的眼神。可見這個結果對她這樣於世人來說已失了清白的姑娘，是最皆大歡喜的了。

畢竟她當時是因情況緊急，而成王世子也是為了救她才不得不那麼做，所以這還能成了一段佳話呢！

等宣了這道聖旨後，龍舟比賽便開始了。皇帳門簾被緩緩往兩邊拉去，謝清溪正襟危坐地盯著江面看，就連最後哪支龍舟隊贏了，她都不知道呢！

陸庭舟從這個方向看過去，只能看見她的側臉，白玉無瑕的臉蛋上，鼻梁挺拔峭立，而鼻頭則是小巧玲瓏，一雙又靈動、又精緻的杏眼，很認真、很努力地向著江面看。

若是她也同楊善秀這般的年紀，那今日這道賜婚聖旨，便只會是她同自己了……

待比賽結束之後，太后便讓這些貴女各自告退了，不過每人都得了太后的一份賞賜。謝清溪起身時，不經意地朝陸庭舟的方向看過去，突然看見他腰間掛著的一串紅色絲線，上面好些個指甲蓋大小的玉葫蘆，一個個剔透又可愛。

這人膽子可真是大，居然也不怕讓人疑心這是女子送他的物件。她的玉葫蘆！

待太后啟程回宮之後，有些疲倦地開口問了身邊伺候的徐嬤嬤。「這些姑娘裡頭，妳覺得誰是庭舟心上之人？」

徐嬤嬤有些不敢說，直到太后又問了一遍，她才緩緩開口道：「先前您說了為難的話，六王爺就只替那位謝家姑娘開口解圍了。還有那賽龍舟的時候，老奴看著六王爺好像朝那邊望了幾眼，只是那些姑娘們都坐在一處，實際瞧的是誰，老奴便真的看不出來了。」

「唉……」太后重重地嘆了一口氣，說道：「看來便是那個謝家的姑娘了。」

徐嬤嬤立即有些驚色，看著太后小聲地說：「可老奴瞧著那位姑娘年紀倒是有些小啊……」

「哀家自己的兒子，哀家如何不瞭解他的心思？若是別的適齡姑娘，他只怕早已經求到哀家跟前來了。如今他這般按兵不動，便是因那姑娘年紀不適合。」太后也是無奈啊，畢竟兒子難得心動，只是這姑娘的年紀未免也太小了些……驀地，太后腦中冒出一個驚駭的念頭！她緊緊抓住身邊的扶手，緩緩道：「妳說庭舟他一直不願大婚，是不是就是在等她？」

春來秋往，每一年從夏末進入初秋時，謝清溪都有一種生命又輪迴了一次的感覺。

這些日子，謝家處於一種絕對的安靜之中，沒有針鋒相對，也沒有婆媳暗鬥。蕭氏在接掌管事之權後，一開始並未燒那新官上任的三把火，誰知那些在閔氏手下拿大慣了的奴才，卻一而再、再而三地得寸進尺。

有時候謝清溪都不禁疑惑，按理說她娘處置一、兩個奴才不過是手到擒來之事，為何會這般退忍呢？

直到蕭氏將管理廚房的管事拿下，並直接將人綁到了老太太跟前，將證據一樣樣地拿出來時，謝清溪才恍然大悟。即使那個管事是跟了老太太二十年的，可是貪墨主人家銀子這樣的重罪，就連老太太都包庇不得。於是，蕭氏直接殺了老太太身邊的人來警醒府裡的這些下人，讓他們都自我掂量掂量，看看自己的身板究竟有沒有這戶人家硬？

謝清溪翻著手中的名冊問道：「娘，這本名冊裡記的是咱們家所有的下人嗎？」

「只是在府上的人，莊子上的人還單獨有個名冊。」蕭氏正在算帳，並未抬頭，回了她一句。

謝清溪看著上面列著的一排排姓名，再看著下面一百一十六人的總計，不禁掰開手指算起府上主子的人數。嗯，祖父和祖母兩人、大房九人、二房六人、三房八人，謝家主子們加起來共二十五口人，可家中伺候的奴才卻有一百人之多。

等謝清溪將此話告訴蕭氏後，蕭氏便點著她的額頭笑話道：「不過才這點人，妳就覺得奇怪了？豈不知這京城有些富貴人家，家中伺候的奴僕便有上千人之多呢！」

「那舅舅家有多少人啊？」謝清溪一聽，立即好奇地問道。

蕭氏略想了一下後，說道：「我當初未出嫁之時，家中便有兩百二十一奴僕，這些年來大哥和二哥房中都各自添了人丁，也不知是添了人還是減了人了。」

謝清溪吞了一下口水，她記得她外公可就只生了三個嫡子女啊！難不成這麼多人光伺候他們一家人了？

蕭氏一聽她的疑惑，便又笑話道，她未出嫁那會兒蕭家也還未分家呢，老侯爺那一輩乃是兄弟四個，如今倒是全分出去單過了。

說到蕭家，謝清溪便托著腮，唸叨。「熙表姊讓人給我送信了，說是王家姊姊要過生辰，想請咱們一道去。娘，我能去表姊家住幾日嗎？」

「妳先前剛去住了七、八日，怎麼又想著要去？」蕭氏一聽她竟是又想去蕭家，便有些哭笑不得地問道。這孩子怎麼就那麼喜歡外祖家？

其實也不怪謝清溪喜歡蕭家，畢竟她的外祖母哪回見了她不是心肝肉地叫，也從不約束著她，而舅母因為外祖母的關係，也不大約束她和蕭熙兩人。

夏天那會兒，她和蕭熙在蕭家的湖中划船時，她還偷偷地將襪子脫掉，坐在船邊，把腳放到水裡頭去呢！那清涼的湖水滑過她細嫩的腳掌，讓謝清溪簡直恨不能跳進湖水之中游泳。後來，她們還讓人摘了寬大的荷葉，兩人頂著荷葉坐在船頭。

「我想外祖母了嘛……」謝清溪扭捏地說道。

蕭氏突然嗤笑了出來。「我瞧妳自個兒都不相信了！妳說想妳外祖母，我看倒不如說是又想著和熙姊兒胡鬧了！」

「娘，是表姊想我想得厲害，她說自打我回來之後，她都茶飯不思了！」謝清溪睜著眼睛開始說胡話。

蕭氏聽得簡直是目瞪口呆，她竟不知這閨女什麼時候開始這般大言不慚了！

這會兒正值傍晚，母女倆正說著話呢，就見外頭匆匆進來一人。

他一進來便大喊道：「趕緊給我倒杯水，快渴死我了！」

「這又是怎麼了？怎麼渴成這樣？」蕭氏抬頭看著滿頭大汗的么子，心疼地問道。

「娘，咱們書院有場蹴鞠比賽，我就下場了！」謝清湛說起來眉眼都是飛起的，他一口喝了一碗茶，又遞給了旁邊的丫鬟。

蕭氏趕緊拉著他坐下，用帕子給他擦了又擦額頭上的汗，略有些埋怨地道：「你那兩個書僮是如何伺候的？這滿頭大汗的也不給你擦擦，萬一著了涼，娘倒是看你還這麼高興不？」

「娘，妳知道嗎？咱們書院要組一個蹴鞠隊，到時候要和京城的其他書院比賽呢！我反正已經報名了！」謝清湛說著又拉著蕭氏的手求道：「娘，妳便給咱們蹴鞠隊弄一身衣裳吧？」

「弄什麼衣裳啊？」蕭氏有些疑惑地說道。

謝清湛這會兒才不好意思地說：「我們書院雖寬裕，可是山長覺得蹴鞠只不過是玩樂而已，不願給咱們製作專門的衣裳。原本可以大家各自做隊服的，可是有好幾位踢蹴鞠的好手都家境貧寒，來書院讀書已是不易，又哪有多的銀錢去做這樣的衣裳？」

謝清溪一聽就明白了，謝清湛這是回來拉贊助呢！不過她好奇地問道：「難道你們蹴鞠隊裡就沒有旁人家裡有錢了？」

「王渝西負責買蹴鞠，尚明負責球門，葛川說他可以給咱們每人做兩雙靴子。」謝清湛將他們的分工都說完了。

謝清溪目瞪口呆地問：「所以你們山長是不打算出一毛錢啊？」

謝清湛如今就讀的書院，乃是京城最好的書院之一——東川書院，光是一年的束脩費用都要六十兩銀子，要知道，這束脩費用就夠京城普通人家生活三年了！

況且進入之後，像謝家這等人家，還要給書院捐些銀錢的。

加上東川書院有個「令人髮指」的規矩，那就是——但凡有錢人家的子弟，即使學問再好，都不免任何學費；而那些寒門學子，只要通過山長和夫子們的考察，就可免除在東川書院的束脩，且書院為了支持他們能繼續讀書，每個月還給他們發銀子！

所以，大齊朝大部分的寒門官員，都是從東川書院出來的。

謝清溪當初聽到這個規矩的時候，都不禁感慨，一個書院能將自己「宰大戶」的本質暴露得如此徹底，可見創始人也是位極其不羈的人物。雖然有些書院也會收取富家學子的贊助，用來資助院內的貧寒學子，可是像東川書院這樣一點都不掩飾的可沒有。

不過就算東川書院這樣宰大戶，京城官宦和豪富家族中將自家子弟送進去讀書的，仍是不在少數。

謝家不僅謝清湛在此書院讀書，三房除去行三的十六歲嫡子清霄外，現在就連行五的十三歲嫡子清渝和行七的九歲庶子清樺也在這裡讀書。

太祖開國之後，便大力興辦學院，只是當初開國時百廢待興，好些地方都等著用錢，並無精力和能力振興官學，因此太祖對著名私學採用了鼓勵的政策，所以便形成了官私聯合的學院。如今京城的四大書院：應天書院、東川書院、白鶴書院、長明書院，便是這些官私合營的產物。

「如今人人都學馬球，咱們蹴鞠倒是落後一等。況且山長說了，馬球乃是以騎御為本，屬於君子六藝之中，書院可以大力支持馬球。」謝清湛將他們山長的話原封不動地說了一遍。

謝清溪對於這家厚臉皮的書院，真真是嘆為觀止了。「所以你們山長就乾脆讓你們自己置辦蹴鞠裝備？可就算你們有了這些裝備，那場地要怎麼辦？」

「山長說了，可以將書院的場地租給咱們用。」謝清湛有些不好意思地摸頭。他覺得這個問題倒是不大，因為每個月謝家公中要給他六兩的例銀，還有筆墨書本的費用也都是從公中給的，娘親還時不時會補貼他，所以謝清湛覺得，這筆銀子自己還是能出的。

「你們山長可真真是雁過拔毛啊！」這就好像你在學校讀書，結果要用學校的操場踢一會兒足球，校長竟讓你交錢一樣。這要是擱在現代，那些家長還不得把校長室的門檻給踩壞了！

「娘，妳就答應我吧？」謝清湛沒顧上謝清溪的調侃，只求著蕭氏。

雖說這只是件小事，可是蕭氏卻不好答應，畢竟這蹴鞠就是玩樂，她知謝樹元對三個兒子的教育都甚為重視，就算謝清湛如今才十一歲，可是謝樹元對他也是一點都沒放鬆的。

謝清溪見娘親在猶豫，便笑道：「我覺得娘肯定不會答應的，因為爹爹還不知道呢！」

蕭氏瞥眼瞧了她一眼。

旁邊的謝清湛更加搖著她的手臂，撒嬌道：「娘，妳就幫幫兒子吧！我都已經應承下來了，難不成妳要讓兒子成了那背信棄義之人？」

皇上喜長子，百姓愛么兒。謝清湛就是民間說的么兒子，所以蕭氏難免疼愛他一些，何況這會見他這麼乖巧地靠在身邊，撒嬌地說就只幫他這一回，她如何能不應？

「好了、好了，待你爹爹回來，我便同他幫你說，不過娘可不保證你爹同意啊！」蕭氏有些無奈地說道。

連一旁的謝清溪聞言，都忍不住高興地歡呼一聲。

蕭氏有些奇怪地看著她。「妳這麼高興做什麼？」

「我也想要蹴鞠服！娘給哥哥做的時候，也順便給我做一身吧？」謝清溪瞇著眼睛，笑嘻嘻地說道。

「就知道沾我的光！」謝清湛噓她。

待晚上用膳時，謝清湛吃飯的時候瞧了蕭氏好幾眼，可蕭氏只管坐在那裡，不時地給謝樹元挾些他喜歡的菜。

「老爺，這幾日衙門裡頭還忙嗎？」蕭氏溫柔地問道。

謝樹元早已經注意到謝清湛的動作，如今又見妻子開口，便淡淡地說道：「說吧，湛兒這回又求了妳什麼？」

「噗！」謝清溪一下子沒忍住，笑了出來。

她爹就跟那如來佛一樣，六哥哥這隻孫猴子看來是真的逃不過他的法眼呢！

蕭氏還是溫溫柔柔的模樣。「我不過是關心一下你，怎麼就扯到湛兒身上了？」

「若是現在不說，那就別說了。」謝樹元仍是淡淡地說道。

「爹爹！」謝清湛忍不住叫了一聲。

蕭氏也忍不住嘆了一口氣。這個傻兒子，真是沈不住氣。

於是，謝清湛就一骨碌地將此事告訴了謝樹元，然後眼巴巴地盯著謝樹元說道：「爹爹，我已經答應了同窗，我──」

「那就做吧。」謝樹元放下碗筷，淡淡地說道。

謝清湛正要歡呼，就看見謝樹元掃過來的目光，他臉上的欣喜立即斂起。

謝樹元接著又說道：「你既然答應了同窗，爹爹也不好阻止你。不過這事乃是你答應的，爹爹可沒答應，所以這銀子你便自己出吧。」

謝清湛上翹的嘴角還沒放下呢，就聽見這晴天霹靂的消息。他眼巴巴地看著蕭氏，可他娘只端著一張笑臉卻不說話，於是他又轉眼看著謝清溪。這家裡誰不知道他爹爹對兒子那叫一個面冷心硬，可對女兒卻是言聽計從。

謝清溪指著面前的一盅甜湯說道：「爹爹不是最喜歡這甜湯的？我給爹爹盛一碗吧。」坐在對面的謝清駿和謝清懋這會兒也都放下碗筷瞧著。

謝樹元滿面笑意地誇道：「我的清溪兒真乖！」

這話一出，三個兒子都面帶古怪，他們可誰都不敢想像他爹會對自己說出「我的兒子真乖」的這種話。就連一向淡然的謝清駿，嘴角都扯動了一下。

謝清溪盛了一碗甜湯，就給她爹端過去，接著又說：「爹爹，你就答應六哥哥吧。我雖然沒有進過書院，卻也知道這同窗之間的情誼最是重要，要是六哥哥這回應承了旁人的事情沒辦成，日後人家就得說咱們謝家的子弟都是說話不算話之人呢！」

謝清湛簡直是熱淚盈眶啊！

「清溪兒說的有道理！」謝樹元點點頭，舀了一口甜湯喝，簡直是甜到心裡。

待過了一會兒後，謝清懋便率先起身，同父母告退，說要去前院讀書了。

蕭氏關切地看著他，讓他不要太過勞累了。

謝清湛這會兒正拉著謝清駿討論蹴鞠的事情，因為謝清駿這個非人的存在，聽說就連踢蹴鞠也是極厲害的。

謝清溪轉頭看著她二哥哥獨自走到門口，直到黑暗將他的背影隱沒在其中。

「馬上就要秋闈了，二哥哥看起來好有壓力。」謝清溪抬頭衝著她娘說道。

蕭氏也點了點頭，對她說道：「有些話，妳二哥哥或許不會同娘和爹爹說，妳若是有時間，便陪妳二哥哥說說話吧。」

說來還真奇怪，謝清溪有好幾回居然看見謝清懋同二叔謝樹釗在一處。其實她二叔人不錯，就是處在謝樹元的光環之下，難免有些不引人注目。

「二哥哥，你看我給你繡的這個筆袋可好？」謝清溪將自己的筆袋獻寶一樣地給謝清懋看。

謝清懋點頭，笑道：「妳如今這繡工倒是越發地精進了。」

「那是自然的，好歹也學了好些年了！」謝清溪驕傲地說道。

兄妹倆說了一會兒話後，謝清溪小心地看了他一眼，問道：「二哥哥，我最近好像看見你時常同二叔在一處，可是有什麼事情嗎？」

「小丫頭，妳倒是管得寬。」謝清懋也並不惱火。

謝清溪笑嘻嘻地說道：「我這不是怕你們有好玩的事情，卻不告訴我嘛！」

「不過是有些學問上的問題，向二叔討教一番罷了。」謝清懋不在意地說道。

謝清溪隨口便說道：「原來是這樣啊！但你為什麼不問爹爹啊？」

謝清懋突然頓了一下，原本在研磨墨汁的手腕也停了下來，抬頭看著謝清溪，那眼神有些執拗，又有些陌生。

「二哥哥，你怎麼了？幹麼這麼看我？」謝清溪被他的眼神盯得有些害怕。

「清溪，妳是不是覺得二叔便比不上父親？」謝清懋認真地問她。

謝清溪不知他為何這般問，一時語塞。

「父親以二十歲之齡便直取探花，可二叔呢，第一次參加會試便落榜，後來才中了進士二甲二十三名。以二叔的年齡和所取之名次，本也該是青年英才，可就因為他姓謝，上頭有個探花郎的兄長，所以直到如今都不得不屈居在兄長的光環之中。」謝清懋看著謝清溪說道，而後微微垂下頭，輕笑一聲。「大哥十六歲便直取直隸解元，若不是他自己選擇延後三年再考試，只怕十七歲的少年狀元也未嘗不可。六妹妹，妳並未在外頭走動，並不明白『謝氏恒雅』這個名字對於學子來說意味著什麼。」

謝清溪微微張著嘴巴，她從來不知二哥哥心中是這麼想的。

謝清懋看著她的樣子，又笑說：「清溪兒，妳別怕。我並不嫉妒大哥，相反地，我欽佩大哥，以大哥為榜樣，可是我不願生活在大哥的名聲之下，我不願像二叔這般一輩子生活在父親的光環之下。我，總有一天會有屬於自己的光芒。」

謝清溪張大嘴巴，卻還是不自覺地點了點頭。

只是，她沒想到，這一日會來得這般快。

正德十六年，各省各府舉行會試。

十月二十六日，直隸省放榜，千人於榜前尋找自己的名字。

頭名解元——謝清懋。

「二哥哥，你是不是因為我給你繡的書袋才會考得這麼好啊？」謝清溪坐在旁邊，托著腮問道。

謝清懋眨了一下眼睛，在謝清溪期待的眼神之下，鄭重地點了點頭。

蕭氏看著小女兒纏著她哥哥的模樣，便笑著喝斥她。「清溪兒，不許同妳哥哥這麼沒大沒小的。」

旁邊的謝清湛立即拆她臺。「妳那個書袋上頭繡了字，二哥根本不能帶進考場裡好嗎？」

「……」被謝清湛一語點破的謝清溪，有些惱羞成怒地看著他，哼笑一聲。「六哥哥，我看你還是趕緊自求多福吧！」

「我又怎麼了？」謝清湛不在意地說道。

謝清溪呵呵地笑了下，狡黠地眨了下眼睛。「大哥哥和二哥哥都是直隸解元，只怕如今大家都在等著看謝家的六公子能不能也考個解元呢！」

「……」說實話，二哥哥能取得這樣的好成績，謝清湛也覺得特別自豪、特別高興，前提是——謝清溪剛剛說的話不會發生！

謝清溪見他真的被自己嚇著了，便更加得意，加倍地嚇唬他。「其實這還不是最慘的呢，要是日後大哥哥考了個狀元，二哥哥也考了個狀元，到時候六哥哥你才有壓力呢！」

妳能不能別說了！謝清湛幾乎是咬牙看著她的。

「二哥哥，你真厲害！」謝清溪說完之後，便轉頭衝著謝清懋說道。

蕭氏反正是見慣了他們兄妹兩人鬥嘴的，所以也不去妨礙，只等他們倆吵完架。不過別看清溪平日最喜歡和清湛拌嘴，那也是因為她和清湛年紀最相仿，兩人之間是說不盡的話。

這成績一出來，謝家就去衙門裡給謝樹元報喜了，就連宮裡的謝舫都沒落下。

因此，這會兒老太太身邊的魏紫過來了。

「老太爺說了，今晚三房都要去正院吃飯。」她和蕭氏說話時，那就是一個客氣有禮。雖然這些丫鬟平日也絕不會對蕭氏不敬，可是今日這語氣還是帶著更多的鄭重和謹慎。她們這些丫鬟可不是傻的，雖說之前老太太和大夫人鬧了那麼一場，可老太爺那是完全站在大夫人這頭的，不僅奪了二夫人的管家權，就連老太太後頭都不敢再找大夫人的麻煩。如今二少爺得了直隸的解元，前頭又已經有大少爺，這樣的榮耀，便是闔京都再找不出別家來了。

等魏紫走後，謝清溪忍不住撇了下嘴。去正院吃飯她可不覺得是好事，祖父若是真覺得二哥哥這次考得好，能不能換種別的獎勵啊？

謝樹元從衙門回來後，直接從前院來了蕭氏的院子，看見謝清懋正陪著娘親和兩個弟妹說話，只說道：「好、好、好！」

「懋兒，你瞧瞧你爹爹，竟是歡喜壞了。」蕭氏也是高興，不過瞧著丈夫這模樣，她這高興簡直是又多了幾分。

謝樹元直接看著蕭氏說道：「我從衙門回來之前，左都御史和大傢伙兒都同我道喜了，說讓咱們家一定要請客。」

「這是不是有些太鋪張了？」倒不是蕭氏捨不得花銀子，只是不願讓人說自家張揚罷了。

謝樹元笑了笑，直擺手說道：「先前清駿考了解元時，咱們在蘇州，不好擺宴席，如今清懋既然得了這等好成績，便是邀些親朋好友到家中又何妨呢？」

蕭氏只滿心點頭，到底是自己生的兒子，這樣有出息，做娘親的誰又能不得意？

待到了正房的時候，就連老太太臉上那喜色都是從心底發出來的。

誰都知道謝家是以科舉起家的，在京城算是在清貴一派中的，如今家裡頭的子弟又這般出息，不僅對謝舫，對謝樹元更是有直接的益處。

如今天下無戰事，武官雖鎮守各處，到底要受文官轄制，可天下學子之多，要想進士題名那是難上加難的。雖謝家這輩子弟中還沒出過進士，可那是因為一級選手謝清駿上一科沒有參加考試，所以才會這般。

家中本已有了一個一級選手，如今又冒出一個一級選手，這簡直是祖上墳頭冒青煙了。此時謝清駿和謝清懋坐在一處，謝舫看著這長孫和次孫，臉上的皺紋笑得都要擠在一塊兒了。

謝家接連出了兩科解元，這對於謝樹元在士林學子中名望的提升，可是有極大幫助的。他們謝家本就是清流一派，如今這京城清流只怕就要隱隱以謝家為首了。

謝樹元也驕傲啊！說實話，清駿當年中了解元時，他覺得是父親的指導和清駿本身的資質更多些，自己這個爹爹對於兒子的幫助並不大。

可謝清懋卻不一樣了，從清懋蒙學開始，就連描紅都是他一筆一劃教出來的，這個兒子才是他真正教導出來的，所以這會兒他這心裡自豪啊！

「咱們謝家乃是書香世家，從祖上開始便以科舉為本，如今清駿和清懋二人為下面的弟弟們樹起了榜樣，你們可要好生學著、看著，莫不可墜了咱們謝家的名聲！」老太爺滿面紅光地訓導著。

坐在桌邊的大大小小少爺們立即稱是。

謝家在京中發了帖子，來的人不少。原本謝樹元也沒想大肆操辦，所以只請了自己衙門的同僚，又請了謝清懋書院裡的夫子和山長，當然，謝家的各種姻親也是一個不落的。

特別是蕭家這個正經外家，就連蕭老太太都親自過來了。

謝樹元原以為蕭老侯爺和老太太不來呢，不過蕭老太太倒是一點兒都不覺得這是紆尊降貴，只說她的外孫考了這樣好的名次，她要親自過來瞧瞧。

於是，新科解元便親自扶著蕭老太太往後頭去。

一些在謝老太太房中的夫人們，正在那兒絞盡腦汁地想著各種讚美詞誇謝清溪的時候，就見新科解元來了。原本這些家中有適齡女兒的夫人們，心中便隱隱有些意思，如今再看新科解元那面如冠玉，雖不過十七歲卻沈穩冷靜的模樣，一顆心就更加熱絡了。

蕭老太太一過來那就是上位，而蕭熙身為她的嫡孫女，也隨伺在左右，不過她一進來就看見坐在謝老太太旁邊裝淑女的謝清溪。

雖說今天是她二哥哥的好日子，可是剛剛新科解元不在這邊，於是這些貴夫人便使勁兒地誇謝清溪，至於旁邊的明芳和明嵐，只偶爾得到幾句誇獎。

待宴席開了之後，蕭熙才找著機會同謝清溪說話。

「妳家今兒個可真熱鬧！」蕭熙忍不住讚嘆。這種熱鬧，就算在侯府裡，也只有祖父母和她爹娘過壽才會有的，沒想到謝清懋的宴席就能熱鬧成這樣。

謝清溪點點頭，說道：「我爹爹本來只想請些同僚好友和二哥哥書院的夫子們的，可後來祖父的門生都紛紛來了帖子，說要過來道喜，這才辦得這般熱鬧的。」

謝舫曾任吏部尚書，並還擔任過會試的主考官，但凡當過主考官者，那屆進士都要尊稱他一聲座師，所以謝舫也算是桃李滿天下了。

「清懋哥哥真是厲害極了！」謝清駿得解元的時候，謝家還沒來得及替他辦宴席呢，他就自個兒跑去蘇州了，所以那會兒蕭熙沒這麼大的感觸。

謝清溪點頭，說道：「我爹爹素來便說我二哥哥學問做得極紮實的。」

一說到這兒，蕭熙便捂嘴笑道：「我爹爹這幾日在家裡，把我兩個哥哥看管得可是嚴格了，動不動就說你們看看你們姑母家的兩個表兄弟，怎麼人家就那樣出息，你們倆就這樣？」

謝清溪也有些同情，幸虧這年頭女子不需要參加考試。不過就算是這樣，謝家兄弟倆在一眾京城權貴子弟中，都是被深惡痛絕的對象，因為家中長輩一教訓起他們，就會唸叨著：你看看人家謝家的子弟，怎麼就那般出息，讓你讀書怎麼就那麼難？你就不能向人家學學嗎？

有些聽話的，就生受了。可有些素來行為不羈的，一聽這話，就呵笑一聲，對著自家老子說道：爹，那您也得看看人家謝家兩兄弟的爹啊，那可是探花郎啊！您當年要是考中了探花，說不定這會兒我也是解元了！

於是，謝家兩兄弟就成了京城傑出的隔壁家的孩子。

謝清溪再一次感激上天，這年頭女子不需要參加考試，要不然她就得承受和謝清湛一樣的壓力了。不過她看她六哥哥天性就是胸襟開闊之人，這等小事估計也沒放在他心上。

「說來妳還是頭一回來我家呢，待會兒帶妳去看看我的院子吧！」謝清溪笑著說道。

沒一會兒，就有個穿著淺玫紅色繡鵝黃蘭花長褙子的姑娘走了過來，旁邊陪著的是老太太身邊的丫鬟洛紅。

待走到謝清溪旁邊，洛紅才笑著說道：「六姑娘，老太太讓奴婢將表姑娘領過來，說是讓她同您一處坐著，也好相互看顧些。」

謝清溪眼皮微掀，看了這低眉順眼的杜菲一眼，又似笑非笑地瞧著洛紅，說道：「菲表姊不是慣來咱們府上的嗎？再說了，以往不都是三姊姊陪著菲表姊的？」

杜菲見她這般不客氣，臉上的柔順險些破功。

倒是洛紅笑著說道：「三姑娘如今也幫著招待旁的姑娘呢，所以老太太才讓六姑娘您同表姑娘一處玩的。」

「那真是巧了，我舅家表姊是頭一回來咱們家，所以我還想著待會兒散了席要帶她逛逛呢！左右菲表姊在咱們家也是熟慣了的。」謝清溪就是不接這話茬。

蕭熙有些好奇地看著她們，也並不開口。

此時就連洛紅臉上的笑意都有些僵硬了。

還是坐在隔壁的明嵐開口說道：「菲表姊，妳若是不嫌棄，便坐到我這邊來吧？」

杜菲以前來謝家，那也是同謝明雪這樣的嫡女玩的，何曾給過庶女好臉色？可今時不同往日了，母親因為保媒的事情，被大舅舅發了好大一通火，還氣得說不認母親這個妹妹了。

原本杜菲也不想來的，因為謝家壓根兒就沒給杜家下帖子，就好像忘了杜家這門姻親一般。可不僅是祖父，就連父親都不敢說話，還是母親直接讓人備了車馬過來的。這樣的日子，又有這些外人在，大舅舅倒也不好再將母親攔在外頭。

所以謝明嵐此刻一給她臺階，她便笑著走過去坐下了。

「這是誰啊？」蕭熙好奇地問道。

謝清溪臉上的笑意沒剛才深了，只輕輕說道：「我姑母家的女兒。」

「呀，她竟是還好意思過來？臉皮可真是厚呢！」蕭熙朝杜菲看了一眼。杜家的事情鬧得沸沸揚揚的，聽說最後那個通房根本沒被發賣，連同杜同霽一道被送回杜家老家去了，如今只怕孩子都生下來了。

而謝家姑母不光彩的角色雖然沒被全部曝光，不過杜同霽可是和她同住一府的，要說她一點都不知道，旁人也不會信。所以謝家大姑奶奶，那就是「嫁出去的姑娘潑出去的水」的典型代表。

謝清溪也沒在意，只同蕭熙說笑著。

等到了晚上，謝清溪去謝老太太院子的時候，就見杜菲正坐在老太太旁邊，那親熱的樣子，就連旁邊的謝明雪這個親孫女都比不上。

「大姑奶奶如今身子越發的不好，菲兒也沒人照顧，我便想著接到身邊來同我住幾天。」謝老太太平靜地朝著眾人宣布。

蕭氏倒是不置可否，畢竟這人都留了下來，她難道還能攆出去不成？

旁邊的閔氏也沒說話，卻是低頭露出一抹冷笑。

待二房回去後，謝明雪抱著閔氏就開始撒嬌，都是在抱怨老太太偏心的。

閔氏聽了便是一陣冷笑。「妳祖母這心是偏得沒邊了，懋哥兒剛得了解元，她就將菲姊兒接回來住，當別人不知道她打的是啥主意嗎？」

謝明雪先前還沒想到這處，如今被她娘這麼一提醒，立即恍悟了。「難不成祖母是想撮合二哥和菲表姊？」

「妳當妳大伯母是個好拿捏的？妳就看著吧！」閔氏如今也不去挑釁蕭氏了，只坐等她和婆婆之間爭鬥。

第二日，蕭氏便笑嘻嘻地同老太太說，清懋雖剛得了解元，但是也不能鬆懈，畢竟明年的春闈才是重頭戲，所以媳婦想讓他去外頭書院安心讀書。媳婦同老爺商量過了，老爺也已經同意，所以今兒個來告訴您老人家一聲。

謝老太太掐著手上的佛珠，氣得險些全摔到蕭氏臉上去。

永安侯府之中，各處的丫鬟依舊如平日一般輕手慢腳地走路。

侯府夫人游氏這會兒正陪著婆母蕭老太太用早膳。要說游氏今年有什麼極順心的事情，那就是她這個多年的世子夫人總算是熬出了頭。老侯爺先前上摺子給皇上，說要傳爵給長子蕭川。永安侯府在京城素來低調，家中子弟也並非那等尋花問柳之人，再加上有謝家這麼一門在朝中掌著實權的親家，所以這傳爵那是順理成章之事。

不過就算這樣，蕭老太太還是時不時地在游氏面前提點，說這裡頭謝家也是出了力的。

謝清溪為人乖巧又嘴甜，同蕭熙兩人又能玩到一處去，因此游氏對這個外甥女也是喜愛得很，所以每回謝清溪過來，都會給她準備禮物。游氏也是大族嫡女，出嫁的時候嫁妝豐厚，嫁過來之後丈夫又這樣出息，她這一生也是順遂的。

「溪姊兒住的地方可有收拾妥當了？如今天氣漸涼，可不比她上回來住的時候，床上的被褥要暖和舒服才好。」老太太絮絮叨叨地說道。

還沒等游氏說話呢，旁邊的蕭熙便放下碗筷，笑呵呵地說道：「祖母，溪姊兒哪回過來小住時，我娘置辦得不經心啊？您便放心吧！」

「瞧瞧，我不過是多嘮叨了兩句，這就護上了，果真是娘親的小棉襖啊！」蕭老太太指著孫女便說著笑道。

蕭熙對付老太太最有一套，所以上去說了一會兒話，就將老太太逗得開心至極。

因著謝清溪這會兒還沒到，所以用完早膳後，蕭熙就同其他幾個姑娘高高興興地去上課了。雖說女子並不用科舉考試，可是大戶人家對於姑娘家的才學那也是極重視的，有些規矩嚴的人家，姑娘七、八歲就要讀書了。

侯府也同其他京城勛貴世家一般，在家中請了先生，專門教導姑娘們的詩書禮樂。侯府的姑娘是上午學習一個時辰的詩書，而下午則練習琴棋書畫等各種才藝。

蕭川算是個開明的父親，並不拘束著女兒們學東西，所以幾位姑娘學的還都是不同的，蕭熙喜古琴，蕭珊獨愛古箏，而蕭思則同蕭熙一般學古琴。

唯有二房的三姑娘蕭媛，學的乃是箜篌。

游氏看了眼依次離去的姑娘們，待她們都離開後，才看著老太太說道：「我見大妹妹信上說，連清湛都要過來住兩日，我想著文桓的院子大，他們又是親表兄弟，不如讓他們一塊兒住了。」

「妳安排的我自是放心，只是清溪兒年紀小，我怕她在這兒住著會想家，所以才讓妳收拾得舒服些。」老太太說道。

游氏知道自己的婆母並無責怪之意，便又笑著說道：「先前我還同侯爺說了，妹妹和妹夫兩人對孩子未免也太嚴厲些了，這懋哥兒剛中了解元，他們就又讓孩子去書院讀書。之前侯爺也想送文桓去長明書院的，結果他一聽說要長住在那裡，就跑來同我哭訴了。」

雖然知道自家孩子不用科舉，將來也能入朝為官，可是在大齊以科舉為重的前提下，這些靠祖上蔭庇選官或者是捐了官身的，到底是沒人家進士來得有底氣。

老太太也心疼地說道：「我先前也說過她，別把孩子逼得太緊。咱們清駿和清懋，那都是京城裡頭一等一的好兒郎，比起那些勛貴家就知尋花問柳的紈袴子弟不知好了多少倍呢！」

游氏點頭，清駿那孩子就是她看著長大的，聰慧靈敏又有家教涵養，為人處事也無一不足，這樣的好孩子，那就是打著燈籠都難找的好女婿啊！先前游氏還覺得可惜，畢竟蕭熙和謝清駿差著好幾歲呢！

結果，如今又冒出來一個謝清懋。這孩子打小就板正的模樣，那性子簡直同她公爹是一個模子裡刻出來的！原本游氏就覺得蕭氏教養的兒子定是不會差的，再加上謝清懋中了解元，日後金榜題名那只怕也是板上釘釘的事情，因此游氏這心裡頭也有些想法了。

「我瞧著駿哥兒如今也有十九了，到了明年再考春闈那可都二十了。」游氏小心地瞧了婆母一眼。

「熙姊兒的性子太跳脫了些，這大戶人家的長媳聽著是體面，可這內裡卻是兩面夾心，頭上又有兩層婆婆要伺候著，沒個八面玲瓏的手段哪行？」老太太還以為游氏惦記著謝清駿，立刻反駁道。

游氏立即笑道：「母親這是說到哪裡去了？熙姊兒比駿哥兒要小上五歲呢，便是這年紀也不大般配。」她小心地覷了老太太一眼，連在丈夫面前都沒說出的話，這會兒倒是在婆婆跟前露了點思緒。「我一早便覺得懋哥兒也是個好的，為人穩重又知上進，同熙姊兒的年紀又只差著三歲而已。」

老太太一聽，當即冷笑了一聲。「那妳可知這次妳妹妹為何將清溪和清湛送到咱們家來小住，又讓清懋去書院裡讀書？」

游氏見婆母臉上的表情不大好看，只得小心地搖頭。

老太太立即說道：「那是因為懋哥兒宴席那日，謝家那個姑奶奶將自家的閨女留在了謝家，說自個兒身子不好，想讓謝老太太幫忙照顧著外孫女。」

游氏確實是不知這裡頭還有這樣的曲折，當即也不禁譏諷道：「那位姑奶奶臉面可真大，前頭剛害了人家的妹妹，這會兒又惦記起哥哥來了！」

「所以說，婉婉只怕是無意在清懋的表妹裡頭找媳婦。我瞧著清駿和清懋也覺得是頂頂出息的，可是這強扭的瓜不甜。如今有適齡姑娘的家族裡頭，誰不盯著謝家呢？況且我瞧著熙姊兒對她這兩個表兄也沒那份心思，雖說婚姻之事是父母之命，但到底也要順了孩子們的心才好。」老太太教導道。

游氏雖然被婆母說得心中有些不舒服，不過她一想，婆婆說的好像也是真的。熙兒雖同清溪關係好，可是對謝家的表兄弟們倒也只是客套而已。

第二十九章

謝清溪過來的時候，是謝清懋送著她和謝清湛一塊兒來的。

謝清湛雖然也得了來外祖家小住的機會，不過他爹說了，就算去了也不能耽誤學業，所以他帶的筆墨紙硯就裝了有半車。

至於謝清溪就更誇張了，她恨不能把整個院子都搬過來！

先前她在蕭家的時候，蕭熙給她看了好些新奇的東西，所以她這會兒也把自己收集的那些玩意兒都帶來了。畢竟江浙臨海，往海外的商船都是從這處登岸，因此江浙一帶的舶來品要比京城多些。

謝清溪這回特地給蕭熙帶了一套俄羅斯套娃，還有好幾個彩蛋，這些彩蛋表面鑲嵌著的寶石可都是真的呢！

「懋哥兒既然來了，便不要走，在這處吃了午膳吧！」蕭老太太一見他們來了，便喜笑顏開，不讓謝清懋離開。

謝清懋點頭，稱道：「清懋遵外祖母吩咐。」

「這孩子……」老太太一見他這方正板直的模樣，就想起自己那個成婚幾十年的老頭子。年輕那會兒覺得他這板正的性子實在是太討厭了，可後來才知道這性子的好處。像永安侯府這等人家的，哪個侯爺沒個妾室通房啊？偏偏那老頭子成親之後只守著她一個人過，同她生了兩子一女，便是自己的婆婆再賞賜丫鬟給他，他也是堅決不要的。

「你到前院陪你外祖說說話吧，他一聽說你們要來，早就等著你呢！」老太太笑著對謝清懋說道。老侯爺如眾人所料的那般，對這個子孫當中最肖似自己的外孫喜愛至極，每次來了都要親自考校他一番，每回走，謝清懋得的賞賜也總比旁人多。

但謝清湛怕這個嚴厲的外祖啊！這剛逃離他親爹，就又要見到外祖，大舅舅為什麼這時候不在家啊？

游氏見謝清湛苦笑的樣子，也知道他在想什麼，自己的丈夫最偏愛的便是這個外甥了。都說外甥像娘舅，這謝家三個兒子中，謝清駿那就是的的確確的謝家人，無論是性情還是其他都深受祖父和父親影響；而謝清懋呢，活脫脫就是蕭家老侯爺的性子；謝清湛則是樣貌上最像侯爺的，所以游氏同丈夫一樣，對這個最小的外甥偏疼一些，總拿他當孩子看。

「你大舅舅今兒個雖不在家，不過晚上定是要回來的。你大舅舅聽說你最愛踢蹴鞠，所以早讓人給你準備了蹴鞠球呢！」游氏笑著哄他。

謝清湛一聽便立即連聲說謝。

倒是謝清溪看了他一眼後，說道：「我看六哥哥這會兒定是後悔極了，怎麼之前不說自己最喜歡的是打馬球呢？」

老太太和游氏被她這麼一說，便都提起了興趣，還是老太太問道：「這是為何？」

「因為這樣一來，如今大舅舅為他準備的就是一匹高頭大馬，而不是一個小小的蹴鞠球了。」謝清溪說完，還學了撇嘴失望的表情。

「妳這個促狹鬼，哪有這麼說自己哥哥的！」老太太指著她便笑罵道。

待到了中午，姑娘們同謝家三兄妹都在老太太院中用膳，別說蕭珊這樣的姑娘偷看了好幾回謝清懋，就連一向以才女自居的蕭媛都藉機同謝清懋說了好幾句話。

吃完午膳之後，蕭熙便拉著謝清溪去她的院子。剛到了院子中，便有丫鬟送了茶水上來。

蕭熙撇嘴說道：「平日裡那自命清高的樣，今兒個怎麼就不裝了？」

謝清溪疑惑地看她。

「我說的是媛姊兒。妳別看她那柔柔弱弱的模樣，上課的時候卻愛處處爭強好勝，夫子若隨口誇了旁人一句，她便不服氣呢！」蕭熙絮絮叨叨地抱怨。

謝清溪也不當回事，只當這是堂姊妹之間的小磨擦，她和謝明雪平日裡上學的時候不也老拌嘴？姑娘家難免都有些小心思的。

「那夫子誇妳多嗎？」謝清溪笑著問她。

蕭熙一下子苦了臉。「都說姪女像姑母，我聽我爹說，妳娘當年可是京城有名的才女，我怎麼就沒學上一星半點啊？」

謝清溪一聽別人誇她娘，那叫一個高興的，於是她立即自黑道：「其實我也同妳一樣，我爹爹常教訓我說，我是一點都不像我娘。」接著她冷靜地想了一下，又說道：「其實我覺得，我不是不像我娘，我是不大像我們家人。妳看我大哥哥和二哥哥多厲害，還有六哥哥，妳別看他平日那般愛玩，可是在書院裡從來都是優等的，夫子都常常誇讚他呢！」

蕭熙立即同情地看著她。他們家雖說有蕭媛這個才女，可是她兩個哥哥也就那麼回事，大哥馬上就要參加侍衛甄選，而二哥估計日後走的也是武官之路。

其實謝清溪如今讀書也挺厲害的，不過她更喜歡看史書和遊記多些，對於那些正統的四書五經也僅止於瞭解而已。

蕭熙又問她，之前催了她好幾次都沒說來住，怎麼又突然來了？於是謝清溪便委婉地說了一下，她表姊住到家中去了。

如今蕭熙也是個十四歲的大姑娘了，一聽便冷哼一聲，譏笑道：「我便是不知這些姑娘了，難不成除了懋表哥之外，全天下就沒旁的男人了？這眼睛全直愣愣地盯著懋表哥，也不知道羞！」

謝清溪知道她這是借題發揮，將蕭媛也罵了進去，於是她便笑著推了一下蕭熙。

因剛才蕭熙要同她說悄悄話，就連丫鬟都屏退了下去，所以這會兒旁邊也沒個外人，她索性便問道：「我二哥哥現在那可是香餑餑，姑娘家誰瞧見了不多瞧兩眼，妳怎麼就不看啊？」

一說到這，蕭熙就嘿嘿一笑，坦承道：「其實吧，兩個表哥的長相那是一等一的好，就是這學問有些太好了。像我這般半瓶水咣噹的到人家面前，完全不夠看，若是懋表哥突然詩興大發，對月唸了句詩，我一時沒想起來，再要去翻詩冊子，那豈不是掃興？」

謝清溪來這裡這般久，唯一一個交心的就是這個表姊，也不怪她喜歡，實在是這位表姊真是太可愛了。她問蕭熙的話本是不合規矩的，可蕭熙不但沒矯情地推她一把，說「表妹妳怎麼問人家這麼害羞的問題」，反而是給了這麼一個讓人拍手稱快的答案。

「妳快趕緊別笑了，要是讓旁人聽見了，我娘非得打死我不成！」蕭熙見她笑得都快躺倒在榻上了，便去拉她。

過了好一陣子，謝清溪才捂著肚子緩過勁來。她這個表姊要是生活在現代，那也是妥妥的逗比（注）女神經。

「表姊，妳上回不是說要帶我出門的嗎？我自從來了京城之後，可是從來沒有出門玩過呢！」謝清溪立即拉著蕭熙，眨著眼睛看她。

蕭熙卻是捂著眼睛，半晌才痛苦地說道：「哎喲，我的好妹妹唉，怎麼這事妳到現在都還沒忘呢？」

「那當然不能忘，表姊對我的好，我要時刻記在心裡！」

注：逗比，是一個網路用語，即挺逗的二比、傻逼，若是好朋友之間說，那調侃和玩笑的成分便多一點。簡單地說，就是說某個人很逗，有點犯二、犯傻、有點可愛。

「……」蕭熙無言。最後她指著謝清溪說道：「妳就可勁地坑我吧！」

蕭熙會不會被打死，謝清溪不知道，但她是真的想出門。可是單她們兩個女孩，那是哪兒都去不了的。

不過上有政策，下有對策。

以前在江南那會兒，蕭氏看謝清溪看得可嚴呢，她照舊能溜出府門玩。不過如今這會兒大哥哥和二哥哥都不在，謝清湛又不頂事，於是蕭熙便求到了蕭文桓面前去。

蕭文桓這幾日聽說謝家的溪表妹又來家裡住，在家裡頭簡直就是貓著走路的，就連上他娘後院請安也不去了，說是夫子留了功課，他得日日做功課。

蕭熙還拿這事當笑話說給謝清溪聽，只說她這個三哥平素就不愛讀書，如今因姑母家的兩個表哥實在是太長進了，對比才知道差距，於是原本不大管兒子學業的蕭川這會兒都拿起棍棒教子了。

不過謝清溪知道，蕭文桓這是在躲著她呢！

蕭熙在旁邊搖了蕭文桓半晌的手臂，又是撒嬌、又是討好，蕭文桓愣是沒鬆口。

於是謝清溪便開口，嬌嬌俏俏地說道：「表哥，我聽說京城的坊市乃是極熱鬧的，我到現在都還沒逛過呢！」

蕭文桓恨不能指著謝清溪的鼻子說「上次妳讓我請杜同齋吃飯的時候，不是還出門逛了？」可是這話他問不出口啊！

自從杜同霽那事之後，他就突然發現自家這個表妹未免也太厲害了些，簡直是誰得罪她，誰就沒好下場啊！所以就算給蕭文桓十個膽子，他都不敢得罪這位小姑奶奶啊！

於是蕭文桓便說道：「這兩日定是不成的，表妹剛來，祖母看妳看得嚴實呢，只怕咱們剛到門口，母親就能帶著人追了過來。過兩日安平公府的夫人不是要來府上做客嗎？那日母親定是沒空管咱們的。」

「哥哥這主意好！」蕭熙當即便說道。

而謝清溪則是怔了一下，半晌才說道：「安平公府，是不是就是宋家？」

「表妹妳也知道他家啊？」蕭熙倒是有些好奇。

不過蕭文桓卻是一點也不奇怪。「聽說那位被流放之前，是先任蘇州右布政使，後才去了金陵出事的。」

「誰啊？你們說的是誰啊？」蕭熙拉著蕭文桓的手問道。

當年這事鬧得極大，安平公府的宋煊，誰人不知是皇上的伴讀？在官場那叫一路的順風順水，簡直就是天下公侯子弟的傑出代表，可一夜之間，卻落得流放三千里的下場。因宋煊是在外當官，他貪贓枉法之事同安平公府實在是牽扯不深，宋家這才能逃過一劫，不過皇上當年還是下了斥責聖旨，訓斥安平公未能教導子弟。所以京城都在隱隱猜測，安平公府到這輩只怕是要降爵傳位了。

蕭熙見她哥不說，就更加好奇了，一個勁兒地追問。

謝清溪則想起了紀仲麟，也不知那個少爺如今如何了？謝家回京的時候，商船又出海去了，而成是非成師傅也匆匆告辭，再次啟程去踏遍大好山川。

還有馮小樂一家子，估計這會兒日子過得更紅火了吧？

過了兩日，安平公府的人果真是來了。不過蕭老太太卻沒叫謝清溪出去見面，怕是覺得見面有些尷尬吧。畢竟當年宋煊被拿下後，便是謝樹元前往金陵接任江南布政使。

蕭熙在前頭見了客人後，便推說自己昨日吹了風，頭有些疼，游氏最是寶貝這個女兒的，趕緊便讓丫鬟伺候她回來歇息了。

兩人一會合，便換上早已經準備好的青衣小帽，打扮成小廝。結果兩人穿上了衣裳，這才發現，全都不像。

謝清溪面容太過細嫩，就跟那水豆腐一樣，哪家小廝會這樣皮光肉滑的？再說她這長相，靈動狡黠的杏眼只那麼一抬，全身的靈氣便藏不住。

而蕭熙如今都十四歲，胸脯有些鼓鼓的了，兩邊耳朵也都打了耳洞，所以這會兒穿上小廝衣裳也不像。

蕭文桓一看見她們倆，恨不能去撞牆，這長相、這打扮，簡直就是此地無銀三百兩啊！可兩姑娘都眼巴巴地瞧著他，那架勢，要是他不帶她們出門，只怕當即就能哭出聲來。

「咱們就去琉璃廠逛逛，可不能再去別的地方了。」蕭文桓早就想好了，這琉璃廠都是賣古玩字畫的地方，往來的那都是達官貴人，尋常的無賴、地痞也不敢過去，就連普通老百姓去的都少。

謝清溪雖然想到大街上逛逛，可是她也知道自己這樣本就不合規矩了。左右待她成親之後，她再求著那誰誰誰帶她出去逛便是了。想到這兒，她的一張小臉突然變得紅撲撲的。

蕭文桓這時正好看她，便驚喜地問道：「表妹，妳為何臉頰這麼紅？可是生病了？」

謝清溪瞪他。你才生病了呢！

蕭文桓被她瞪了一眼，只得嘿嘿一笑，帶著兩人出門了。他總共就帶了四個小廝出門，結果裡頭還有兩個是假的。

這兩小廝是蕭文桓慣帶著的，知道三少爺要帶小姐和表小姐出門，那臉幾乎是垮下來的。不過真到了出門的時候，卻是打起了十二分的精神。畢竟這出門被查出來了，頂多是受一頓板子，可是小姐們要是出了事，那就是要命的事情了。

謝清溪以前讓二哥帶著逛街時，多是買些路邊的小玩意兒、逛逛書店、吃些外頭的館子，其他地方，以謝清懋那樣板正的性子，也不會帶她去。

所以這上古玩店，她還是頭一遭呢！

上車後，三人一塊兒說著話，過了一會兒，就聽外面漸漸熱鬧起來，吆喝聲也多了起來，什麼湯圓、餛飩、燒餅，賣什麼的都有。別說謝清溪心裡活絡，就連蕭熙也幾次都想掀起簾子，卻是被蕭文桓喝止了。

謝清溪也知道，這古代雖有大門不出、二門不邁的規矩，可這些規矩都是給大戶人家的小姐立的，這些市井百姓們的生活那樣的鮮活明亮，就連一笑一怒都是發自內心的，不會有人要求他們笑不露齒。

不過謝清溪也不是對如今的生活不滿，畢竟她享受了這世上的榮華和尊貴，自然便該守著這榮華所帶來的約束。

畢竟，世間安得雙全法。

「哥哥，咱們今兒個能下館子去嗎？」蕭熙在旁邊甜甜地問道。

蕭文桓眉眼不動地反問。「妳出錢嗎？我身上可沒銀子。」

蕭熙狠瞪了他一眼，小聲地嘀咕。「小氣！」

說著，她就將荷包舉起來給蕭文桓看，只見裡頭鼓鼓囊囊的，也不知是裝著什麼東西。

蕭熙見他還是一臉不屑的模樣，便將那荷包拉開一角，露出裡面金光燦燦的東西。

蕭文桓瞥了一眼後，倒吸了一口氣，問道：「妳帶這樣多的金子出門幹麼？」

「你不是說要去琉璃廠的？」蕭熙理所當然地說。

蕭文桓立即無語了。說實話，他作為兒子，這尋常無論是月例還是賞賜都比蕭熙多，可是他如今也到了在外頭應酬的年紀了，這人情往來的，每個月銀錢都不夠使。偏偏蕭川又生怕兒子學了外頭那些勛貴子弟尋花問柳的臭毛病，因此對兩個兒子的銀錢管得有些嚴厲。

「咱們今兒個就看看而已，妳們姑娘家玩什麼古玩啊？」蕭文桓偏頭看著她說道。

蕭熙立即撇嘴，委屈地說：「你看看人家大表哥和二表哥對表妹多好，二表哥還給表妹送過《西遊記》孤本呢，你連個花瓶都不給我買！」

蕭文桓無言。同謝家表哥比學問是個渣，被親爹罵就不說了，如今連親妹妹都在傷口灑一把鹽。蕭文桓表示，這個世界真的好殘酷……

還沒等蕭文桓悲春傷秋完呢，就見馬車漸漸停了下來。

待三人都下了馬車之後，蕭文桓怕在這街上再遇上什麼人，便立即領著她們往街角的琉璃廠去了。

一進門，迎面便是一個半人高的青銅獸立在那裡，蕭熙和謝清溪直盯著看。

蕭文桓立刻低聲說道：「這可是人家的鎮店之寶，聽說是商周時代的青銅器。」

謝清溪聽完，立刻就震驚了，眼睛看得都有些直了。雖說以前在現代也進過博物館，可那都是國家的東西，還隔著一層玻璃，頂多就是拍拍照片。

「蕭公子來了！」掌櫃手裡捧著本書，一瞧見蕭文桓，便過來打招呼。

蕭文桓來的次數不算多，不過掌櫃的對這些京城勳貴家的公子哥兒，那是一記一個準。當然，這些公子哥兒手裡頭未必就有銀錢，可架不住人家家世好，這爵位可是實實在在地在那兒呢！除非犯了殺頭的大罪，要不然這一代傳一代的，都是這京城裡的尊貴人家。

蕭文桓點了點頭回應。

這家掌櫃的姓付，這會兒正在樓上雅間裡招呼一個貴客，因此立即說道：「我讓店小二領著你們上上頭的雅間去坐坐，待會兒有什麼想要的，只管吩咐就是。」

蕭文桓一轉頭，就看見自家的兩個姑娘正盯著人家架子上的東西看，還不時地湊在一塊兒說話。

付掌櫃也往那兒一瞧，原還想說這大戶人家的小廝怎的這般沒規矩？結果卻看見其中一個小廝耳朵上的耳眼子，當即便不說話了。他在這琉璃廠待了都快三十年了，迎來送往的，什麼沒見過啊？於是便喚了店小二在這邊好生伺候著，自己捧著手裡的東西便上樓去了。

其實這些東西吧，侯府的庫房裡頭也有，可是呢，這外頭的東西怎麼看都覺得比家裡頭的新奇。蕭熙拉著謝清溪正在看一對鳳頭簪，說是前朝的好東西。

謝清溪當即嚇了一個激靈，蕭熙問她是怎麼了，她只搖頭。待蕭熙追問久了，謝清溪只得說道：「我怕這簪子是從陪葬裡頭盜出來的。」這古玩店裡的東西來源雜，有些是家境敗落過來賣了的，而有些就是盜墓賊從墓穴之中盜出，賣到這裡的。

蕭熙被她這麼一說，也是汗毛直豎。

等兩人朝這邊的架子上逛的時候，突然，一道雪白的影子出現在二樓欄杆邊。

還是蕭熙先發現的，她拉著謝清溪的手便歡快地指著喊道：「溪兒，妳快看，是大白狗啊！牠那身皮毛養得可真是好啊！」

謝清溪一轉頭，就看見湯圓大人正垂首朝這邊看著。

「不過，我怎麼看牠不大像狗，倒是像……像……」蕭熙支吾了半晌，一時想不出來。

「狐狸？」蕭文桓在旁邊補充了一句。

蕭熙立即歡快地說道：「對，就是狐狸！我看著牠像狐狸呢！」

「還看著像？」蕭文桓撇嘴看她，有些怒其不爭地說道：「人家就是隻狐狸，不是狗！」

「誰會沒事養狐狸啊？」蕭熙嘀咕著，又盯著欄杆邊的狐狸看，腦中浮現了一條狐皮披風。

「吡！」突然，湯圓露出嘴中尖銳的牙齒，衝著蕭熙怒目嘶吼。

「這狐狸難不成還能知道我在想啥？」蕭熙問旁邊的謝清溪。

謝清溪笑呵呵地看著牠，笑著說道：「牠很聰明的。」結果話音剛落，湯圓大人就一躍到了欄杆邊上。

蕭熙睜大眼睛，就看見牠一下子從兩米多高的地方竄了下來，她剛要尖叫，這狐狸已蹭蹭地跑了過來！她以為這狐狸是來報復自己的，整個人拚命地往蕭文桓身邊躲，誰知人家雖是往這邊跑來，可是到了謝清溪的腳踝邊就停了下來。

「你可真是聰明！」謝清溪微微彎下腰去摸牠的腦袋。

此時的蕭文桓越看越覺得不妥，要說這養狐狸當寵物的，那還真的少。不過他可不同於兩個妹妹久在後宅，他常在外頭交際，對於京城的這些貴人們多少是瞭解的。

養狐狸，特別是養一隻白狐狸的……蕭文桓立即想起了一個人。

今上的親弟弟——恪親王，陸庭舟。

蕭文桓忙阻止謝清溪摸牠。

謝清溪只笑著說道：「牠很乖的，不會咬人。」

「還是少碰吧，我可聽說連八皇子都被牠傷過呢！」蕭文桓的眼睛一錯也不錯地盯著看，生怕這白狐大人一個興奮，就給小表妹的臉上來一下。

這寵物但凡撓了主子的，多半是被拖出去打死，或是剪了爪子上的指甲，可是這隻白狐傷了八皇子陸允幀後，誰都沒敢吭聲，就連八皇子的母妃都不敢跟皇上哭訴一句。

所以小表妹要真是不小心被傷了，他就等著被家裡人打死吧！

湯圓就在謝清溪的腿邊蹭著，顯示好久沒見她的親密。

說實話，她和陸庭舟真的好久沒見了，兩人如今雖在一處城待著，可是卻也不能時常見面，要不是今兒個出來閒逛，還不知道什麼時候才能再偶遇他呢！不過謝清溪還是挺美滋滋地想著，京城這麼大，她出門閒逛都能遇見陸庭舟，可見他們是真有緣分啊！

虧得蕭氏不知道她這想法，要不然非得被她活生生氣死。瞧這姑娘，多好哄啊……不對，這姑娘都不需要別人哄，她自己就能把自己哄好了！

這會兒，三人正盯著這隻白狐看呢，樓上雅間的門驀地開了。

只見一個穿著雨過天青色錦袍的男子緩緩走出，他腳上穿著同色的靴子，上面繡著銀枝竹葉紋。男子開口，輕喊了一句。「湯圓。」

就見湯圓大人蹭蹭蹭地順著樓梯往上面跑了。

「原來牠叫湯圓啊，居然是個吃食的名字！」蕭熙捂著嘴巴笑道。

謝清溪無奈，只默默在內心嘆道：那是妳還不知道他給汗血寶馬起了什麼名字呢……

站在欄杆邊的男子，挺拔如松的身材讓下面的三人都有些壓力，一張俊美無儔的清冷臉龐，劍眉斜飛入鬢。

蕭熙禁不住倒抽了一口氣。

蕭文桓感覺到身後妹妹的動靜，突地一陣後悔。如今蕭熙正值春心萌動的時候，若是瞧著人家長得這等俊美，一顆芳心暗許了，他以後還真是有得後悔了！

白色的狐，如水般清冷的男子，這兩樣湊在一處，竟是讓人挪不開眼睛。

可是謝清溪卻眼眶一熱，只覺得微微抬起望著他的眸子已經被水光覆住。他怎麼瞧著竟是消瘦不少，而且氣質也越發的清冷？她的小船哥哥應該是個溫暖如玉般的男子，會揚起嘴角露出溫和的笑容，對她說「有我在，別怕」。

謝清溪不知這幾個月來，陸庭舟究竟是遭遇了什麼事，怎的整個人都變了？

陸庭舟如深潭寒水般幽冷的眸子，在看見樓下站著的某人時，總算是微微變了，一瞬間猶如春風融雪般，眼底的冰冷漸漸融化開。

「我們本無意打擾，還請王爺恕罪。」蕭文桓是見過這位恪親王的，不過也就是一面之緣，而且人家當時是目不斜視地往前走的。

誰都知道這位恪王爺性子有些清冷，在朝中獨來獨往慣了，同誰都不交好。可就算是這般，這滿京城就沒人敢怠慢於他的。

「本王正在買一本孤本，本王說是宋代的，可掌櫃的卻信誓旦旦地說是唐朝的，不如蕭公子上來幫本王掌掌眼吧。」陸庭舟看著蕭文桓，淡淡地說道。

蕭文桓原想著，若是王爺不怪罪的話，他就趕緊帶著兩個妹妹麻溜地離開了。可誰知呢，王爺一開口便是這話！

要說這驚喜吧，他還真驚喜，畢竟恪王爺可不是誰都能巴結上的，他可是比皇子還要高一輩的王爺呢！

可說到驚嚇，蕭文桓也覺得他是真被驚嚇到了，畢竟他以前和這位王爺就只有一面之緣，人家還沒拿正眼瞧過他，何況鑑定這什麼孤本啊、字帖的，他根本就不大會看啊！

蕭文桓還在發著呆呢，就感覺身子被人輕輕一推，整個人往前走了一小步。

陸庭舟依舊站在欄杆處，雙手揹在身後，道：「蕭公子，請吧。」

蕭文桓回頭瞪了蕭熙一眼，而蕭熙則是垂著頭，只不過臉上的笑都沒掩住。

他一步步過去，蕭熙趕緊走了兩步到謝清溪身邊，兩人目送著蕭文桓跟上刑場一般。

結果蕭文桓剛走到樓梯口，陸庭舟又淡淡地說道：「你這兩個小廝倒是可以上來伺候著。」

於是，最後三人都得以進入陸庭舟的雅間。

此時那個付掌櫃還在桌子邊站著，陸庭舟坐在旁邊的椅子上，而湯圓則毫不客氣地團在另一邊的桌子上。

蕭文桓過來後，陸庭舟便看著桌上的孤本說道：「你過來幫我瞧瞧，這可是唐朝的孤本？」

他哪裡會瞧啊！這會兒蕭文桓都猜不透恪王爺到底是欣賞自己呢，還是整自己呢？

此時付掌櫃見恪親王又坐回椅子上，便討好地說道：「王爺若是喜歡，只管開個價拿走便是了。」

這位恪王爺算是他這邊的熟客，來的次數雖不多，可出手卻是大方得很，所以付掌櫃根本不怕陸庭舟坑他。此時他見王爺叫了這位蕭公子上來，以為兩人是舊識，又見陸庭舟讓他掌眼，便以為蕭公子對這方面是真的有瞭解呢！

蕭文桓看了一眼，便驚奇地問道：「這可是醫書？沒想到王爺對醫術還有涉獵。」

陸庭舟看了他一眼，並未說話。

蕭文桓又翻了兩頁，最後才訕訕地放下說道：「回王爺，我對這個實在是沒有見識，怕替王爺看走了眼，所以不敢胡亂開口。」

蕭熙和謝清溪兩人都同時在心中嘆了一口氣。爛泥扶不上牆啊！

於是陸庭舟拿起書說道：「付掌櫃，此書的紙張乃是竹料紙，發明於北宋之後，你這號稱唐朝的孤本，最早已是出現在北宋之後了。」

付掌櫃被陸庭舟這麼一說，頭上冷汗已經下來了，只得賠笑著說道：「王爺，若這真是宋朝的仿本，小的便再不敢收你一分銀子了。」

「是人都有走眼的時候，這本孤本我給你三千兩。」陸庭舟不在意地說道。

這付掌櫃一見王爺不僅沒責怪自己，竟還給了自己三千兩銀子，他心裡一合算，賺的雖然少了些，可到底也是有賺的，於是立刻麻溜地就應了聲。

陸庭舟有些疲倦地說道：「好了，你先下去吧。」

這雖是付掌櫃的鋪子，可這會兒王爺說什麼，他就沒有不答應的。

於是，雅間裡只剩下四個人。

蕭文桓這會兒還在忐忑呢，他會不會被王爺認定是紈袴子弟啊？哎喲，早知道他就該好好看看他爹書房裡的那些書了，聽說他爹也珍藏了不少孤本啊、獨本啊！

此時陸庭舟抬頭，看著穿著青衣、戴著小帽，恭恭敬敬地站在旁邊的謝清溪，突然輕笑了一聲。「蕭公子，你這個小廝倒是機靈得很。」

蕭文桓順著陸庭舟的視線看過去，就見他看的是謝清溪，他這會兒都不知道是該慶幸還是該哭了。

「好了，既然無事，你們便走吧。」陸庭舟淡淡地吩咐道。

謝清溪有些失望地看著他，不過旁邊還有蕭文桓兄妹兩人，她並不敢表現出來。

倒是蕭文桓一聽說可以離開了，帶著她們兩人便趕緊告退。

待上了馬車，就見蕭文桓長吁了一口氣說道：「天潢貴胄可真是不同凡響，方才恪親王只不過輕輕掃了我兩眼，我便覺得這腿肚子都是軟的。」

「哥哥，你好歹也是侯府的公子，怎的這般沒出息！」蕭熙當場就拆他的臺。

「好了，不說了、不說了，咱們趕緊回去吧！」蕭文桓立即說道。

可蕭熙還沒逛夠呢，且都說了要在館子裡吃飯的，所以她就吵著鬧著要去京城最好的浮仙樓。蕭文桓原本就拗不過蕭熙，如今是更加拗不過她們兩人了。

去了浮仙樓，進了雅間之後，店小二是個機靈的，見他們三個半大孩子的模樣，而兩個小廝居然比少爺還先坐下來，又見這兩個小廝都是面白皮嫩，便隱隱猜到了些，於是便幫忙點了些菜品，末了他還說，浮仙樓這兩日正在做活動，但凡在雅間用餐的貴客，一律贈送浮仙樓的一罈秘製桃花酒。

蕭文桓原本就沒打算要喝酒，誰知蕭熙一聽卻是格外高興，非要嚐一小口。雖然蕭文桓勸著，可是連謝清溪都反駁他，說只喝一小口不會醉的。

結果，等三人喝完之後，謝清溪正拿起筷子準備挾菜的時候，就見旁邊的兩人咣噹一聲，紛紛趴伏在桌子上。她立即端起酒杯看了一眼，這酒不至於烈成這樣吧？

這時，就見方才的那個小二又端菜進來了。

小二看著趴在桌子上的兩人，一點也不覺得奇怪，只將盤子往桌上那麼一放，然後便恭敬地說道：「謝姑娘，王爺有請。」

謝清溪怔了下，所以這間酒樓的幕後老闆是陸庭舟？

這小二也沒出門，只是往右邊的牆壁走過去，待他轉動了放在牆角的盆栽一下後，就見牆壁上的字畫竟是慢慢往旁邊挪動，直露出約莫一人高的空間！

謝清溪忍不住吃了一驚，這可是京城最繁華的酒樓，竟還這般別有洞天。

待謝清溪走了進去，才發現這竟是一個四面無窗的房間，有一人坐在那桌子邊，待她腳步靠近時，就見那人轉過頭，抱在懷中的白狐也同主子一起勾著頭看她。

「又胡鬧。」陸庭舟這話與其說是教訓，倒不如說是寵溺更多些。他看著謝清溪，覺得她好似又長高了一些。

謝清溪也看著他，嘟著嘴巴問。「小船哥哥，你最近是不是特別不愛吃飯啊？」

「為何這麼問？」陸庭舟笑著反問。

謝清溪有些無奈地嘆了一口氣。「你如今比我還要瘦呢！」

陸庭舟知她這話是誇張了，只笑著，伸手去拉她的手掌，小小的手掌被他的手整個包住。

「如今想同妳說話，竟是只能以這樣的法子。」陸庭舟笑著說道。

謝清溪也不說話，只笑道：「我可沒有什麼更好的法子了，我是個姑娘家，本就該大門不出、二門不邁的。」

兩人說著極其普通的話，可是就算是坐在這處，只說著這樣的話，謝清溪也覺得安心，是一種從來沒有過的滿足。

她坐在陸庭舟旁邊的椅子上，伸手去摸他懷中的湯圓，笑著問道：「湯圓怎麼了？方才瞧著還靈動得很，怎麼這會兒就要人抱著了？」

陸庭舟見她這般打扮，便伸手摸她的小帽。

謝清溪立即撒嬌地說道：「小船哥哥，你以後千萬別再摸我的頭了，就跟摸小孩子的頭一樣。」

「妳可不就是個小孩子？」陸庭舟輕輕一笑，俊美的笑顏讓這略有些昏暗的房間都突然亮堂了兩分。

謝清溪不想搭理他了，扭頭就看著桌上擺著的東西，竟是看見他方才在古玩店中花了三千兩銀子買來的書。

她好奇地拿了起來，感慨地說道：「這樣一本書，竟值三千兩，難怪都說書中自有黃金屋呢，我看古人誠不欺我。」不過，接著她又看見桌上擺著一本一模一樣的書，再仔細看了下，有好幾本疊在一起的書，她順手一翻，卻發現竟是都一樣的！

「小船哥哥，你買這麼多一樣的醫書做什麼？」謝清溪問道。

陸庭舟笑容微滯，片刻後聲音有些低沈地說道：「我在找一個秘密，一個對我很重要的秘密。」

「什麼秘密啊？要不我也幫你找找看？」謝清溪一轉頭就看見他突然冷漠下來的表情，有些後悔問了他這樣的話。

陸庭舟搖了搖頭，他已經解開那個秘密了。透過父皇生前留下的線索，從這些醫書上找出了一個驚天的秘密——謀、朝、篡、位。

這四個字猶如吞噬人心的惡魔一般，讓人陷入萬劫不復的深淵之中。昏暗的密室之中，只有螢火石散發出溫和的光輝照耀著四周，謝清溪安坐在一旁，面色冷靜，只唇瓣微微泛著白。

謝清溪看著他突然變化的表情，想開口詢問，卻又不知該如何開口。

陸庭舟的手掌輕撫過桌上的那幾本醫書，待過了許久，他才輕輕說道：「我出生之時，父皇已經四十五歲，而皇兄也已二十三歲，沒有人想過皇后還會再次生出皇子來。」

謝清溪沒有說話，只是靜靜地看著他。

「可是更讓人沒想到的是，我父皇雖不寵愛母后，對皇兄這個嫡出皇子也是平平，卻寵愛我至極。我幼時身子不好，父皇不僅為我尋遍天下名醫，還研看醫書，親自給我看病用藥。」陸庭舟的聲音又輕又緩。

可是，就是這樣平靜得沒有一絲波瀾的聲音，讓謝清溪的嗓子猶如被堵住一般。她終究還是伸出一隻手握住他的，可是他的手掌冰冷，再不復剛才的溫暖。

「父皇去世之時，母后和皇兄都以為我年紀小，並不知事，他們都以為我對父皇的印象只是模糊不清的……」此時陸庭舟的聲音突然哽住。

怎麼可能會不清楚？他的父皇雖是這天下的至尊，是受萬民敬仰的皇帝，但卻也是最疼愛自己的父親。陸庭舟至今都還記得，父皇對其他幾位皇兄都平平，可是卻時常會將他抱在膝上，讓自己陪他一起看奏摺。

然而，一向身體康健的父皇，卻突然駕崩離世了。當年皇兄繼位時，有兩位兄長拒不承認，懷疑今上得位不正，發動了宮變，而後被迅速鎮壓。

他是父皇的幼子，在兄弟之中行六，可是如今除了那個整日渾渾噩噩、鬥雞遛狗的成王爺，只餘下他和皇兄了。

「我追查了八年，歷經波折，雖幾次都要窺得父皇死亡的真相，卻總是心存一絲遲疑……」陸庭舟仰天長嘆。可是，從他接手長庚衛開始，他不就已隱隱猜測到皇兄當年得位不正了嗎？

當朝的《太祖本紀》共有七篇，可偏偏最重要的第六篇遺失了，不知去向。眾人都以為它遺失了，卻不知是被人藏了起來，因為這一篇乃是帝王篇，只有登基為帝的人才能得見。

帝王篇是開國皇后親自撰寫的，記載了太祖起兵時的種種秘辛，其中便記錄了長庚衛這支秘密暗衛。

可是，這支原本該被帝王掌握的秘密武器，如今卻掌握在陸庭舟手中，而根據陸庭舟對皇兄的觀察瞭解，皇兄根本都不知道有這支暗衛的存在。

相傳在天亮之前，晝夜最暗之時，東方地平線上會看見一顆特別明亮的星辰，人們稱呼它為啟明星；而在西方餘暉之下，也有一顆特別亮的星辰，此乃長庚星。在第六篇之中，開國皇后曾詳細記載了這一支暗衛被命名為長庚衛的原因。

可是，就算太祖皇上和皇后再怎麼驚才絕豔，都無法庇護他的父皇。

謝清溪不知道該如何安慰他，陸庭舟出身於皇室之中，這普天之下都是他家所有，他的先祖推翻前朝，給天下百姓帶來一個太平盛世，可是後世子孫卻還是陷入這種皇室的鬥爭之中。

她突然輕嘆一聲。「小船哥哥，世事無常，有時候真相總是超乎我們想像中的殘忍。」

若先皇不是正常原因駕崩的，就表示那個幕後凶手已然成功，而那凶手是誰，已是昭然若揭。可是……還有一個人。她是否也牽扯到這場宮闈之亂中？當年那場弒父奪位的驚天陰謀，她是否也參與其中了？

這樣的秘密對於謝清溪來說太過沈重，在她的認知裡，她無法相信一個人會為了權勢而殺害自己的親生父親。可是在中國幾千年的史書中，皇室暗鬥、內鬥甚至是謀反之事，都被一頁頁地記載下來了。

謝清溪看著陸庭舟漸漸冰冷的眸子，一下子握緊他的手掌，動了動唇瓣，過了許久才說道：「無論你要做什麼，請你一定一定要保護好自己。」

「……清溪，有時候妳就是太聰慧了。我師傅曾對我說過，慧極必傷，我們都該學著笨一些的。」陸庭舟淡淡地笑了下。

我們都該笨一些的。

「這酒的勁頭也太大了些吧？」蕭文桓揉著腦袋坐起來，嘟囔地說了一聲。

他看著旁邊還趴在桌子上睡覺的人，立即伸手推了一下，喊道：「熙兒、表妹，趕緊起身，咱們該回去了。」

過了一會兒，蕭熙也揉著腦袋起身了。她的頭可真疼啊，就像被人從身後敲了一悶棍般。她一轉頭，見謝清溪還趴著，便伸手推了又推，喊道：「表妹、表妹……」

謝清溪起身的時候，戴在頭上的青色小帽有些歪了，露出一絲長長的烏髮。她白皙的臉頰上被壓出一道痕跡，想來是她皮肉太細嫩，所以趴在袖子上時被壓出印痕來的。

「也不知咱們睡了多久，得趕緊回去才是。」蕭文桓還擔心著，就趕緊叫店小二過來，結果一問才知，三人也不過是昏睡了半個時辰而已。

蕭熙一聽便再不著急了，只說如今日頭還高，這般早回去做什麼？於是三人乾脆又接著吃飯，只是酒卻是再不敢喝了。

浮仙樓的雅間裡，陽光穿透而來，謝清溪從打開的窗子望向外頭的藍天白雲。外頭是喧鬧的街市，每一聲叫賣都帶著生命的鮮活。

蕭熙看著她，有些遲疑地問道：「清溪兒，妳怎麼了？怎麼臉色這麼蒼白？」

「不知道，可能是這酒喝的吧。」謝清溪淡淡笑道。她一向活得開心，從來都是沒心沒肺的模樣，可是此時她的心情卻格外的沈重。一個對她來說不相干的人、一個早已經死在十六年前的人，都能給她帶來這樣的震顫，那麼對陸庭舟來說呢？

此時陸庭舟正乘上馬車，前往皇宮。

宮門處的守衛雖已認出這是恪王爺的馬車，卻還是攔下馬車，要求出示腰牌。駕車的是個太監，但並不是齊心，只見他從懷中掏出代表恪王府的腰牌。

陸庭舟用手指掀起車簾的一角，那侍衛長立即俯身給他請安。

陸庭舟淡淡掃視了宮門口一眼，說道：「起身吧。」

侍檢查之後，侍衛放行，馬蹄聲再次在寬闊的道路上響起。

陸庭舟面色從容地直視著前方，再沒有先前在密室之中無法把持的悲傷。也許是因為在那樣安靜又隱秘的地方，並且在她的身邊，他才能釋放自己所有的情感吧。

待馬車停下後，就聽車外小太監恭敬地說道：「王爺，到了。」

皇宮之中馬車並不能通行，以陸庭舟的身分可以乘轎前往各處，可是他下車之後，卻徒步往前走，身後那隻全身雪白、沒有一絲雜色的雪狐便也跟在他的身後。

一人一狐，在禁宮之中，猶如閒庭信步。

待走到殿前，遠遠的就有人迎了上來，乃是這座宮殿的二總管長遠。

長遠一上來便躬身笑著問候道：「未曾聽說王爺今兒個要進宮啊？」

「許久未見皇兄，今日特地進宮來給皇兄請安。」陸庭舟淡淡地說道。

長遠是個機靈的，要不然怎會才二十幾歲就做上二總管這等高位？他立即討好地說道：「皇上先前還唸叨了您幾回，若是知道您特地過來陪他說話，定是極高興的！」

陸庭舟這會兒連眼瞼都未抬，只淡淡地笑了一聲。

待到了殿門，守在門前的小太監紛紛給他請安，陸庭舟只淡淡地叫起，可他身後的那隻雪狐卻極其擬人地仰頭看了這兩個太監。

這皇宮裡誰不知道，恪王爺有一隻極其鍾愛的雪狐，那可是打小就養著的寶貝，王爺是時時刻刻地將牠帶在身邊，沒想到這次竟是連御前也帶著過來了，可見確實是寶貝得很。

誰都知道狐狸是一種極其靈慧的生物，民間尚且有不少關於狐狸精的說法，而恪王爺因時常帶著雪狐在身邊，所以甚至還有謠傳，說那狐狸到了晚上就會變成美女，這也是恪王爺身邊一直沒有任何女子的原因。

可是吧，這麼多年過去了，這位王爺依舊是個冷人兒，絲毫沒有被傳說中的狐狸精吸乾精氣的樣子啊！

長遠見陸庭舟抬腿便要進去，便有些為難地在他耳畔低聲說道：「王爺，皇上如今正在和沖虛道長論道，還請容奴才先進去通傳一聲吧？」

陸庭舟在聽到沖虛道長的名號後，先是微不可見地蹙了下眉頭，接著才說道：「本王便在此處等候，你進去通傳吧。」

長遠一聽，趕緊進去了。

皇帝原本見他進來打擾還不高興，但是一聽陸庭舟在外頭等著，立即便讓人宣他進來了。見陸庭舟剛進來便要行禮，皇帝笑著看他。「好了，小六，也就你規矩最多。正好今日沖虛道長在這裡，你也過來聽聽。」

皇帝如今信佛、信道，對於這些高僧、道長都格外地信奉，而這個沖虛道長則是皇帝近年來特別推崇的一個道士。聽聞皇帝原本還打算授予他國師的稱號，後來御史上書勸諫，說本朝自開國以來，從未有過國師一職，皇上要是設立國師，那就是違背了祖宗家法。

皇上最不喜歡的就是這些御史成天將祖制掛在嘴上，雖然太祖那會兒沒設立國師，可不代表自己設了國師就是違背祖制了啊！所以皇帝原本非要堅持的，後來還是沖虛道長聞訊，力勸皇上，說他乃是出家人，這種俗世浮名對他來說不過是過眼雲煙，便是不封也罷。

皇帝聽了才作罷，但卻覺得人家這便是得道高人的風範啊！

陸庭舟從不信神佛，對於這些不在道觀之中修行，卻跑到皇宮之中諂媚皇上的道士，自然也沒什麼好感。

「皇兄，我這幾日在工部查閱一些卷宗，發現——」陸庭舟正要開口說話，卻被皇帝阻止了。

皇帝略有些不耐地說道：「小六，不是皇兄說你，你如今真是越發的無趣了，這等時候提這些庶務豈不是掃興？來來，趁著沖虛道長今日也在，咱們可以講經論道。」

提這些庶務豈不是掃興？陸庭舟微微抬起頭看著皇帝，原本平靜無波的面容在沈靜中掀起一絲波瀾，可就在情緒要翻湧而出時，他突然又陷入了平靜。

陸庭舟輕聲說道：「庭舟乃是凡夫俗子，只怕不能體會道長所說的大道。」

「便是朕身為天子，如今同各位大師的講經論道之中，也是受益頗深，所以小六你也不要拘謹，若是有不懂的，只管讓沖虛道長解惑便是。道長天文地理涉獵之豐，即便比起當世大儒都絲毫不差呢！」皇上哈哈笑道。

陸庭舟只看著皇帝，最後才啟唇說道：「既然皇上如此說，那臣弟便也聽聽吧。」緊接著，這個沖虛道長便開始替皇帝講經，而皇帝也聽得頗為認真，似乎真是受益匪淺的模樣。

陸庭舟看著皇兄。在初登基時，他尚且還算一個合格的守成君主，可如今呢？沈迷後宮、寵幸這些道士，甚至還煉製著所謂的丹藥。

若你追求的只有這些，那麼當初便是當個閒散王爺又如何？為何在用盡手段得到這一切後，又不珍惜呢？

可是這樣的話，現在的陸庭舟沒辦法問出口。

總有一日，總有一日，他要問他，他要問清楚這個男人。

第三十章

秋日颯爽，滿樹黃葉在秋風吹拂之下，在空中打著轉地往下飄零。一到了這秋日，大戶人家在花園中伺候的下人便最是煩惱，因為這隨風吹下的落葉是要時時清掃的，好在有些人家喜種些常年不敗的樹木。

謝清溪站在院子中，抬頭看著頭頂上泛黃的葉子。清風拂過，一片葉子飄飄悠悠地落了下來，謝清溪伸手去接，葉子從脈絡開始泛黃，她輕輕一捏，葉肉已經有些清脆聲。

「哥哥非要在院子裡種這樣的樹，妳瞧，一到秋天就開始飄下落葉，真是討厭！」蕭熙因站得近些，所以這會兒身上已被沾上了落葉。她揮手將葉子拍掉，踮著腳尖往裡頭看著，有些擔憂地問道：「也不知道我三哥的屁股怎麼樣了？唉，真可憐，聽我大哥說，都快成八瓣了！」

謝清溪有些同情地朝裡面看了一眼，又瞧著旁邊的蕭熙，心想：姑娘，妳這話是擔心嗎？我怎麼聽著像是幸災樂禍啊！

可是蕭熙還不自覺，拉著謝清溪的手，踮著腳尖往裡頭瞧。這時，蕭文桓身邊的小廝正好出來，蕭熙趕緊坐好。

那小廝笑著說道：「四姑娘、表姑娘，我們少爺把湯喝了，說是謝謝兩位姑娘的好意。

他如今身子不便，就不出來見二位了。」

蕭熙立即瞪眼說道：「怎麼回事啊？三哥怎麼說話這麼客氣？我是外人嗎？我可是他的親妹妹！哥哥如今被打得下不了床，我怎麼能不進去安慰他呢！」

謝清溪聽得都不好意思了，要不是她們倆纏著蕭文桓帶她們出去，又一味地在外面玩耍不願回來，便不會回來的時候，被蕭川撞了個正著，蕭文桓也不至於被打得這樣慘。

那日他們一回來，就和大舅舅撞了個對面，原先大舅舅還沒打算直接收拾他們，誰知卻聞見了蕭文桓身上的酒味，後來連蕭熙身上的酒味都沒藏住。

其實這兩人身上的酒味還都要怪謝清溪，因為謝清溪怕他們懷疑，就將酒罈裡的酒倒了些在三人的衣衫上，營造出「這種酒的後勁很足」的樣子。結果，這會兒就遭殃了。

大舅舅一見三人不僅偷偷溜出府，還喝了酒，真是氣不打一處來，當即就要請了家法。謝清溪因是外甥女，他不好責罰，所以只讓蕭熙和蕭文桓跪下。

不過謝清溪深諳這種時候就是展現人多力量大的時候，所以她立即撲通一聲就跪下，要跟其他兩人一起受罰。於是很快地，蕭老太太和游氏都趕了過來。

可蕭川豈是會輕易改了主意的？當著老太太的面就讓人扒了蕭文桓的衣服，壓著他打了二十板子！

蕭文桓被打得鬼哭狼嚎，游氏哭得腸子都要斷了，老太太指著大舅舅罵他是不孝子，而謝清溪則是目瞪口呆地抓著蕭熙不敢鬆手。

說實話，她家也有三個哥哥，最頑皮的就數謝清湛了，可是謝清湛最多也就是被她爹罵兩句，像這麼動板子的，那真是見都沒見過啊！於是，謝清溪震驚了。

蕭文桓在內室裡頭，他不是沒聽見蕭熙在外頭故作大驚小怪的聲音，於是本就氣不順的他，立即對著外頭吼道：「蕭熙，有本事以後再也別讓我帶妳出門了！」

蕭熙這會兒忍不住了，立刻往裡頭奔去，那小廝是攔都沒攔住。

蕭文桓只穿了中衣躺在床上，他因為屁股被打開花了，所以連躺著都不行，只能趴在床上。他看著蕭熙提著裙襬一路小跑進來，立刻便皺著眉頭看她。

「哥哥，你別生我的氣啊！我要是不關心你，怎麼還能給你送湯喝？我和表妹兩人一早就去了廚房，親自選了母雞，看著廚娘燉的雞湯呢！」蕭熙開始表功。

蕭文桓冷哼了一聲，最後才勉強說道：「算妳識相。」

謝清溪幹的好事，當然沒能逃過蕭氏的法眼。她因著如今要管家，這會兒沒空來收拾她，所以便派了家中的大佛過來。

謝清溪一看見謝清駿來了，立刻拉著他的手臂歡喜地喊道：「大哥哥，你怎麼來了？」

「妳在舅父家闖了這麼大的禍，我自然要過來看看。」謝清駿一看見她，便似笑非笑地說道。

謝清溪立即低頭認錯。「大哥哥，都是我不好，我不該貪玩的。如今你正在讀書的緊要關頭，我不應該讓你分心的。你帶我回家吧，讓娘天天看著我，我以後再也不闖禍了！」

一旁的蕭老太太一聽立即心疼極了，拉著謝清溪便說道：「喲，不過是出門玩了一會兒而已，怎麼就成這罪大惡極了？」接著她又抬頭對謝清駿說道：「你娘也真是的，大驚小怪，還讓你特地從書院裡跑出來一趟。我看你今兒個便不要回書院了，外婆見你都消瘦了些。」

「書院讀書，到底沒有家中舒適，不過明年就要會試了，孫兒自是不敢怠慢。」謝清駿淡淡地說道。

謝清溪看了謝清駿一眼，他只淺笑地站在旁邊，身上卻帶著一股書香水墨般雅致的氣韻。謝清駿從來不是個擁有強烈氣場的人，他就猶如一株清竹，對待任何人都溫和文雅，可就是這樣的一個人，卻讓誰都無法忽視他的存在。

謝清溪此時突然在想，她的大哥哥日後究竟會遇到一個什麼樣的女子呢？

這會兒坐在旁邊的游氏也勸道：「你素來學問就紮實，既是來了也不在乎這一日的時間，便留在家中住上一晚吧，舅母讓人給你做些好吃的，好好補補身子。」

雖說知道大姑奶奶不會虧待了自己的兒子，不過游氏看這個外甥那也叫一個歡喜。誰都知道這個外甥明年下場，那必是高中的，就是不知能否進了三甲啊？

謝清溪也想謝清駿想得很，自從大哥哥去了書院讀書之後，就極少回家了，她有時候要許久才能見著他的影子，所以這會兒看見他，自然不願他立刻離開。

謝清駿一答應留下來，謝清溪就拉著他去蕭家的湖泊裡划船。因著有謝清駿在，所以她並不讓船娘上船。

「這是怎麼了？」謝清駿一邊搖著槳，一邊淺笑著問她。

謝清溪默默搖頭。自從那日得知那個秘密之後，她心底一直很不安。雖說那個秘密很可怖，可是更讓她擔心的卻是陸庭舟。他看起來那樣痛苦，如果他的親哥哥真的殺害了他的父皇，那麼對於他來說實在太過殘忍。

謝清溪知道，陸庭舟自幼喪父之後，雖皇上登基了，可他仍一直居於皇宮之中。太后貴為一朝國母，可因是女子，同他雖日日見面，但教導他的事情還是落在了皇上的身上。

他同眾皇子一起讀書、一起學習騎射功夫、一起打馬球、一起承受皇上的責罰，可是，往日的美好，卻成了今日的椎心之痛。

待船到了湖中心之後，謝清溪遙望著湖面四周的景色。雖是秋日，可依舊鬱鬱蔥蔥的，先前她還和蕭熙在此處看過人一起摘蓮藕，她還教廚房的廚娘做了藕餅子。

謝清駿放開船槳，看著對面盤腿坐著的少女。這個妹妹出生的時候，他沒有見過，一直到她八歲的時候，他才真正能見到她。

他們之間差著八歲的年齡，但不管是年齡還是地域，都沒有妨礙他喜歡她，他視她為珍寶。

「大哥哥，人生在世真的要追尋一個因果緣由嗎？」謝清溪輕輕問道。

謝清駿看著迷茫的她，突然輕笑著問。「人生在世總有生、老、病、死，無論是誰，到最後都免不得成為一抔黃土。所以有些人執拗，就算明知結果可能是痛苦的，也要追尋到底；而有些人則隨波逐流些，看淡緣由。」

那麼，陸庭舟就是執著於結果的人吧？

「那如果堅持追尋結果，最後得到的卻未必是完美的結果呢？」謝清溪忍不住追問。

謝清駿抬起眸子，這是一雙讓星辰日月都為之失色的眸子，他看著謝清溪，可是目光卻是那樣長遠，似乎又不是在看著她。秋風拂過水面，他的衣衫輕擺，雖只盤坐在船板上，可是那舒展俊朗的姿態卻是任何語言都無法描繪的。

「傻瓜，這世上又何來完美？」謝清駿輕笑道。

謝清溪立即反駁。「有。」

「喔？」謝清駿淡笑著看她，只等著她說話。

「在我心中，大哥哥就是完美的人。」謝清溪堅定地說道。

「那是因為我是妳哥哥啊！」謝清駿聽著她孩子氣的話，忍不住笑道。

可謝清溪卻一味倔強地看著他。謝家少年郎，年少成名，風姿儀態無不風華絕代，她的哥哥是這世間最最好的男兒！

在京城之中被傳得沸沸揚揚的選妃之事，總算是定了下來。皇上將在明年五月中，為皇子們甄選皇妃。

因為此次乃是從全國貴女之中選妃，所以戶部並內務府從今年十月便開始忙活了起來。皇上說了，此次但凡十三歲到十七歲的適齡姑娘都可以甄選，因著九皇子這等十三歲的皇子雖還沒到適婚的年紀，但若是有合適的，這王妃人選卻是可以早早定下的，也免得日後再選妃，耽誤了皇子們大婚的日子。

其實說白了，只怕是後宮妃嬪們被如今皇室這種成婚年紀越來越晚的風氣給嚇住了，且如今還有個二十一歲都未成婚的恪王爺在，誰還敢耽誤自個兒的兒子啊？

所以說，這姑娘寧願早早相看起來，也萬不能遲選。

此消息一出，早已等候多時的勛貴達官夫人們，登時放下了心裡的這點事兒。一時間，京城竟是熱鬧至極，有些不願女兒進宮入選的，便趁著這會兒趕緊將婚事定了下來。

此時謝府之中，謝樹元正看著面前溫文爾雅的蔣蘇杭。說實話，這個蔣姓後生倒是不錯，就是瞧著文弱了些，是那手無縛雞之力的書生。這幾個月他觀察下來，發現蔣蘇杭確實是一心向學，有不懂的地方便來請教清駿或是詢問自己，從不因自己討教得多了而覺得丟臉，所以如今謝樹元是越看他越覺得不錯。再加上皇上要為皇子們選妃了，明貞如今十六歲，年紀正好夠，所以他想趕緊給明貞定下來。

至於明芳，他也會在這幾個月內盡快為她擇婿的。她們兩人都是庶女，身分自然是搆不上皇子正妃，既然選不上正妃，謝樹元也不想讓女兒去做什麼側妃。雖然側妃也能上皇家玉牒，可終究不過是個妾罷了。

謝樹元照例考校了蔣蘇杭一番，見他學問比幾月之前更加紮實，便笑言：「以你如今這般學問，只要安下心來，明年下場也必有一番成績。」

讀書人雖講究淡泊名利，可是寒窗苦讀十幾年，不就是為了將來一舉成名天下知？因此蔣蘇杭能得謝樹元如此誇讚，實在是驚喜萬分。

「我曾問你在老家是否有婚配，你同我回答沒有，是吧？」謝樹元不緊不慢地問道。

蔣蘇杭以為謝樹元是在疑他欺騙，便立即說道：「謝大人，小民自幼讀書，父母去世之前尚未來得及為小民婚配，而小民也自覺一無功名、二無恆產，給不了妻子安穩富足的生活，所以欲待取了功名之後再想婚姻大事。」

謝樹元點頭，這個蔣蘇杭並未因為搭上謝家就生出非分之想。當然，這也是謝樹元的傲氣，他看上蔣蘇杭這叫慧眼識英雄，但若是蔣蘇杭心中有什麼想法，那就是非分之想。

「既然這樣，你的婚姻大事你自己便能做主的吧？」謝樹元慢條斯理地喝了一口茶，看著他問道。

蔣蘇杭略有些臉紅，但還是輕輕點了下頭。

謝樹元便是一笑。「那我便不妨直說了，我的長女如今年方十六，尚未婚配人家。你人品貴重，便是捨了性命都不願毀了小女的閨譽，所以我有意招你為婿。過些日子讓你姊姊到謝家來一趟，同我夫人見一面吧！」謝樹元都不問人家願不願意，直接就霸氣地說出讓你姊姊過來一趟的話。

蔣蘇杭聽到此話，頓時怔住，眼睛睜得滾圓，似乎是不相信這等好事竟會落在自己身上。他蔣蘇杭不過是個從江南來的小舉人，父母雙亡，家中也不過有幾畝薄產而已，何德何能竟可以娶閣老的孫女、二品大員的女兒？

那個謝樹元所說的長女，他自然是知道的，雖只有一面之緣，可那少女比桃花還嬌豔的面容卻一直烙在他的心中。若不是礙於身分，他當初救了謝明貞時已是對她失禮，他早已經上門求娶了。

半晌後他才回過神來，有些不敢相信地問道：「大人，此話可是當、當真？」

「難不成你覺得本官是那等拿女兒的婚姻大事開玩笑的無知之輩？」謝樹元板著臉教訓道。

蔣蘇杭立即搖頭，驚慌地說道：「還請大人恕罪！小民是歡喜得口不擇言了！」

謝樹元見他這樣，便又是一笑。

待回了後院，謝樹元便同蕭氏說了此事。

蕭氏沈默了一下。說實話，丈夫選的這樁婚事，她都沒拿過意見。頭一樁她之所以不願意，實在是因為杜家只是看著風光而已。結果，最後裡子、面子都砸了個乾乾淨淨的。

而這第二樁，就更新奇了，竟是個什麼都沒有的。蕭氏沒見過這個蔣蘇杭，也只聽謝樹元和清駿偶爾提過，說是個人品貴重又學問紮實的人。可是如今蔣蘇杭不過是個舉人，連個進士都還沒有呢，若是將謝家的長孫女嫁給他，只怕外頭得有人說她這個嫡母苛待庶女了呢！

蕭氏重視自己的名聲，且也不願意此番丈夫再草草定下這門婚事，於是便說道：「這人我是未見過，所以一切都要老爺看準了才行，畢竟明貞是咱們家的長女，這婚事上可不能再馬虎了。」

謝樹元也自覺第一回瞎了眼給女兒挑了那樣的婚事，所以這回簡直是挑著燈籠找了，因此立即便說道：「夫人放心，這回我是真的挑著燈籠看了！況且清駿也同我一起相看了，他也說蔣蘇杭人品貴重，是個值得託付的男人。」

一聽長子也這般說，蕭氏總算是放寬了心，便歡喜地說道：「既是如此，便讓他家裡人過來同咱們見一面吧！還有，老太太那頭也要說一聲。」

蕭氏倒不怕老太太那邊有什麼意見，畢竟謝明貞因老太太的緣故毀了一次婚，只怕老太太是巴不得這個孫女趕緊找一門好姻緣，也好讓兒子快快忘了對妹妹的記恨。

「這蔣蘇杭人品是好，只是這家境有些差，我聽說他將家中積蓄帶到京城趕考，後來一部分竟是用在了給姊姊家還債買房……」謝樹元搖著頭說，待蕭氏瞧了他一眼後，他才有些心虛地說道：「只怕咱們明貞日後要吃些苦頭了。」

蕭氏輕笑一聲，恨不能捶他一下呢。謝樹元裝模作樣地說這些話，無非就是想給明貞多要些補貼罷了。不說大房這些年在江南攢下的家產，就是蕭氏自個兒都因投資了商船賺得盆滿缽滿的，所以這點銀兩她根本就沒看在眼裡。

「按著咱們謝家的規矩，庶女出嫁置辦嫁妝的銀子是五千兩，這五千兩我已經想好了，給明貞買一處鋪子及一處宅子。這鋪子的地段呢，稍微好些，但是鋪面只怕就不大了，不過好歹也是筆進項；至於這宅子呢，便是他們小倆口日後在京城定居所住。我會再私下給明貞五千兩，不過因著明貞是長姊，所以我才給這樣多的，畢竟咱們家如今還未分家，咱們大房若是大手大腳地給了，你讓其他兩房如何看？」蕭氏一一分析道。

謝樹元是極滿意的，他不是那種庶務不通的人，知道一萬兩的銀子置辦嫁妝已是極體面的了。況且到時候還會有其他親戚給的添妝銀子，這加起來也是足夠的了。

因著皇上的詔書已下，所以謝家的動作也是極快的。很快地，蔣蘇杭的姊姊蔣氏便領著弟弟上門拜訪了，而蔣蘇杭的姊夫也一同來了。

此時謝明貞正坐在旁邊的梢間，這邊剛好有扇小窗可以偷看。雖然她之前也見過蔣蘇杭，可蕭氏還是讓她過來再見一見，也言明了，若是她沒瞧上，只管同父親母親說便是。

謝清溪這會兒陪著她，鬧著也要看未來姊夫。外面的聲音已經響了起來，裡面的謝清溪卻還在說話，謝明貞生怕外面的人知道自己在偷看，便去捂她的嘴，誰知謝清溪就是不從，還作勢要往外面跑！

謝明貞被她捉弄得怕了，索性不去理她。

「姊姊，妳看姊夫長得也未免太瘦弱了一些。」謝清溪看著外面的瘦弱姊夫，可惜地說道。

謝明貞聽罷，便說道：「聽說書院讀書極其清苦，我瞧著大哥這幾月也消瘦了不少。」

謝清溪朝她姊姊看了一眼後，便捂著嘴笑開了。

謝清溪那無聲笑著的模樣，讓謝明貞看得更覺刺眼。這人實在是太討厭了！

蔣蘇杭的父親也是舉人出身，只是運道不好，一直未能中進士，但是他對於一雙兒女的教養到底是不差的。這個蔣氏嫁的丈夫雖只是個小官吏，但到底也是個官夫人，所以這會兒禮儀規矩也不差，不過就是瞧著有些瑟縮了，但想到她從未同蕭氏這等級別的貴夫人打過交道，倒也是可以理解的。

方姨娘在院子裡頭轉來轉去，就是不肯坐下來。大姑娘今兒個被叫到太太的院子裡頭，又聽說那戶人家來了，她自然是心急萬分，恨不能立即就知道，這是什麼樣的人家？

待謝明貞回了院子後，她便馬不停蹄地趕了過去，屏退了身邊的丫鬟後，立即問道：「妳可見過那人了？長得如何？談吐如何？家境呢？是勛貴人家還是書香門第？」

先前那樁婚事是老太太說的，這伯府的名頭一提出來，方姨娘便欣喜不已。可如今這樁婚事彷彿是從天上掉下來的一般，要不是人領進了太太的院子裡，只怕她還不知道呢！

「姨娘，妳問了這樣多，我倒是不知該回答妳哪一樣了。」謝明貞微笑地說道。方姨娘此時心急如焚，恨不能立即知道所有關於那人的消息。「我的好姑娘唉，妳就別再讓妳姨娘擔憂了吧！」方姨娘想了想，還是先挑重點問了。「先說說他家世如何吧？」

謝明貞臉色一僵，最後還是輕聲說道：「他乃是江南人士，父母雙亡，如今只有一個姊姊在京城。他是舉人的身分，明年同大哥一般下場考試。」

方姨娘一聽完這話，當場便臉色煞白，一屁股地坐在榻上。她目光空洞地看著遠方，嘴唇微動，彷彿在唸唸叨叨著什麼，待過了一會兒，竟是越唸越大聲，極氣憤地說道：「都怪那母女倆，竟是將妳往火坑裡推！如今妳退過婚，哪還會有什麼好姻緣等著？」

她越想越是生氣，她的女兒雖是庶女，可到底也是閣老的孫女，她爹爹也是當朝的二品大員，怎麼就能嫁給這麼一個無父無母還只是個舉人的人呢？

方姨娘一下子就捂著臉哭了出來，哀哀戚戚的，不過她還沒哭完就又抓著謝明貞的手掌。「妳放心，姨娘去幫妳求求老爺和太太。這麼多年來妳對老爺和太太都是至孝的，他們定不會虧待了妳的。」為了讓謝明貞相信，她又哭著說道：「若是老爺不答應，我便一頭去撞死！這豈不是把妳往火坑裡推嗎？妳這樣嬌養著長大的姑娘，若是真嫁到這家去，豈不是要吃盡苦頭？」

謝明貞也不知該如何安慰方姨娘，末了才說道：「爹爹和太太都說了，他人品貴重，是個可託付終身的人。」

這後半句話，謝明貞幾乎是咬著唇說完的，說後便轉頭看往別處，只是那臉頰卻已經羞紅了。

方姨娘一見謝明貞的模樣，還以為她被蕭氏哄得答應了婚事，立即氣憤道：「人品貴重又如何？難道這京城勛貴子弟裡頭就沒有可依靠的？若是老爺嫌勛貴子弟多紈袴，便是找個妥當的書香世家也是好的呀！怎麼就找了這麼一個沒有家世的人？」

謝明貞見方姨娘張口閉口就是家世，一點都沒為自己的終身考慮。那姓杜的倒是有家世，伯府出身的嫡子，可是又如何呢？還不是一灘扶不上牆的爛泥。

如今這個蔣蘇杭，他雖沒有家世，可是太太也說過了，他學問紮實，明年有極大的機會高中。便是不中，以謝家的能力，為他謀個官職又豈是難事？況且蔣蘇杭這等毫無根基的人，以後是要靠著岳丈家扶持的，豈會做出得罪妻子的不智之舉？

可是方姨娘卻看不到，她只看見謝明貞前一樁婚事是眾人豔羨的伯府，而這次卻從伯府變成了一個毫無根基的窮小子，這當中的落差太大，她根本就看不出一點好處來。

謝明貞並不想讓姨娘到父親跟前求去，她緩緩說道：「姨娘，難不成杜家那事妳還未看清嗎？這些勛貴子弟瞧著表面是個好的，可內裡呢？便是爛到根子上咱們都不知道。可是這個蔣……他雖是毫無根基，但父親也說過，他文章做的極好，明年必有機會高中的。」

「我的姑娘啊，三年才一次的考試，妳知道這天下間有多少學子要參加嗎？妳以為人人都是妳爹爹、妳大哥這樣的人嗎？就算他高中了，成了進士，可是一個六品小官的夫人，到時候還不是要受人白眼？」方姨娘苦口婆心地勸道。只要女兒能跟她一條心，她就算是拚著被老爺送去廟裡的危險，都要助女兒毀了這門婚事！

謝明貞立即說道：「姨娘，妳說的這是何話？便是父親當年不也是從翰林院一步步地熬過來的？這世上豈有一步登天之法？我不是明芳和明嵐那樣的性子，也沒想過要攀那高枝。這門親事，我極滿意！」謝明貞擲地有聲地說道。

方姨娘險些氣得背過去。任方姨娘再怎麼規勸，謝明貞就是不鬆口，最後方姨娘氣得甩袖子離開，只留下一句話——妳日後受了委屈，別來同我哭訴便是！

謝明貞看著方姨娘離開的背影，卻忽然想起嫡母蕭氏對她說的話，她說——

明貞，女子嫁人是一輩子的事情，妳父親先前幫妳選錯了一回，所以這一回無論如何是錯不得了。就算是再錯了，妳也只能認命地嫁過去，所以妳一定要好好地看看，若是有一點不滿意的，只管同我說便是。

待蔣蘇杭走後，她又同自己說——

這少年心性堅韌，人品也是可信的，妳爹爹和大哥哥都是相看過的。雖然他家世全無，又父母雙亡，但是妳一進門便是小倆口自個兒過日子，若是妳不喜歡，他便不能納妾。待日後他若是高中，妳亦可陪著他一步步地高升，這鳳冠霞帔也未嘗不可求。

謝明貞並不是那紙上人，沒有一點自己的想法。相反地，她將蕭氏的話反覆地咀嚼過。若是為了面子好看，那些勛貴之家和書香世家，爹爹自然也可以幫她找，可是如今她得到的卻是最實惠的婚姻。她不需要侍奉長輩，不需要同妯娌整日勾心鬥角，也不需要照顧小姑子，關上門來就是她和他兩人過日子，她十分滿意。所以，不管方姨娘如何哭訴，她就是不鬆口。

大姑娘院子裡的事情，自然傳到了蕭氏的耳中。大姑娘心疼姨娘，自不會說什麼，可是蕭氏卻不容一個姨娘對姑娘的婚事指指點點的，所以蕭氏立即將方氏叫到院子裡罵了一通，還言明這樁婚事是極好的，她若是敢有什麼心思，便即刻將她送去莊子，便是日後大姑娘出嫁，都不能回來。

方姨娘到底是在蕭氏積威多年下生活的，所以當即不敢再說話。

隨後，謝明貞的這樁婚事便在謝家小範圍地傳遞開了。

江姨娘在聽到之後，只拉著謝明芳的手教訓，說這等婚事她是萬不能沾的。

可謝明芳如今都已經十五了，卻連個親事的眉目都沒有，她如何能不著急？

江姨娘只輕笑一聲，眼睛卻是往遠處看，教訓道：「我的傻女兒，皇上不是已經下令了？妳也是妳祖父的親孫女，又正是年紀，怎麼就不能去選秀了？」

「可女兒的身分，豈能當皇子正妃？」謝明芳有些為難地說道，這點自知之明她還是有的。

江姨娘微微抬起下巴，不屑地說道：「便是側妃也比嫁給一個什麼都沒有的窮酸舉人好吧？再說了，那地方可是全天下最不分嫡庶的地方，妳若是真進去了，還怕妳父親不護著妳？」

謝明芳卻是久久都未說話。

「姑母，明嵐這丫頭同我說，您這兩日胃口一直不是很好，所以我特意給做了您最喜歡的菱粉粥。」江姨娘將食盒打開，從裡頭端出一個白瓷小盅來，一打開蓋子，便是撲面而來的香氣。

老太太輕點了一下頭，誇讚道：「自打妳走了之後，便是再好的廚子給我做菱粉粥，我都覺得沒妳做的好吃呢！」

江姨娘立即輕笑。

旁邊的魏紫拿出長柄瓷勺在裡頭攪動了下，熱氣順著口子騰騰地往上冒，魏紫正要拿過小碗給老太太盛一碗的時候，手中的瓷勺就被江姨娘接了過去。

江姨娘一邊往壽字描金小碗裡頭盛粥，一邊輕聲說道：「我在江南的時候就想著，什麼時候能給姑母再做一回菱粉粥啊？有時候想著京城的親人，這眼淚就忍不住地落呢！」

「難為妳了，一去江南就是十來年。」老太太輕聲說道。

江姨娘見老太太神色有異，只輕笑了一聲便趕緊告罪。「都怪我，這不是已經回來了嗎？怎麼還提這些傷感的事情，倒是惹得您白白不高興了。」

這粥做得又稠又香，確實是下了功夫的。江姨娘拿了小勺子輕輕地攪動，好讓這黏稠的粥早些冷卻。

老太太看著她又細緻、又恭敬的模樣，這心中都不自覺地舒緩了好些。

「妳素來就是個孝順的，姑母也知道妳如今不容易。」老太太輕嘆了一口氣，不過還是說道：「可當初既然選了這條路，如今便是再沒後悔一說的。」

「姑母。」江姨娘輕叫了一聲，隨後堅定地說道：「能給表哥做妾，我從未後悔過。況且如今我還有明芳和明嵐兩個女兒，又怎麼會後悔呢？」

其實老太太也覺得蕭氏這個兒媳婦看著體面大度，可是卻把自己的兒子拽得死死的。大房回來也有半年了，這府裡誰人不知道，大老爺從來只在大夫人的院子裡頭，其他姨娘的院子是從來不去的。

如今方姨娘一心想著大姑娘的婚事，對這受不受寵看得自然是淡了。可是江姨娘的兩個女兒都還沒著落呢，她自然是日盼夜盼，只盼著謝樹元能想起她來。

紅顏未老恩先斷，多少後宅女子早早便斷送了自己的一生，而像江姨娘這樣還有兩個女兒的人，到底還是有些盼頭的。

所以這會兒江姨娘看著老太太，那眼中已是起了水霧。她急急地放下小碗，轉過頭匆匆用袖子抹了下眼淚，緊接著便對老太太說道：「請老太太恕罪，我失態了。」

老太太見她這副模樣，忍不住心疼地說道：「這又是怎麼了？可是這府裡頭有人給妳委屈受了？若是有，妳只管告訴姑母便是了。」

「姑母……」江姨娘輕顫著嘴唇，豆大的淚珠順著眼角流了下來。

老太太看了就更是心疼了。

江姨娘抽泣了兩下後，又用袖子擦淚，待抹乾眼淚才敢說道：「姑母，按理說這等事情我原不該煩擾您的，可都怪我年輕時不懂事，一味地頂撞太太，到如今我的明芳竟是受了我的牽累……」

老太太一聽她提起謝明芳，心裡一下子便明白，只怕這個姪女是為了明芳的婚事才來同自己哭訴的。

「好了，妳也別傷心太過，明芳到底是樹元的親女兒，她的婚事自有樹元和我相看著，定是不會差的。」老太太安慰道。

江姨娘抽抽泣泣地點頭，但她心裡早就存著想法，所以這會兒又幽幽地開口。「皇上剛頒布了詔令，要在全國為皇子們選妃，咱們明芳如今十五歲，這不正好符合選妃的條件嗎？」

老太太一怔，她是真沒想到，江姨娘竟是打的這主意。不過她也沒立即駁斥江姨娘，反而是沈默了一會兒。之前外孫女不過是來家中住了些日子，老大媳婦立即就把清懋打發去了書院讀書，底下兩個小的也都送去了永安侯府，這不是明擺著不願再和杜家有所牽扯嗎？所以女兒那日久生情的打算也就落空了。老太太也覺得外孫女處處都好，她雖然不喜歡蕭氏，卻知道蕭氏並不是那種不好相處的，做蕭氏的媳婦只怕還自在些呢。

可是蕭氏這麼明晃晃的做法，那是一點都不考慮老太太的心情了，所以老太太對她的不滿簡直是日積月累了。如今就算她做得再好，都覺得這人是假惺惺的。

「可明芳不過是個庶女，這皇子正妃的位置豈是她能肖想的？」老太太雖說有些偏心江姨娘這一系的，可腦子卻沒壞掉。

江姨娘臉色一僵，大概也是被老太太明晃晃地打臉了，覺得難堪吧，不過她還是強撐著笑臉說道：「就算選不上正妃，這不還有側妃嗎？咱們明芳這等樣貌家世，又豈會選不上側妃呢？況且側妃也是能上玉牒的。」

老太太的臉色當下便陰沈了下來，幾乎是咬著牙將話擠了出來的。「側妃？」

江姨娘被她的臉色嚇了一跳，再不敢輕易開口說話了。

老太太斜瞥了她一眼，怒斥道：「我勸妳還是歇了這份心思吧！妳若是要給明芳謀一門好親事，我自是不會攔著，可是妳若想著讓她去給人做妾，別說是我不同意，便是樹元也不會許的。到時候他一怒之下將妳送走，我也是救不了妳的。」

「可是姑母，選妃是皇上的意思啊！明芳去應選，萬一真被選中了又當如何啊？」江姨娘嚇得立即跪了下來。

老太太眼睛瞪著她，卻輕聲對丫鬟們說道：「妳們都先下去吧。」

原本伺候在一旁的兩個大丫鬟立即便出去了，守在外頭，不讓旁人輕易靠近。

「妳以為當皇子妃便是這等好事？」老太太冷哼一聲，說道：「除了夭折的四皇子及六皇子外，如今皇上膝下長大的皇子便有十來位，其中的大皇子及二皇子，誰都知道他們面合心不合。大皇子的生母是個宮女，不過這宮女命不好，生下大皇子沒多久便去了，所以大皇子是由德妃養育長大的，而二皇子的生母是文貴妃。」

江姨娘並不知老太太為何要說這樣的話，她只能跪在地上安靜地聽著。

「這兩年朝中時不時有人勸皇上立后，其中呼聲最高的就是文貴妃，只不過皇上卻遲遲不答應立后，妳知道這是為什麼嗎？」老太太雖也出身江家，可她是在江家最鼎盛的時候下嫁的，而且她能有如今的地位，完全是因為有個出息的丈夫。

江姨娘只搖著頭，不敢開口說話。

「那是因為皇上遲遲都沒選定太子人選，所以他才不想立后，不想打破如今朝中內外的平衡。」老太太輕聲說道，看著江姨娘，帶著一種恨鐵不成鋼的眼光。「可妳呢，只想著表面的風光！妳可知老太爺是何等位置？若是咱們家出了一個皇子側妃，那就意味著咱們謝家站隊了！」

江姨娘這會兒頭搖得更厲害了。這些朝堂上的事情她不懂，她只不過是想女兒有門體面的婚事而已，老太太卻說了這些話嚇她。

「我是妳親姑母，也是明芳和明嵐的親祖母，自然是盼著妳們好的。我雖不喜歡蕭氏，可也知道她是個容人之人，所以妳只管讓明芳好生侍奉嫡母，萬不可想著這些事情。」老太太說完之後，疲倦地輕吐了一口氣。

她如今年紀也大了，還能替這些兒女操多久的心呢？都說她偏心女兒，那是因為她知道自己的這兩個兒子，誰都不需要她擔心，各個都是極好的。就那麼一個女兒，這麼大年紀了，卻因為五千兩銀子就被人哄得險些要賣了自己的親姪女。

「妳先回去吧，好好想想姑母的話，這女人啊，還是要當人家的正頭娘子才行。」

戶部和內務府的動作都很快，從十一月初一開始便在全城登記各家適齡的少女。皇上也說了，只要是正五品以上人家還沒有婚配的姑娘，全都要登記。

謝明貞的婚事就是在十月末定下的，不過兩家只換了庚帖，又下了小定。謝樹元到底不想女兒嫁得太過倉促，想著等到明年春闈之後，若是蔣蘇杭能高中，到時候再成婚也是雙喜臨門。

內務府和戶部的人到了謝家的時候，是由謝樹元親自接待的。饒是內務府這種眼睛長在天上的，那都是客客氣氣地請安。

「我觀大人府上的戶籍，共有小姐九名。」戶籍官看了一眼謝家的卷宗。京城對於戶籍管理是異常嚴格的，外來人口只要進京，是一定要到戶部登記的。

謝樹元淡淡回道：「確實是，不過長女明貞早有婚約在身，如今已過了小定，並不在此次選妃的範圍之內。」

戶籍官和內務府的管事太監對視了一眼。

太監笑著說道：「皇上的旨意上也言明了，此次選妃乃是在未婚配的貴女中選擇，既然貴府大姑娘有了婚約在身，那自是不在範圍之內了。」

「貴府的二姑娘如今十五歲，三姑娘如今十三歲，都在可選妃的範圍內嗎？」戶籍官說道，不過他還是抬頭小心地覷了一眼謝樹元。這兩位不會也都有婚約吧？

謝樹元點頭，說道：「她二人皆無婚約在身。」

戶籍官在心底輕吁了一口氣，趕緊在冊子上登記下來。

不過那太監卻又看了一眼戶籍上的名單，「咦」了一聲。

謝樹元抬頭淡淡地看了他，問道：「不知這位公公有何疑問？」

「我瞧府上的四姑娘今年十二歲，待到了明年選妃之時，她這年齡倒是正好符合的。」那太監笑了笑，說道。

「公公也說了，到了明年她才適合，那今年自然就不適合了。」謝樹元板著臉，不客氣地回道。

戶籍官偷看了太監一眼，兩人也算合作了好幾日，他知道這個太監在別家收了不少好處的，這謝家卻是一點表示都沒有。不過戶籍官在心中嗤笑了一聲，也不看看這是誰的府上，這閹豎也敢在此放肆！

太監這幾天被各家捧慣了，頭一回碰上這麼不配合的，心中立即悻悻然的，想著日後定要讓這家的姑娘都落選了！

謝樹元一點都不在意這個宦官的意見，反正不管是女兒還是姪女，他都不願意她們入選。明雪的年紀才十三歲，雖在選妃範圍內，但她個子矮小，只怕觀容這一關她都過不去。至於明芳，才是謝樹元最擔心的。

等送走這些人後，謝樹元就回了後院，蕭氏早已經等候在那處。

蕭氏一見謝樹元回來，便迎上去問道：「前頭怎麼說？」

「明貞有婚配，倒也不礙事，那兩人也算有些眼色，並未追問。」謝樹元輕聲說道。

蕭氏點頭，問道：「明芳和明雪是要進宮選妃的？」

「咱們家倒也不好太特殊，如今明貞已是擦邊躲過的，不好所有姑娘都不去參選。」謝樹元有些心煩地說道。

早知道就該給明芳早早擇偶的，他沒想到戶部和內務府的動作會這麼快。他和蕭氏都忙著明貞的婚事，哪裡有工夫再替明芳相看？再說，這麼匆匆定下，萬一又是第二個明貞呢？

「其實只要好生教導姑娘們，這事也不是躲不過的。」蕭氏說道。但自己瞭解江姨娘的性子，只怕這選妃的事情在她眼中那就是鯉魚躍龍門的機會，她怎會讓明芳輕易放棄呢？

謝樹元點頭。「此事我會同明芳說的。好在離選妃還有小半年的時間，咱們也可以慢慢想法子。」

因著宮中要選妃，所以如今從宮中出來的嬤嬤，那都是一人難求的。有些人家是早早就請了人在家中的，而有些人家則是如今才在匆匆請人，更有些人家是聞風不動。

雖然知道謝明雪入選的機會不大，可閔氏卻還是忍不住抱著希望，若是女兒能成為皇子妃，那以後可就是超一品的親王妃，看這大房還能壓過自己嗎？

於是閔氏便想著請嬤嬤，不過她出去一打聽，這些嬤嬤光是請到府上就要給上百兩的銀子，更別提每個月還要置辦衣裳，還要安排住宿和吃飯。

閔氏想著，大房不也有個明芳要進宮嗎？這請嬤嬤的錢就該公中出才是啊！於是找上了蕭氏。

「請嬤嬤？」蕭氏聽著閔氏的來意，含笑看著她。

閔氏倒也理直氣壯，說道：「如今京城但凡有入宮選妃的人家，都為家中姑娘請了宮裡頭出來的嬤嬤。不管這選上、選不上，咱們的規矩總是不能錯的，妳說是不是，大嫂？」

蕭氏看了她一眼，只低頭輕笑了一下，這才緩緩說道：「我倒是沒想過這事呢！」

閔氏說得直接，蕭氏駁斥得也直接——不好意思，這事我壓根兒沒想過！

好在蕭氏又說：「若是弟妹要給雪姊兒請，我也不會攔著的，此事弟妹自己做主便是了。」

閔氏一聽當即便說道：「這請了宮裡的嬤嬤倒也不是全為了咱們家的雪姊兒，如今溪姊兒年紀也漸漸大了，還有下頭的幾個姑娘，反正都是要學規矩的。這宮裡的嬤嬤最會教人，調教出來的姑娘個個都是端莊大方的。」

蕭氏不耐煩聽她這些話，她也聽清楚了閔氏的來意，便直接說道：「教溪姊兒規矩的事情倒不好煩勞弟妹操心，弟妹若是想請，那只管請便是了，倒也不用特地過來問我。」

閔氏被她這說法氣得險些吐血。

不過蕭氏就是不喜歡她這種處處要占公中便宜的模樣，說是給姑娘們請，到時候請來的嬤嬤還不是只教明雪一人？蕭氏也知道自家清溪兒和明雪有些不對盤，何苦讓兩人又湊在一塊兒去？若是鬧起來，她還心疼呢！

閔氏回去後，越想便越是生氣，最後竟一氣之下真拿了數百兩請了位宮中出來的嬤嬤，聽說以前在宮中就是專門管教化的，規矩是頂頂好的。

人一到了府上，閔氏就趾高氣揚地領著去給蕭氏瞧了。

然後，謝明雪姑娘學規矩的日子就正式開始了。

那頭學得熱熱鬧鬧的，而大房卻跟個沒事人般，惹得江姨娘在院子裡哭天抹淚的，就差沒說蕭氏虐待庶女了！

寒風凌厲，颳得窗欞咣噹咣噹地作響，外頭天陰沈沈的，有一種整個天要壓下來的感覺。即便是在這寒冬臘月裡頭，花園裡依舊是鬱鬱蔥蔥的整片青色。旁邊的小湖早已經凍結了起來，此時冰層還不算厚，站在岸邊偶爾還能看見裡頭游過的小魚。

花園一處的梅樹此時正含苞，捧著食盒從旁邊走過的嬌俏少女抬頭看了一眼旁邊的梅樹。

此時朱砂正伺候著謝清溪更衣，大紅色的披風上有一圈貂毛。謝清溪冬日的衣裳裡頭從來不用狐狸皮，也不用狐毛。

這個習慣從什麼開始的，謝清溪不知道，可是她身邊的人卻記得清楚。

朱砂替她整理衣領，將她的脖子護得嚴嚴實實的。

「姑娘，還冷嗎？」朱砂擔憂地問道。

謝清溪輕笑，她如今還未到抽條的時候，不過個子卻已經比同齡的姑娘高了。她只能在心中暗暗慶幸，還好陸庭舟是真的高，如果用現代的換算方式計算他的身高，最起碼在183以上吧。

「不過是從我的院子走到我娘的院子，就幾步路而已，應該不冷。」

「這是咱們頭一回在北方過冬，我聽我祖母說，京城的冬天可比江南冷多了。」朱砂忍不住說道。

謝清溪又是一笑，關於是北方冷還是南方更冷這個問題，她覺得真的有待商榷。或許有些人一輩子都只待在北方，從未去過他們心中那個四季溫暖如春的南方。

可真正的江南，那裡的冬天就是風要颳進你骨頭縫的那種陰冷，就算是再厚的衣裳都擋不住冷風中帶著的潮濕。

而北方雖也冷，但因乾燥，風颳在身上卻是沒有南方那種滲進骨子的寒冷。如今這裡又有暖坑和地龍，到了冬日只要燒足了炭，就不會冷了。

「我倒是更喜歡北方的冬天，聽說雪會下得很大很大。」謝清溪望著窗外陰沈沈的天空，期待地說道。

朱砂默默無語。

待她帶著朱砂和丹墨一塊兒出門後，穿過花園時，就看見坐在湖邊亭子旁的人。她好奇地朝那邊看著，有些疑惑地喊了聲。「二姊姊？」

「這麼冷的天，二姑娘可真是有閒情逸致啊，居然還坐在湖邊吹風。」朱砂看著那邊，有些佩服地說道。

謝清溪瞥了她一眼，朱砂立即閉嘴不再說話。

謝清溪又好奇地往那邊看了一眼，此時正好謝明芳也往這邊瞧，兩人視線撞在一處。就在謝清溪想著要不要過去說個話的時候，謝明芳突然朝她揮了一下手，謝清溪的步子便轉了過去。

朱砂沒拉住，只得跟上，在她耳邊輕聲叫了句。「小姐！」

「怕什麼？二姊姊叫我過去呢！」謝清溪說道。

說實話，她有時候還挺喜歡謝明芳的，相比謝明貞的處處妥貼，她這個二姊就顯得小孩子些。以前在江南的時候，謝明芳看不慣自己，但是又不敢來撩撥自己的模樣，讓謝清溪每次都忍不住逗她。

不過她實在是不喜歡江姨娘和謝明嵐，前者真的是集小家子氣和蠢於一身，而後者則是小小年紀就行事惡毒、敢於下黑手。相較於這兩人來說，只知道打打嘴炮的二姑娘，顯然可愛多了。

謝清溪突然悲哀地發現，如今她對人性的要求居然如此之低。

「二姊姊，今兒個這麼冷的天，妳居然還有閒情逸致在這兒吹風？」謝清溪在她旁邊坐下，有些不可思議地說道。

謝明芳懶懶地抬了下眼皮，只說道：「吹吹風，爽快。」

謝清溪沈默不語。

就在此時，謝明芳看著湖對面的松樹，輕聲問道：「六妹妹，妳說皇宮可怕嗎？」

「二姊姊去過外祖母家吧？」謝清溪反問她。

謝明芳抬頭白了她一眼，有些「妳問的簡直就是廢話」的意思。

謝清溪看這位明芳小美女實在是有些對於人生躊躇無望的模樣，便立即生出要普渡她的意思。「外祖家不過是侯府，規矩尚且那麼嚴，咱們不過是去做客的，就覺得一步都不敢踏錯，更別提皇宮那等地方了，那可是全天下規矩頂頂重的地方。」

這會兒謝明芳明顯有些退縮了。

謝清溪淡淡一笑，又不經意地說道：「二姊姊，妳這兩日也應該見過三姊姊了吧？妳瞧瞧她如今被那個什麼嬤嬤調教的。」謝清溪說著，還同情地搖了搖頭。

這會兒謝明芳連表情都變了。

她自然看出了，以前明雪尚且還是個活潑伶俐的少女，可是現在見面只端坐在那邊笑，張口閉口說的話簡直是能酸死人。謝明芳自覺規矩還沒謝明雪學得好呢，要是真去選妃，只怕要被人笑掉大牙了。

「要是被選為皇子正妃倒也還好，若是側妃的話，那就是妾室了，咱們家的姑娘豈能去當妾啊！」謝清溪小心地覷了謝明芳一眼。

謝明芳好像有些恍惚，她略低下頭，小聲地說道：「便是側妃，那也是可以上玉牒的呀！」

「玉牒？」謝清溪輕笑，突然低低地說道：「這等東西有什麼用處？無非是記載著妳曾是皇家人罷了。可是當了側妃，就連大紅的嫁衣都穿不上了。」

謝明芳絞著帕子。這兩日父親找她談過心，話裡話外的意思都是讓她在選妃的時候表現得差些，好不被選中。她也知道父親擔憂的是什麼，他大概最怕的就是自己成了側妃吧？

其實這謝家大房的兒女當中，要說真正被父母忽略的，那絕對就是謝明芳。嫡系的幾個孩子都不用說，大哥、二哥那就是家族的希望，就連祖父都對他們倆關切有加；而清湛和清溪是龍鳳胎，又都是最小的孩子，所以父母難免會偏寵些；明貞是長女，也是方姨娘唯一的女兒，所以方姨娘自然只想著她一人；偏偏就是江姨娘這邊，明芳是家中的二女兒，可下頭還有個處處比她出色的親妹妹，所以不管是江姨娘還是家裡的老太太，都喜歡明嵐更多一些。

謝樹元找明芳談心，這大概是謝明芳從小到大最得父親關心的一回吧？她聽著父親的諄諄教導，聽著他說「我的女兒理應被明媒正娶」，便不忍讓他失望。

可是看到大姊的婚事，日日聽著姨娘的唸叨，謝明芳猶如走到人生的岔路口一般，她怕往前踏出一步會是無盡的深淵，怕自己選錯了。

「二姊姊，咱們平日鬥嘴歸鬥嘴，可是我不想看見二姊姊妳選錯。」謝清溪看著面前這個少女，突然有些同情。

她的未來是模糊不定的，因為她的婚事掌握在父母的手上，若是能選對，那便是一生的幸運；可若是選錯了，就再沒反悔的機會了。雖說本朝開國初期對於女子再嫁是鼓勵的，可那時候正是朝代的更替之際，戰火連綿讓無數人失去了丈夫和妻子，所以當天下平定之後，再娶再嫁正是首要考慮的事情。如今經過了幾十年，對於女孩的束縛又猶如繩索一般，慢慢地纏在她們的身上了。

對於未來的婚事，女子是迷茫的，甚至她們很多在婚前都未見過那個自己要攜手共度一生的男子。

「選錯……」謝明芳輕聲重複了一句。顯然此事讓她迷茫極了，即便這個比自己還小的妹妹說的一句話，都讓她猶如抓住了一根救命稻草般。

她忍不住抓著謝清溪的手，輕聲說道：「六妹妹，妳說我該怎麼辦？我也不想當側妃，我也想正正經經地嫁人，做人家的正頭娘子的。」

「那就聽爹爹的話。」謝清溪看著她說道：「妳和妳姨娘不一樣，她是罪臣之女，沒得選，可妳是閣老的孫女，是爹爹的女兒，爹爹會幫妳選的。榮華富貴一場空，咱們女孩活在這世上本就不易，何不選一條最舒服的路走？」

謝清溪忍不住看著光潔的冰面，湖面上寧靜安詳，可誰都不知道湖底下還有水流依舊在湧動，小魚依舊在游動。陰沈的天空，一團團烏黑雲層好像已經擰成塊，隨時都能砸下來。

謝明芳看著她振振有詞的模樣，突然笑著說道：「妳小小年紀，倒是比我還懂。沒想到妳居然會和我說這些話。」

謝清溪立即反駁道：「還不是因為我覺得能在皇家風生水起的，那都是絕頂聰明之人。」她有些同情地看著謝明芳，繼續說：「二姊姊，妳腦子不夠好，所以還是別去蹚渾水了。」

謝明芳臉色一僵，剛剛生出的那麼一丁點兒姊妹之情，瞬間灰飛煙滅。

所以說，姊妹之情才是一場空吧！

轉眼就要到過年的時候，蕭氏早已經忙得團團轉。好在今年謝明貞已經能幫上手，且蕭氏也讓謝明芳來幫手，教她一些理家的事情，不過蕭氏不耐煩親自教她，就讓謝明貞去教。

謝明貞脾氣好，又有耐心，倒是手把手地教了謝明芳不少東西。這會兒真正接觸到理家的謝明芳才明白，要維持著這麼大一個家族的表面光鮮，每天得花掉多少銀子和精力。

這裡的冬天都要用木炭，上千斤成綑成綑的木炭往府裡頭送，有給主子們用的銀霜炭，也有給下人們和廚房裡用的木炭。

謝清溪一到冬天就愛吃鍋子，特別是羊肉鍋子，簡直就是人間一絕。

不過她一吃羊肉就容易嘴上起泡，蕭氏不讓她多吃，所以這會兒謝清溪纏住謝清駿，讓他帶自己出門吃京城裡頭最地道的羊肉鍋子。

如今書院裡也放假了，蔣蘇杭卻還是三不五時地朝謝家跑，當然，人家表面上那是過來請教學問的。

因為謝清溪年紀小，往前院跑也不會有人說什麼，所以每回蔣蘇杭過來，都會給她帶些市井的小玩意兒，有時候是一個陶瓷小豬，有時候是一套泥人。不過這些東西，謝清溪轉頭就給謝明貞送去了，美其名曰「是我割愛贈送給大姊姊的」。

謝明貞剛開始還不想要，不過謝清溪朝她手裡一塞，也不管她要不要。

今日蔣蘇杭也照樣在，見謝清溪正纏著謝清駿，他便開口道：「我知道京城有一處的羊肉鍋子倒是不錯，不過那是家小店，我怕六姑娘吃不慣。」

作為連大排檔都吃得歡實的人，怎麼可能吃不慣小店？謝清溪想去的還就是這種小店，味道是地道又正宗。

謝清駿苦笑地看了蔣蘇杭一眼，這才笑著搖頭道：「那妳答應大哥哥，出門可不能淘氣。」

「好的，我保證！」謝清溪立即豎起三根手指，恨不能指天發誓。

於是謝清駿派人同蕭氏說了一聲，便領著謝清溪和蔣蘇杭一道出門了。

謝清溪上馬車時，眼淚險些都要落下來了。以前她出門的時候，又是穿小廝的衣裳、又是得找準機會，簡直就是和蕭氏鬥智鬥勇。結果人家大哥哥不過就是派人去說了一聲，就順順當當地將她領了出來。以後她要抱緊大哥哥這條大腿！

那家小店雖說名氣不大，但是位置倒是好找，就在京城最著名的藥堂福善堂附近。

待馬車停下之後，謝清駿先下馬車，轉身就要伸手扶謝清溪。

謝清溪今日是個小公子的打扮，因她不願戴帷帽出門，索性就女扮男裝了，所以謝清駿要扶她時，她卻是不願，踩著凳子就往下跳。

「還說會乖乖聽話，我看妳這才開始就不聽話了！」謝清駿見她跳下，心險些漏了一拍，立即沒好氣地教訓她。

謝清溪只得傻笑。

蔣蘇杭也下車了，謝清駿正要問他，那間小店在何處，就見謝清溪突然拉著他的手，驚喜地喊道——

「哥哥，是畫糖人！」

「妳二哥他們不是經常給妳帶的？」謝清駿見她還像個小孩子一般，不禁笑著說道。

謝清溪嘟著嘴說：「可是那都不是我自個兒轉的，我想自己轉。」說著，她就回想起自己小時候的光輝事蹟來，忍不住驕傲地說道：「我第一回轉畫糖人的時候，把把都能轉到大鳳凰，那個老闆被我轉得，險些都要哭了呢！」

蔣蘇杭聽她這麼一說，便也笑道：「那我便掏錢給六姑娘妳再試試，看還能不能轉出大鳳凰了？」

謝清溪轉頭看他，認真地糾正。「我現在可是六少爺呢！」

蔣蘇杭哈哈一笑，連連說是。

謝清駿則寵溺地笑看著她，帶著她往糖畫攤子走去。

——未完，待續，請看文創風375《龍鳳呈祥》4

深情婉約的兒女情長　磅礡宏偉的宅門恩怨／迷之醉

2015年12月出版

錦繡重生

前生端莊嫻熟，卻落得家破人亡，誰也守護不了；
如今既然重生，就算只是個八歲孩子，也要想辦法撐起家族！
她堂堂侯府嫡女，無論前方有什麼阻礙，必要保這一世榮華安順——

文創風 355 1

父母誤中毒計，不久便撒手人寰，哥哥和她孤苦無依，
從侯府大房嫡子落得人人可欺，連護在身邊的丫鬟也被歹人害死……
江雲昭只覺忽冷忽熱，醒來時，發覺自己竟然回到八歲時，
那個父母安在、哥哥還是世子，雙胞弟弟正要舉辦百日宴的大日子；
在宛若夢中的前世裡，這一日過後，寧陽侯府就將落入衰敗之境，
她必須要在厄運重演之前盡力阻止，但自己只有八歲啊，
該怎麼讓父母、哥哥相信？
緊迫之時，她在後院又撞見不該見的事，遇上最不該遇的人——

文創風 356 2

以前只覺得江雲昭這姑娘雖然年紀小，卻思慮成熟、行事俐落，
有大家閨秀之風，又不如一般千金小姐彆扭無趣；
她好心幫了他一次，他世子爺自然要還這份人情，
但一來一往，他早已搞不清是真想還人情，還是想要和她在一起……
曾幾何時，她出落得楚楚動人，而他也成了皇上跟前的紅人，
他倆本該是天作之合，但她的好，似乎別人也看在眼裡，
而他的婚事又有皇太后操心，京城的名門貴女也對他「虎視眈眈」；
他雖然心有所屬，不過想要將心愛的人兒娶進門，似乎不是件容易的事，

文創風 357 3

廖鴻先終於得償所願，與心愛的昭兒結為夫妻；
但小倆口一成親就得面對難題——該不該回到永樂王府？
廖鴻先的父母早逝，永樂王頭銜被叔叔頂著，王府被嬸嬸霸著，
他雖然是未來的世子爺，卻始終過得烏煙瘴氣；
當初是江雲昭一句話點醒他，讓他離了那座龍潭虎穴，
可如今他們身分是世子和世子妃，怎可放著要繼承的王府不管？
為了守住屬於夫君的一切，江雲昭下定決心回到王府，
只是府裡人心險惡，她兩眼一抹黑，還沒理出頭緒，
府裡人有的鬧事、有的投誠、有的使計，她的小院裡好不熱鬧……

文創風 358 4 完

她說過，會自己顧好自己，做廖鴻先的後盾，讓他沒有後顧之憂，
所以即便王府裡有個霸道無理的王爺，以及成天只想使計害她的王妃，
還有對她不懷好意的近親遠親、妾室丫鬟，
她一概不理，只守著自己的小院子，過著不管事的小日子；
可她不願惹事，別人卻不會放過她——
一封莫名的詩社請帖，讓她和廖鴻先涉入了牽動朝廷上下的陰謀，
他倆雖然平安躲過暗算，但危機已經悄悄滲透進了永樂王府……

初試啼聲　驚豔四座／灩灩清泉

2015年11月出版

寡妻怕夫纏

她自認心臟夠大顆，沒談過戀愛就出車禍穿越了沒關係！
一穿越就變成寡婦，還帶個拖油瓶也沒關係！
成日忙著賺錢謀生，還要應付難搞親戚統統沒關係！
但是那無緣相公竟還活著，甚至渴望與她再續前緣?!
這這這……大大有關係啊！

文創風 350 1

江又梅辛苦打拚大半生，一場車禍卻讓所有成就統統歸零，
不但上演荒謬的穿越戲碼，醒來還有個五歲男孩哭著喊她娘！
定睛一瞧才發現身處的屋子還真是家徒四壁，隨時都有斷糧危機……
也罷，山不轉路轉，要知道，女強人的字典裡沒有「服輸」兩個字，
憑她聰明的商業頭腦、勤快的設計巧手，還怕翻不了身？
哪怕孤兒寡母日子大不易，她也能為自己、為兒子掙得一片天！

文創風 351 2

要在古代生存沒有想的那麼簡單，小自美食服飾，大至農耕投資，
江又梅包山包海，力拚第一桶金，誓要讓兒子小包子過上寬裕日子，
偏偏寡婦門前是非多，前有親戚碎嘴，後有惡鄰逼嫁，
連坐在家中都能遇上侯府世子爺，要求暫住養傷，還不許人拒絕！
這世子爺可不是顆軟柿子，問題出在他看她的眼神竟藏著太多憐惜，耐人尋味，
更令人發毛的是，他長得極為眼熟，分明是放大版的小包子，
這……不會是她想的那個答案吧？不妙，大大不妙！

文創風 352 3

當一切蛛絲馬跡都指向，他極可能是她那早該屍骨無存的「前夫」，
侯府為了不讓血脈流落在外，甚至情願明媒正娶，也要迎她入門，
但難道高高在上的世子要求再續前緣，她就該心存感激笑著接受？
更何況她的事業正待展翅高飛，才不想嫁人束縛自己，
怎奈小蝦米鬥不過大鯨魚，她哪裡有選擇的餘地？
既然逃不掉嫁人的宿命，江又梅只能爭取析產別居，
留在鄉下，遠離京城是非地，對這沒有感情的丈夫眼不見為淨！

文創風 353 4

江又梅本打算與丈夫分隔兩地、各過各的生活，從此相安無事，
豈料他竟死活賴著不走，猛烈攻勢讓她招架不住，險些束手就擒，
然而儘管他再三起誓不會再有別的女人，卻敵不過四面八方的壓力，
這不，連太后都要親自指婚賜平妻，若抗旨可是掉腦袋的事！
眼看距離幸福只差一步，辛苦建立起的踏實日子卻危在旦夕，
如今又回到進退兩難的窘境，下一步該如何是好?!

文創風 354 5 完

身在豪門，隨時都有禍事臨門——
相公才躲過抗旨拒婚的死罪，被逼往窮山惡水剿匪去，
好不容易凱旋而歸，卻又捲入皇位爭奪的風波中！
當年他為了不負誓言，拚死抗旨，教她動容不已，
兩人攜手走過這番風雨，早已在患難中生了真感情，
哪怕局勢凶險，侯府上下再度面臨抄家滅門的危機，
只要能與他生死與共，不論天涯海角、黃泉碧落，她都甘之如飴！

為流浪貓狗加油 和貓寶貝 狗寶貝 廝守終生(一定要終生喔！)的幸福機會

對人來說，貓寶貝狗寶貝只是生活的一部分，但妳（你）對牠們來說，卻是生活的全部，領養前請一定要考慮清楚——

▲ 帥氣又友善的Jimmy

性　　別：男孩
品　　種：混種
年　　紀：1歲多
個　　性：親人、親狗、親貓、親小孩，愛撒嬌，非常友善
健康狀況：已施打預防針，有一隻腳在流浪時受過傷，
　　　　　但不影響跑、跳與作息
目前住所：台北市北投區

本期資料來源：台灣認養地圖http://www.meetpets.org.tw/content/62422

第264期推薦寵物情人

『Jimmy』的故事：

Jimmy是來自至於板橋收容所的孩子，2015年4月被前任主人認養出去，但前任主人採取放養的方式，所以Jimmy不見了主人也沒找回。後來9月愛媽在北投區山上餵食浪浪時發現了Jimmy，當時牠看起來非常狼狽、無助，而且也餓到沒有力氣走動，虛弱地躺在山腳邊，甚至有一隻腳還受傷了！

愛媽急忙帶下山、掃了晶片，經過一番周折，終於聯絡到前任主人。但是前任主人遲遲不願出面接回Jimmy，甚至表示不想再繼續飼養牠了。

後來，志工主動與前任主人接洽，請求前任主人轉讓飼養資格，由志工繼續幫Jimmy尋找下一個愛牠的主人。

經過幾個月的調養，Jimmy終於恢復了原來的健康，心情也開朗許多，對小朋友非常友善，喜歡向人撒嬌，也喜歡跟其他動物一起玩耍～～甚至可以跟貓咪和平相處呢！

你願意給遭受遺棄卻依然乖巧、信任人類的Jimmy一個永遠幸福的家嗎？有意認養者請來信carolliao3@hotmail.com（Carol 咪寶麻），主旨註明「我想認養Jimmy」，感謝大家。

認養資格：

1. 認養者須年滿25歲，有獨立經濟能力，並獲得家人、同住室友或房東的同意。
2. 認養前須填寫問卷，評估是否適合認養。
3. 須同意簽認養寵物切結書。
4. 同意送養人日後之追蹤探訪，對待Jimmy不離不棄。

來信請說明：

a. 個人基本資料：姓名、性別、年齡、家庭狀況、職業與經濟來源等。
b. 想認養Jimmy的理由。
c. 過去養寵物的經驗，及簡介一下您的飼養環境。
d. 若未來有當兵、結婚、懷孕、畢業、出國或搬家等計劃，將如何安置Jimmy？

文創風
374

龍鳳呈祥 3

國家圖書館出版品預行編目資料

龍鳳呈祥 / 慕童著. --
初版. -- 臺北市 : 狗屋, 2016.01-
冊 ; 公分. --（文創風）
ISBN 978-986-328-547-2（第3冊：平裝）. --

857.7　　　　104024774

著作者	慕童
編輯	黃淑珍
校對	林俐君　蔡佾岑
發行所	狗屋出版社有限公司
地址	台北市104中山區龍江路71巷15號1樓
電話	02-2776-5889～0
發行字號	局版台業字845號
法律顧問	蕭雄淋律師
總經銷	知遠文化事業有限公司
電話	02-2664-8800
初版	2016年2月
國際書碼	ISBN-13　978-986-328-547-2
原著書名	**《如意书》**，由北京晉江原創網絡科技有限公司授權出版

定價250元

狗屋劃撥帳號：19001626

網址：love.doghouse.com.tw　E-mail：love@doghouse.com.tw